死ぬまでにやりたいことリスト vol.2

恋人たちの橋は炎上中!

エリザベス・ペローナ　子安亜弥 訳

Murder Under the Covered Bridge

by Elizabeth Perona

コージーブックス

"Translated from"
MURDER UNDER THE COVERED BRIDGE
by
Elizabeth Perona

Published by Midnight Ink, an imprint of Llewellyn Publications
Woodbury, MN 55125 USA
www.midnightinkbooks.com
Japanese translation published by arrangement with Midnight Ink,
an imprint of Llewellyn Publications
through The Enghlish Agency (Japan) Ltd.

挿画／柴田ケイコ

夢に向かって努力し続けている、すべての夢追い人たちへ！　大切なのは、諦めない心だ。

——トニー

アイザックへ。神様があなたのママにわたしを選び、あなたを我が家の一員にしてくださったことをとても嬉しく思っています。あなたの成長を見るのが楽しみです。

——リズ

死ぬまでにやりたいことリスト vol.2

恋人たちの橋は炎上中！

フランシーン・マクナマラ
［元看護師］

シャーロット・ラインハルト
［フランシーンの親友］

サマーリッジ・ブリッジクラブのメンバー

アリス・
ジェフォード
［プール付きの家に住む］

メアリー・ルース・
バロウズ
［現役のケータラー］

ジョイ・
マックイーン
［クラブの会長］

その他の主な登場人物

ジョナサン……………………………フランシーンの夫。会計士
マーシー・ローゼンブラット………広報コンサルタント
トービー………………………………メアリー・ルースの孫
ウィリアム……………………………フランシーンのいとこ。老人ホーム経営
ドリー…………………………………ウィリアムの妻
ベリンダ・フラワーズ………………ウィリアムの認知症ケア施設の入所者
ゼデダイア（ゼッド）・マシュー……地主
ドク・ホイート………………………薬草療法士
ロイ・ストックトン…………………刑事

1

「ジョイは緊張してるの？　それとも寒いだけ？」フランシーンは小声でシャーロットに訊いた。「マイクがふるえてるわ」

フランシーン・マクナマラとシャーロット・ラインハルトは、朝の冷たい空気にふるえながら、友人のジョイ・マックイーンがテレビカメラの前でぎこちなくしゃべるのを見守っていた。ジョイはＡＢＣ放送の〝シニア問題特派員〟であるとともに、『グッド・モーニング・アメリカ』の臨時リポーターを務めている。ジョイがその仕事に就いたのは、彼女をふくむサマーリッジ・ブリッジクラブの面々が、とある事件がきっかけで有名人の仲間入りをしてからのことだ。彼女たちが裸泳ぎのパーティーを開いているところに、招かれざる客――つまり死体――が登場したのだ。

「寒いんだよ、あれは。チャンネル６の用意したあのジャケットは、そりゃあ、ぱりっとしては見えるけど、保温性とかはまったく考えてないね。まあジョイだって見た目優先だろうけどさ。あの若い子向けのぴったりしたジーパン、あたしらの年代で無理なくはける人なんてめったにいないよ」

その衣装のおかげで、ジョイが全員七十代のブリッジクラブのメンバーたちより、十は若く見えていることは確かだった。ジョイは針金のように痩せているのだ。〈J・クルー〉に行って、まったくサイズを気にせずに買い物ができるのは彼女くらいだった。フランシーンもほかのメンバーよりはスタイルがよかったが、店員にはいつも孫のために買い物をするおばあちゃんだと思われていた。実はそれが〈J・クルー〉に気軽に足を向けられる理由でもあったのだが。

「今日はいったいどうしちゃったんですか、ジョイ?」マーシー・ローゼンブラットがヘッドフォンをはずして首にかけながら言った。マーシーは四十代で、ジョイの広報コンサルタントだ。今日は特別に撮影を担当している。ブリッジクラブのメンバーたちが、ニュース番組のスタッフを近づけないでほしいと頼んだからだ。今日はパーク郡屋根付き橋《カバード・ブリッジ》フェスティバルの初日で、メンバーたちはオープニングのリポートのためにここに集まっていた。けれど、実はそれは表向きの理由だった。本当の目的は〝死ぬまでにやりたいことリスト《バケットリスト》〟のひとつを達成することで、その内容を誰にも知られたくなかったのだ。マーシーはブリッジクラブの一員ではなかったけれど、事情はじゅうぶん承知していた。

「いつもならせいぜいテイク・ツーでしょ?　十分程度で片づけるところじゃないですか」

ジョイはきっとマーシーをにらんだ。「だって寒いのよ」

「ほら、言っただろ」とシャーロットがささやいた。「まあジョイを責められないよ。ゆうべは雲ひとつなくて、凍えるぐらい気温が下がったんだから。十月の初めだなんて思えないよね。これじゃ〝かぼちゃに霜が降りる〟よ」シャーロットはジェイムズ・ウィットコム・ライリーの詩を引用した。

　フランシーンはおかしそうに片方の眉を上げた。白髪で、小柄で、丸々太ったシャーロットがオレンジ色のダウンジャケットを着ていると、てっぺんに霜が降りたかぼちゃそっくりに見える。いっぽう長身のフランシーンは、今日はバーバリーのベージュのレインコートを着ている。暖かいとは言えなかったが、下に着ている貸衣装のコスチュームを隠せる服がほかになかったのだ。

「ところでさ」とシャーロットが言った。「そのレインコートを着てハイヒールの編み上げブーツを履いてると、何だかストリッパーっぽいよね。寒くないの？」

「寒いわよ。今度ジョイがとちったら、あのマイクを取りあげて、わたしが代わりにリポートしてやるわ」

　フランシーンは祈る思いでジョイのリポートを見つめていた。やっと順調に進み始めたと思ったら、マーシーがさえぎった。「あなたはプロなんですよ。もっと熱意を見せないと。この屋根付き橋が歴史の生き証人だと説明するんです。五つ前のテイクのセリフを入れましょうよ。〝一世紀前の火事のあとで、この橋が再建されたときには、実際に馬のひづめが橋を渡っていく音が聞こえた〟っていうくだり。そのあとフランシーンのひいおばあさんの話につなげて、そこでカットです。どっちにしてもそれほど長いコーナーじゃありませんからね」

マーシーがカメラを回すのを待って、ジョイは話し始めた。

「今週は、ここパーク郡の屋根付き橋フェスティバルから、毎日リポートをお届けする予定です」ジョイは友人たちの言うところの〝リポーターモード〟に入っていた。「オープニングまであと二時間ですが、今朝はみなさんに歴史ある屋根付き橋のひとつをご紹介しましょう」マーシーが橋をクローズアップできるよう、ジョイがわきにどいた。「こちらがローズヴィル橋です。全長八十メートルで、美しいえんじ色のかべ板と板葺《ぶ》きの屋根が、なかにいる人を守ってくれます。この橋でもかつては馬車が行き来していました。今でも馬のひづめの音が、時間を超えて聞こえてくるような気がしませんか？　今日はこの橋にまつわるある物語を、フランシーン・マクナマラからお話しさせていただきます。フランシーンのひいおばあさまは、二十世紀の初め、まさに馬車に乗ってこの橋を行き来していた方です」

ジョイはフランシーンに隣に来るよう合図した。フランシーンはマーシーにつぎのテイクを要求されては大変とばかりに、あわてて画面におさまった。

「フランシーン、この橋があなたの一族の歴史にどんな形で登場したのか、みなさんに話してもらえるかしら？」ジョイはフランシーンにマイクを向けた。

「わたしの曾祖母は、馬車でこの橋を通ったために、大きく運命を狂わされることになりました。当時彼女は、誰にも言えない秘密を抱えていました。一家に雇われていた御者と、許されない恋に落ちたのです。ある日、ロックヴィルから馬車で家に戻る途中、ふたりは突然の嵐におそわれました。御者はこの橋のなかで風雨がおさまるのを待つことにしました。けれど付き添いの者もいない馬車のなかで、強く惹かれあっていたふたりは、おたがいを求める気持ちを抑えることができませんでした」

ジョイが言葉をはさんだ。「あらまあ！　それからふたりはどうなったんですか？」

「曾祖母の妊娠がわかったとき、もともと疑いをかけられていた御者はすぐに解雇されました。曾祖母のほうは、妻に先立たれて女手を必要としていた男性のもとに慌ただしく嫁がされました」

「ふたりはその後、会うことはなかったのでしょうか？」

「それはわからないままです。曾祖母は夫に先立たれましたが、その後再婚はしませんでした。でもわたしの祖母、つまり彼女の娘は、ふたりが死ぬ前に再会できたと信じていました。ただ何も記録が残っていないので、正確なことはわからないんです」

ジョイはマイクを持ち、カメラに向かって言った。「悲運の恋人たちと、ローズヴィル橋の物語でした。明日も引き続き屋根付き橋フェスティバルからのリポートをお送りします。ジョイ・マックイーンでした」

ジョイとフランシーンはしばらく静止したまま合図を待った。

「はい、カット」とマーシーが言い、片手を上げた。「ハイタッチよ！」ジョイはその手に自分の片手を打ち合わせた。

何とかやり終えて、フランシーンはほっと息をついた。これで仕事は終わった。早く本来の目的に取りかかりたい。「この格好じゃ凍えてしまいそう。橋のなかで待ってるわね」

フランシーンは、足早に屋根付き橋の真ん中あたりまで進んでいった。そこにはすでに、写真撮影会の準備がととのえられていた。フランシーンの先祖がかつて所有していたような馬車が、セットの中央でライトに囲まれている。馬車のなかでは、夫のジョナサンが待っていた。フランシーンはライトの前で立ち止まり、その暖かさを冷えきった体にしみこませた。

「ああ、暖かい」

ジョナサンが顔を出した。「ずいぶん時間がかかったね」

「ジョイがてこずってたのよ。無事に終わったけれどね」

コツコツというシャーロットの杖の音が聞こえてきた。

「どうして火事のことを言わなかったのさ?」フランシーンの隣まで来るなり、シャーロットが訊ねた。「ローズヴィル橋が焼け落ちたときの火事だよ」

「ひいおばあさんのロマンスのころには、もう再建されてたのよ。それに話の筋には関係のないことだから、はしょったの。ジョイがやっととちらずに終わったんだもの、わたしも自分の担当をなるべく早く終わらせたかったのよ。それにしても今日のジョイは調子が悪かったわね」

シャーロットはライトをひとつ独占し、暖かさをじっくり味わいながら答えた。

「確かにあの子の口があれほど回らないのは珍しい」

フランシーンはレインコートのボタンをはずした。

「さあ、十分暖まったわ。撮影を始めましょう」

「よしきた」とシャーロットは言った。「この写真で、あたしらのピンナップカレンダーが完成だからね」

フランシーンはジャケットを脱ぎながら、自分の写真撮影に、こんなややこしい設定を提案してしまったことを少し後悔していた。

「セクシーなピンナップガールになる」というのは、もともとはシャーロットの〝死ぬまでにやりたいことリスト〟のひとつだった。ブリッジクラブのメンバー全員が、それぞれ六十個の死ぬまでにやりたいことをリストアップして、お互いの目標達成に協力しあうことになっているのだ。しかしなぜ屋根付き橋フェスティバルが終わるまで撮影を待てなかったのか、フランシーンには理解できなかった。彼女の知る限り、シャーロットは当分のあいだひっくり返ったりしそうになかったからだ。だが一度シャーロットの頭に何か考えが浮かぶと、それを変えることは難しかった。そういうときは彼女の機嫌をとっておくほうが無難だと、長年の付き合いでフランシーンは学んでいた。

しかしジョナサンが今回の企画にここまで協力的になってくれたことに、フランシーンは正直驚いていた。フランシーンの曾祖母のロマンチックなラブシーンを夫婦で再現するというアイディアを承諾し、馬車と馬を手配してくれた上に、いっしょに貸衣装屋にまで行ってくれたのだ。「どうせ着るなら、サイズが合っていたほうがいいからね」とジョナサンは言った。しかしどうもこの企画そのものが、彼のひそかなファンタジーのスイッチをオンにしたのではないかとフランシーンはあやしんでいた。

フランシーンは自分のレインコートをシャーロットに手わたし、衣装の上に着ていた白いブラウスを脱いだ。貸衣装屋で〈ヴィクトリア朝の紳士淑女たち〉と銘打たれたコーナーを見たとき、フランシーンはぎょっとした。とても着られないと尻込みしかけたが、ジョナサンの目が明らかに輝いているのを見て、覚悟を決めた。彼女の衣装は、短いレースのシュミーズに、ひもで締めあげて胸を強調する赤と黒のコルセットというものだった。ハイヒールの編み上げブーツはさすがにやりすぎだと思ったけれど、これもふくめてレンタルパッケージだったのだ。

「このレインコートはどうしたらいいのさ?」とシャーロットが訊いた。

「どうしようかしら? 上等なコートだから、砂だらけの床に置きたくないけど、馬車のなかには入れておけないわ。時代に合ってないでしょうからね」

「それを言うなら、あんたの衣装全体が時代に合ってないだろうよ」シャーロットはコートをかけておけるものがないか探して、あたりをきょろきょろ見回した。

「ヴィクトリア朝衣装のバリエーションということにしておいて。ともかく当時の女性がシュミーズとコルセットを身に着けてたことは確かなんだから」

フランシーンは馬車のドアを開け、すみに丸めたブラウスを隠した。ジョナサンが川岸の立ち木に馬をつないでおいてくれたことに感謝した。大型の動物がそばにいると、彼女はいつも落ち着かないし、ジョイが言うように、動物は予想できない行動をするからだ。ジョイのカメラが三脚にセットされて、馬車の内部を窓から写せるように置かれていた。フランシーンはそれを指さした。

「ジョイが写真を撮りに戻ってくるまでなら、ここにかけておけそうよ。ところでジョイはどこに行っちゃったのかしら？」

「探してくるよ」シャーロットはコートをカメラの上に放り投げ、橋のたもとに向かっていった。

「ジョイとマーシーはどうしたんだい？」馬車に乗りこんだフランシーンに、ジョナサンが訊いた。

「わからないわ。早くこの撮影を終わらせてしまいたいんだけど」

「それは同感だね」

ジョナサンが暖を取っていた毛布を持ち上げ、フランシーンは彼の隣にもぐりこんで心地よく納まった。ジョナサンの衣装は、へそが見えるまでボタンをはずした白い長そでシャツと、御者がはくような厚手のズボンに、ぴかぴか光ったがんじょうな黒いブーツというものだった。

「撮影に付き合ってくれて本当にありがとう」

「きみから〝歴史的なできごとを再現した写真を撮る〟と聞いたときには、てっきり歴史の一コマを再現するものだと思っていたよ。まさかきみの一族のスキャンダラスな過去を演じることになるとはね。そもそも、きみの一族にそんな過去があることも知らなかった」

「若いころは、あなたが恐れをなすんじゃないかと心配だったの。でももう結婚して四十五年にもなるんだから、打ち明けてもいいかと思って」

「それにしても、シャーロットの六十個のリストにヌードカレンダーが入っていたとは、驚きだね」

「ヌードカレンダーじゃありません。セクシーなピンナップカレンダーよ。男の人が一九四〇年代にガレージの奥にかけてたようなやつ。古き良き時代にね」

このピンナップカレンダーは、彼女たちだけの秘密だった。けれどサマーリッジ・ブリッジクラブのメンバーが、六十個の〝死ぬまでにやりたいことリスト〟を作っているというのは有名な話だった。事の起こりは、レーシングカーのメカニックだったフリードリック・グットマンの殺人事件だった。メンバーたちが裸泳ぎのパーティーを開いていたとき（ジョイのリストの十番目、〝素っ裸で泳ぐ〟を実現するためだ）、グットマンの死体が発見されたのだ。悪夢のような事件はシャーロットの活躍もあって無事解決し、シャーロットもリストの一番目、〝殺人事件を解決する〟を達成したのだった。今思い出しても、楽な道のりではなかったけれど。フランシーンはフリードリックの死体を思い出し、また身震いした。

「でもリストのそれほど上にあるわけじゃないのよ。三十九番目とか、それぐらい。〝セクシーなピンナップガールになる〟」

「こう言っちゃなんだけど、きみの友人のなかでは、シャーロットはセクシーから一番遠いところにいるんじゃないか？」

「ジョナサン！」フランシーンはとがめるように言った。シャーロットがちょっと太目で、笑っていないときには少しばかりむくれ顔に見えるからといって、セクシーさがないと決めつけるのは不公平だ。「いいこと、わたしはシャーロットのピンナップ写真を見たの。ヌードじゃなかったけど、みんなが見たことのない彼女の一面が写ってた。フィリップはその魅力を見つけたに違いないわ」フィリップはシャーロットの夫で、五十代半ばで心臓発作で亡くなっていた。

「きみの言うとおりだね。悪かった」ジョナサンは妻にキスした。それから耳元でささやいた。「だがきみは今でも誰よりもセクシーだよ」

フランシーンは思わずぞくっとしたが、あわてて彼をたしなめた。「ここでそんなことしちゃだめよ。わたしたちはただ写真のために扮装しているだけなんだから」

ジョナサンの指がコルセットのひもをゆるめた。

「もう少し胸元を見せてもいいんじゃないか？」

「ジョナサンたら！」

「大丈夫だよ。シャーロットはこのカレンダーを人に配るつもりじゃないんだろ？」

「まさか、配らないわよ。そんなことなら、みんな参加するなんて言わなかったわ。ただ自分たちのためにやるだけ。紳士の友人がたが見たら気絶しちゃうでしょうしね」

ジョナサンはフランシーンの肩にキスした。

「確かにシャーロットのセクシーな面を見たら驚くだろうね」

そのとき、こちらに向かう足音が聞こえてきた。

「フランシーンにジョナサン、まだそこにいる?」ジョイがいつものように、元気いっぱいの大きな声で呼びかけてきた。ふだんでもジョイの声は耳に刺さるのだが、これから大急ぎで秘密の撮影をしようとしている状況では、なおのこと神経に障った。

「いるわよ」とフランシーンが答えた。「ずいぶん遅かったわね」

ジョイが馬車の窓からなかをのぞきこんだ。「車の音が聞こえたと思ったんだけど、間違いだったみたいでね。でも車が来たら撮影を中止するしかなくなるでしょ? だから用心しないとね。今は万一に備えて、シャーロットに橋のたもとで見張ってもらってる」今よりずっとのんびりした時代に建てられたこの橋は、車一台が通れる幅しかないのだ。そしてビッグ・ラクーン川を渡るには、橋を通る以外に方法がない。もし車が来たら、馬車に馬をつないで橋からどかなくてはならなくなる。ローズヴィル橋は、フェスティバルの中心であるロックヴィルからはかなり離れている。午前中にここを通るものは少ないだろうが、それでも写真撮影はできるだけ早く終わらせる必要があった。

「面倒なことを言いたくはないんだが」とジョナサンが言った。「馬車と馬の持ち主に無理を言って、早く店を開けてもらったんだ。返すのが遅くなるとまずいな」

「ジョナサン、まあ焦りなさんなって」いつの間にか戻ってきていたシャーロットが口を出した。

「ここで何をしてるの?」とジョイが目をむいた。「入り口で見張ってるよう頼んだじゃないの」

「だってこっちのほうがあったかいんだよ」

ジョイがカメラにかかっていたフランシーンのコートを、ためらいもなく汚れた床の上に落としたので、フランシーンは目を丸くした。

「そこにいるついでに」とジョイがシャーロットに言った。「そのライトを少し左に動かしてちょうだい」彼女はカメラのレンズをのぞきこみ、〝ディレクターモード〟に入った。「ジョナサン、そのブーツも画面に入れたいわね。足をもう少し広げてもらえる？ ズボンのボタンははずしてあるでしょうね？ フランシーン、もっと彼におおいかぶさるようにして、コルセットをもう少し開いてちょうだい。うーん、何て言うかな……もっと抑えきれない欲望みたいなのを出せないかな？ それと、お願いだからそんな硬い顔をしないでよ。あんたは禁じられた愛をつらぬくところなんだから。もっと恍惚とした表情がほしいのよね」

「そうそう、恍惚、恍惚」とシャーロットがわきから口を出す。

「シャーロット、うるさいわよ」とフランシーンが言った。「橋のたもとで見張ってなくていいの？」

「マーシーがやってるよ。代わってくれるよう説得したんだ」

〝どうやって言いくるめたものやら〟とフランシーンは思った。「でも反対側の入り口は大丈夫なの？」確かにコックスヴィル道路と郡道W－350号線の交差点のほうが交通量は多いが、反対側から来る可能性もないとは言えない。

「反対側？ 大丈夫だよ、あっちは砂利道だもん。一マイル先の車の音だって聞こえるよ」

「それでも誰か来るかもしれないでしょ。鉢合わせになったら大変よ」とフランシーンは主張した。

「はい！　もうおしゃべり禁止！」とジョイが言った。「誰か来る前に終わらせるわよ」

ジョイは三脚からカメラを取ると、フランシーンとジョナサンの周りを動きながら、いろんな角度で写真を撮り始めた。「もっと情熱を見せてちょうだい。あんたはヴィクトリアなのよ。大胆に御者を誘惑してみてよ。ジョナサンももっと誘惑を楽しんでる表情を見せられないかな？」

「誘惑もいいけど」ジョナサンは毛布をわきにどけながら、冷ややかに答えた。「そのころの御者とヴィクトリアは、今のわれわれより五十は若かったんだからね」

フランシーンはかがみこんでジョナサンにキスした。「その気にならないってこと？」

ジョナサンはフランシーンが自分の上に重なるよう抱き寄せた。「ジョイ、馬車から離れてくれ。ご要望に応えられるかやってみよう」

ジョイは連続してシャッターを切り始めた。

「さあ、そろそろジョナサンの男らしいところを見せてもらおうじゃないの」とまたシャーロットが口を出した。

「きみは見なくていいから」とジョナサンが言った。「橋の入り口を警備する仕事に戻っててくれ」

「簡単に言ってくれるじゃないか。あんたはいいよ、情熱の嵐のなかで、たくさんのライトに囲まれてぽかぽかなんだからさ。外は寒いんだよ。丘の上の〈ロック・ラン・カフェ〉が十一時前に開いてたら、さっさと逃げこんでコーヒーの一杯も飲んでるとこだよ」シャーロットはここから動く気はさらさらなさそうだった。

ジョイはカメラのファインダーをのぞき続けている。「よくなってきたわよ、フランシーン。あと少しジョナサンに覆いかぶさってみて。胸がいい感じに写ってるわ。あとは眼差しにもうちょっと〝飢え〟を出せない？」

「〝飢え〟って、彼を食べるつもりはないわよ」言ったとたん、フランシーンはその言葉が別の意味にも取れると気づいて、ばつが悪そうに笑い出した。

「今の完璧！」ジョイがぱしゃぱしゃと連写しながら言う。「自分が言ったことに気づいて、はっとしたでしょ。そのときの驚いた表情と見開いた目が、ばっちりだったわ。つぎは決心したっていう表情をしてみて。彼といっしょに突き進むんだっていう強い気持ちを見せてちょうだい」

「やれやれ、やっと終わりそうで助かったよ」シャーロットがまた茶々を入れた。「燃え上がらないまま延々と続くようなら、応援にバイブレーターでも持ってこなきゃならないかと思ってたとこだ」

「シャーロット！」みんなの叫び声が橋の中でこだました。

つぎの瞬間、彼女たちの耳に銃声が飛びこんできた。

2

マーシーが橋の入り口から駆けこんできた。

「大変です、誰かが発砲してるんです。どうしましょう？」

馬のおびえたいななきが聞こえる。川岸の立ち木につないでおいたはずだが、大丈夫だろうか。

ジョナサンが身を起こしながら言った。

「みんな、床に伏せるんだ！　いったい何があったんだ？」

「男がトウモロコシ畑から飛び出してきたんです。誰かに銃で狙われてたんだと思います。橋のほうに向かって走ってきたけど、そのあとどうなったかわかりません」

さらに数発の銃声が聞こえた。たぶん六発か七発だが、重なり合うように聞こえたので、はっきりとはわからない。ライフルだろうか、とフランシーンは思った。

「ふたり以上で撃ってるよ」とシャーロットが言った。

フランシーンはうなずいた。

ジョナサンがシャツのボタンをかけながら馬車から降り、フランシーンもあとに続く。ジヨナサンが馬車のなかに手を伸ばして、隠しておいた服の山から何かひっぱり出したとき、さらに銃声が聞こえた。彼はあわてて身をかがめ、馬車のうしろに回って、そこから様子をうかがった。

シャーロットは馬車のかげに隠れて、汚れた床の上にへたりこんだ。フランシーンも隣に座る。シャーロットが震えているのに気づき、ぎゅっと肩を抱いた。ジョナサンの指示で床に伏せていたマーシーが、這ってきてふたりに加わった。

そのとき、窓から銃弾が飛びこんできて、反対側の壁を貫通していった。二発目はライトスタンドに当たり、ライトが粉々に砕け散った。

女性陣が悲鳴を上げた。

みんな息を詰めて、つぎの銃撃に備えた。そのまま一時間とも思える時間が過ぎたが、実際は数分のことだったのだろう。やっと銃声は止んだようだ。

ジョナサンは姿勢を低く保ったまま、窓の下まで進んでいった。

フランシーンが「気をつけて」とささやいた。

ジョナサンは左側の窓から素早く外をのぞき、すぐにかがんだ。床を這って右側の窓まで行き、同じように外をのぞいた。彼は外から見られないよう、ゆっくりと立ち上がった。

「トウモロコシ畑と土手が見える。土手から川まではかなり急な下り坂だ」

マーシーは涙を押し戻すように目をしばたたいた。汚れた手で頰の涙をぬぐったせいで、顔に黒い筋が残っている。彼女は服で手を拭きながら言った。「追われていた男はどうなったかしら？　男の背後で、トウモロコシの茎が揺れてたんです。きっと銃を撃ったやつが潜んでたんですよ」

「今はトウモロコシ畑に動きはないよ。でも男が川岸に倒れているのが見える。土手を転がり落ちたんだな。ほとんどわれわれの真下あたりだけど、動いてない」

シャーロットは杖を支えに立ち上がり、フランシーンに言った。「窓のところまで行こうよ。何が起きたのか見なくちゃ。こいつはまた殺人事件かもしれないよ」

殺人というのはフランシーンがもっとも聞きたくない言葉だった。しかし彼女にも好奇心はあった。彼女とマーシーはシャーロットのあとについて、外から見られないように気をつけながらジョナサンの隣まで行った。窓から外をのぞくと、ジョナサンの言っていた光景が見えた。男が川岸に倒れ、ひざから下はビッグ・ラクーン川に浸かっている。顔は横を向いていて、ここからは見えない。

「すぐに助けないと、川の流れに引きずりこまれてしまうぞ」とジョナサンが言った。

「意識がないみたい。川に落ちたらきっと助からないわ」フランシーンが撮影現場に目を戻すと、ビデオカメラが消えていた。ジョイもいない。心臓がどくんと音を立てた。「ジョイ？」

「こっちよ、橋の入り口のところ」とジョイが答えた。細い肩の上にカメラを乗せている。

「外に出ても大丈夫だと思う？　トウモロコシ畑に誰かいるか、このカメラで確認できるかもしれないわ」

フランシーンはジョナサンが拳銃を手にしていることに気づいた。彼はジョイのほうに向かいながら言った。「わたしが先に出よう」

　夫が拳銃を所持しているという事実に、フランシーンはいまだに慣れることができない。初めて知ったのは、フリードリック・グットマン事件のときだ。彼が長いあいだそのことをずっと秘密にしていたと思うと、やはり胸がざわついた。だが夫が銃の扱いに慣れていることを感じるたび、以前より守られているという安心感を覚えるのも確かだった。そうは言っても、銃が嫌いだということに変わりはなかったが。

　ジョナサンの言葉を無視して、ジョイは先に橋の外に出た。「トウモロコシ畑にはもう誰もいないみたい」彼女はカメラを川岸に向けた。「あそこで半分川に浸かってる人は、ひょっとしたら死んでるかも。ズームアップしたら血が出てるのが見えたわ」

　フランシーンは急いでコルセットの上に白いブラウスをはおった。ボタンをはめようとして、手が震えているのに気づいた。苦労してボタンをはめながら、ジョナサンについて橋の出口まで歩いていった。

　ビッグ・ラクーン川の水位は、昨日の暴風雨のせいで高くなっている。

「今にも流されそうだ」とジョナサンが言った。「とにかくあそこまで下りてみるよ」

「ここは携帯がつながりません！」とマーシーの震える声がした。フランシーンが振り返ると、マーシーが途方に暮れた顔で彼女を見ている。

「〈ロック・ラン・カフェ〉まで行って、助けを呼んでもらって。誰もいなかったら、近くに家がないか探してちょうだい」とフランシーンは言った。

マーシーは橋の反対側の出口に走っていった。

フランシーンが土手にいるジョイのところまで行くと、彼女は川岸の光景をカメラに収めているところだった。シャーロットは、川岸に下りていくジョナサンのあとを追いかけようとしていた。

「シャーロット、来ちゃだめだ！」とジョナサンが叫んだ。「この下りは急すぎる。わたしにだって大変なくらいなんだ」

ジョナサンはフランシーンに橋の中に戻るよう身ぶりでしめした。

「窓から下を見ててくれないか。そのほうが近くからはっきり見えると思う。きみのアドバイスが必要になるかもしれない」

フランシーンは元看護師だった。ジョナサンがけが人の応急処置のことを言っているのだと気づき、急いで橋に戻った。シャーロットはジョナサンの言うことを聞かず、まだ足を引きずりながらあとを追おうとしていた。

フランシーンは〝警告用の声〟を使った。これはシャーロットに対して、どんなときでも効果があるのだ。「ジョナサンの言うとおりにするのよ、シャーロット！　あんたのひざはあの下り坂には耐えられないわ」シャーロットはフランシーンにふくれっ面を向けたが、しぶしぶその言葉に従った。

いっぽうフランシーンはハイヒールのブーツで転びそうになりながら急いでいた。こんなものを履いて歩ける女性がいるのだろうか？　何とか馬車までたどりつくと、ブーツの靴ひもをほどいて馬車にほうりこみ、テニスシューズに履きかえる。窓に駆けよって外をのぞくと、ちょうどジョナサンが無事に川岸まで下りたところだった。彼はぬかるんだ地面に足を滑らせながら、男のほうに近づいていった。

フランシーンは緊張のあまり窓わくを握りしめながら、彼を見守った。

ジョナサンは男のところまでたどりつくと、状態を調べ始めた。「落ちる途中でやぶや木にぶつかったりして、ずいぶんけがをしているようだ」彼はフランシーンに向かって声を張りあげた。「傷やあざだらけだ。流されないようひっぱりあげなくちゃならないが、首を痛めてないか心配だな」

「脈があるかわかる？」

ジョナサンは男の首に指をあてた。「脈はあるけど、意識がない。銃で撃たれた傷は見当たらないから、銃撃犯からは逃げおおせたみたいだ。救急車が来るまで動かさないほうがいいんだろうが、それまで支えているのは、こっちの体力がもたないよ。川から引き揚げるしかない」

「わかったわ。なるべく頭を動かさないように支えてね」

ジョナサンは片手を男の首の下にあてがい、ベルトのあたりをしっかりつかんで、ゆっくりと後ろに下がっていった。男の体を完全に川から引き揚げると、ぬかるみに腰を下ろし、男の頭をそっと地面に置いた。

つめていたのだ。

「完璧よ！」フランシーンは大きく息を吐いた。自分でも気づかないうちに、息を止めて見

こちらに向かってくる大きな足音が聞こえ、振り返るとマーシーが駆けよってくるところだった。「カフェに店長がいたので911に電話してもらいました」彼女は肩で息をしながら言った。「ここの管轄はローズデール消防署なんですが、到着まで十分ぐらいかかるかもしれないそうです。ボランティア組織の消防団なんです。銃声のことも伝えたので、パーク郡保安官事務所からも人を寄こしてくれるそうです。ただ一番近い保安官はロックヴィルにいるんですって」最寄りの町であるローズデールは、ここから二、三分の距離だが、郡庁所在地のロックヴィルからだと十分はかかる。

マーシーは報告を終えると、そのまま歩いて橋の反対側の出口に向かった。フランシーンもあとを追った。橋を出ると、ジョイがカメラをセットして撮影を続けていた。

ジョナサンは男の顔を見守りながら、空いているほうの手で男のコートのポケットを探った。何か見つけたらしく、ポケットから引っぱり出したものをフランシーンたちに見えるように掲げた。「小さなびんが入ってたよ」

ジョイがジョナサンの手元をクローズアップした。「なかに何か入ってるの？」とフランシーンが訊ねた。

「何か透きとおった液体よ。水みたいに見えるけど」とジョイが答えた。

「お財布か何か入ってない？」フランシーンが大声でジョナサンに訊いた。

ジョナサンは小びんをわきに置き、男のズボンから注意深く財布を抜き出した。片手で財布を開け、免許証を取り出す。「フランシーン、残念なニュースだ。見覚えのある顔だとは思ったが、はっきりするまで言いたくなかったんだ。これはきみのいとこのウィリアムだよ」

「ウィリアムですって？」フランシーンの声は震えた。とても信じられなかった。

「それって、あんたがこないだ言ってた、いとこのこと？」とシャーロットが訊ねた。「このあたりで葬儀屋を経営してるいとこがいるから、今週訪ねてみるつもりだって言ってたよね？」

「正確に言えばいとこじゃないの。ウィリアムと奥さんのドリーは、老人ホームをいくつか経営してるのよ、葬儀屋じゃなくて。ウィリアムはここから車で十五分ぐらいのモンテズマの町に住んでいるから、会えるかどうか連絡を入れてみようと思っていたところだった」

「〝正確に言えばいとこじゃない〟ってどういう意味だい？」

「親同士がきょうだいじゃなくて、彼の祖父のアーネストとわたしの祖母のエリーが姉弟だったの。つまり私の母とウィリアムの父親がいとこ同士だったというわけ。わたしとウィリアムの間柄にも、たぶんちゃんとした言い方があるとは思うけど、いとこと呼んでたのよ」

「こんな朝早くに、こんな田舎で、あんたのいとこはいったい何をしてたんだろうね？」

フランシーンはシャーロットをにらんだ。「知らないわよ。わたしたちだってこんな朝早くに、こんな田舎で何をしてるのか訊かれたら困るでしょ？」

そう言ったとたん、フランシーンは自分たちの直面している問題に気づいて、手で口を覆った。パーク郡の保安官にそう訊かれたら、わたしたちは何と答えればいいんだろう？　彼女は木につながれた馬に目をやった。写真撮影の小道具は全部見つかってしまうに違いない。だが考えてみれば、ピンナップカレンダーや〝死ぬまでにやりたいことリスト〟のことまで話す必要はないかもしれない。幸い、ジョイが『インディアナポリス・ニュース』向けにリポートした映像が残っている。自分たちはただ、フランシーンの曾祖母のロマンスを記念して写真撮影をしていたとだけ言えばいい。レンタルした馬車もヴィクトリア時代の衣装もそれで説明がつくだろう。

しかしジョイの広報コンサルタントであるマーシーが、ここに宣伝のにおいを嗅ぎ取ったらしい。

「ね、この状況が何に似てるかわかります？」とマーシーが言い出した。「みなさんがアリスのプール小屋でフリードリック・グットマンの死体を発見したときとそっくりですよ」

シャーロットがさっとマーシーに目を向けた。「あんたの言うとおりさ。あたしらには死体を引き付ける磁石が備わってるのかもね」

シャーロットの目の輝きは見まがいようがなかった。だがマーシーが舞い上がる前に、フランシーンは釘をさそうとした。

「あのときとは全然違うわよ。ウィリアムは意識を失ってるだけ。そしてわたしたちは、ここにいた理由をちゃんと説明できるわ」彼女はただの記念撮影の線で押し通そうという考えを説明した。

ジョイはカメラから目を上げずに言った。「あんたが前に言ってたこととずいぶん違うじゃないの、フランシーン。前回はたしか、警察には真実をすべて打ち明けるべきだって言ってたわよね。それに、何をそんなに心配してるの？　あの事件に関わって有名になったおかげで、みんなそれぞれいいことがあったじゃない」

「アリスにとっては、それほどいいことはなかったでしょ」とフランシーンが言った。

彼女たちが事件のおかげで〝裸泳ぎのグランマ〟として有名になったあと、ジョイはシニア世代の活動をリポートする仕事に就き、フランシーンは『ドクター・オズ・ショー』のゲストに呼ばれ、メアリー・ルースはフードネットワーク局のヒット番組『チョップト』の出場者に選ばれた。だがサマーリッジ・ブリッジクラブのもうひとりのメンバー、アリスは、夫がかつて浮気をして子どもがいたことがわかり、ふたりは今も別居している。

「確かにアリスとラリーには大変な時期だったわよね」とジョイは認めた。「でもあのふたりは、きっとまた元通りになるわ。それにアリスは、義理の息子ができたことを本当は喜んでるのよ。写真撮影の理由は、『グッド・モーニング・アメリカ』のリポートのためだって言えばいいわ。出まかせじゃなくて、この話題を取り上げてもらえるように、あとでプロデューサーと交渉するつもりだから」

フランシーンは驚いて目を見開いた。「『グッド・モーニング・アメリカ』を巻きこむ必要はないでしょ。わたしはただ、警察にカレンダーのことまでは言わないで、ただの写真撮影だったことにしようって言ってるだけよ」

驚いたことに、シャーロットもジョイの肩を持った。「カレンダーのことがリポートされたって問題ないよ。なにも素っ裸になったわけじゃないんだもん。みんな上品なもんだよ」

フランシーンはジョナサンがどうしているかと川岸を見下ろした。彼は手にした何かを調べているように見える。「ジョナサンが何を持ってるか見える？」彼女はジョイに訊いた。

「わからないわ。本みたいに見えるけど。ズボンの後ろのポケットに入ってたようね」

「ジョナサン、何を持ってるの？」フランシーンは大声で訊いた。

「あとで話すよ。救急車が着くまでにあとどれぐらい時間があると思う？」

フランシーンはマーシーのほうを振り返った。「何分って言ってたかしら？　十分だった？」

マーシーはウールのコートの袖に両手をひっこめ、背中を丸めて震えていたので、うなずいているのかどうかはっきりしなかった。「十分ぐらいって言ってました。保安官事務所も同じです。それを聞いたのが何分前だった覚えてないんですが、たぶんあと五分ほどで着くんじゃないでしょうか？」

フランシーンが何か言う前に、ジョナサンが叫び返してきた。「わたしが言ってるのは、救急車が着く前に、橋のなかを片づけなくちゃならないということだよ。あのままでは車がこっちに来られないだろう。誰か馬を馬車につないで動かせる人がいないか、レストランに行って訊いてみてくれ。道を外れたところに、馬車を停められそうな場所があるから」

フランシーンは慌てて言った。「大変、ジョナサンの言うとおりよ！　すぐに撤退しないと」

「わたしは馬に囲まれて育ったのよ」ジョイがジョナサンに叫び返した。「馬車のほうは任せて」ジョイはカメラの電源を切ってマーシーに手渡した。「マーシー、あなたが撤退の責任者よ。セッティングを手伝ったんだから、荷造りの手順はわかるでしょ。フランシーンとシャーロットは、マーシーの指示に従ってちょうだい。あまり時間がないわ。さあ、始めるわよ」

マーシーがカメラを持って、橋のなかに駆けこんだ。フランシーンとシャーロットもあとに続いた。

だがフランシーンは、トウモロコシ畑のほうをちらりと振り返らずにはいられなかった。銃撃犯はまだあそこに潜んでいるのだろうか？　今朝は風がなく、枯れたトウモロコシの茎は、静止したまままっすぐに上を向いて並んでいる。川沿いの木々や草の茂みは、流れに沿って曲がりくねりながら北に向かっている。ほぼ五百メートル先まで人っ子一人見えない。朝の空気は冷たく湿っていて、フランシーンはぶるっと身震いした。もっと暖かい上着が必要だし、このコスチュームも早く脱いでしまいたい。

フランシーンは隣のシャーロットに目をやった。喜びと興奮が入り混じったような表情を浮かべている。ウィリアム殺害未遂事件に遭遇してエネルギーが湧きあがったのか、それともただ何か企んでいるのか、どちらかに違いない。

シャーロットが速く進めるよう、フランシーンは腕を貸した。救急車が到着するまでに、やるべきことは山ほどある。

3

ジョイは馬を立ち木からほどいて、橋のなかに連れていき、馬車につないだ。そのあいだにフランシーンとシャーロットはマーシーの指示で道具を片づけた。

「弾が当たって壊れたこのライトはどうしたもんかね？」とシャーロットが訊ねた。「箱に戻してもいいけど、粉々だよ」

ジョイは御者席に乗りこんだ。「局はあんまりいい顔をしないだろうな」

「このネタを手に入れる代償ってことにしとけば？」とシャーロットが言った。

「画《え》がなければ価値あるネタとは言えないわよ。ビデオカメラを間違いなくあずかっておいてね」ジョイは馬を操りながら、馬車を橋から動かした。

彼女たちが撮影道具を橋のすみに寄せ終えるのとほとんど同時に、消防車が橋の手前に到着した。運転していた消防士は橋を通り抜けるには車体が大きすぎると判断したらしく、郡道W－350号線まで戻って車を停めた。

消防士が無線を手に橋のなかに駆けこんできたので、ジョナサンとウィリアムのいる場所に案内した。消防士は土手の上から状況を見て、仲間に無線で連絡をとった。車に待機していた消防士ふたりが、すぐにやってきて合流した。背中の金具にロープを通し、土手に立つがっしりしたプラタナスの木にそのロープを固く結びつける。それから担架をかついで川岸まで下りていった。

そのとき車がタイヤをきしらせて走ってくる音が聞こえた。保安官事務所の茶色い車が、消防車を通り越し、橋の入り口をふさぐように停まった。警官が車を降りて、足早に橋を渡ってきた。消防士たちが救助活動をしているのを確認してから、馬車のそばに立っていたフランシーンたちのところにやって来た。

「その馬と馬車はどうしたんですか?」

「写真撮影があったんです」とフランシーンはこれ以上説明しなくてもいいようにと祈りながら答えた。

幸い警官はその説明で納得したように見えた。彼は、教室で自分だけ難しい問題の答えを知っているかのように手を挙げているシャーロットを指さした。「じゃあそこのあなた、ほかの人たちから離れて、何があったか説明してください」

ところがその指示をまったく無視して、全員が好き勝手に話しはじめた。警官は片手を上げて制し、「ひとりずつお願いします」と言って、シャーロットを数メートルはなれたところに連れていった。「では話してください」

どちらにしてもフランシーンにはシャーロットの声が丸聞こえだった。

「銃声が聞こえたあと、あたしら——つまりマーシーが——トウモロコシ畑から飛びだしてくる男を見たんだ。あそこで倒れてる男だよ。誰かに銃で狙われてて、ずいぶんあわててたって。それで土手から落ちるか滑るかして頭を打ったに違いないよ。ジョナサンが――ジョナサンていうのはフランシーンのだんなで、今は下で被害者に付き添ってるよ――土手を下りてって、被害者が川に流されないように助けたんだ」

「フランシーンというのは？」

「わたしです」フランシーンは彼に小さく手を振って見せた。

「あなたのご主人は、銃撃が行われているあいだに橋の外に出たんですか？」

「いいえ、銃声が止んでしばらく待って、安全を確認してからです」

「わかりました。こちらへ来てください」彼はフランシーンをそばに呼んだ。「銃を撃っていたのはひとりですか？」

シャーロットが横から口をはさんだ。「あれはライフルだった。銃声が重なって聞こえたから、ひとり以上いたはずだよ」

「撃っていた人物を見ましたか？」

フランシーンは首を振った。「いいえ。犯人はトウモロコシ畑に潜んでいたか、ウィリアムが土手から落ちたあとすぐに逃げてしまったかだと思います」

「被害者をご存じなんですか？」

「ええ、まったくの偶然なんですけど、わたしの親戚です。でもどうして彼がこんなところにいたのか、どうして銃で狙われたりしてたのか、見当もつきません」

警官はメモを取った。「あなたは犯人が行ってしまったことを知っていたんですか？　それともそう思っただけ？」

シャーロットが答えた。「絶対に行っちまったって確信はなかったけど、音が止んでしばらく経ってたからね。それにあたしらが橋から出ても、撃ってこなかったよ」

声が聞こえたのでみんなが振り返ると、ジョナサンが消防士に助けられながら土手を上ってくるところだった。彼は上までたどり着いてから、ウィリアムの財布とポケットから見つけた小びんを消防士に渡していた。あとから見つけた小さな本も渡したのだろうとフランシーンは思った。

そのあいだに、下にいる消防士たちは、ウィリアムをベルトで担架に固定して運び上げていた。

まもなく救急車が到着した。救急救命士たちはウィリアムを救急車に運びこむと、サイレンを鳴らしながら走り去った。ジョイはその一部始終をビデオに収めた。消防士たちは帰り支度を始めたが、帰る前に警官に小びんと財布を渡していった。

さらに数名の警官がやってきて、状況を確認したあと、トウモロコシ畑に移動して捜索を始めた。

「きっと一帯を封鎖して証拠を探すんだよ」とシャーロットが言った。

そこに保安官事務所の車がまた一台到着した。降りてきたのは、かなり印象的な男だった。日に焼けた肌は革のように硬そうで、薄くなった髪とたっぷりした口ひげは真っ白だった。

手に持っていた白いカウボーイハットを、歩きながら頭にかぶる。どう見ても、西部劇に登場する保安官そのものだ。最初に来た警官に状況の説明を受けると、彼は女性陣とジョナサンのところにやってきた。

「ストックトン刑事です」と男は自己紹介した。濡れてしまったジョナサンが、馬車にあった毛布にくるまっているのを見て、こう言った。「ここは冷えるから、〈ロック・ラン・カフェ〉に場所を移して話すとしましょう。開店前だが、店主はなかに入れてくれるはずなんでね。それまでは、あなた方のあいだで、ここでの出来事を話し合わないように」

フランシーンはジョナサンと自分の着替えを持っていった。店につくと、刑事はふたりに着替えてきてもいいと言ったが、残りの人たちはばらばらのテーブルに座らせた。フランシーンとジョナサンが着替えて出てくると、志願証人陳述書という書類を渡された。

「あなた方にもこれに記入してもらう必要がある。お互いに話はしないように」

「何時ぐらいまでここにいなくちゃならないかしら?」とジョイが訊いた。「友人のメアリー・ルース・バロウズが、屋根付き橋フェスティバルで食べ物のブースを出すことになってるんです。メアリー・ルース・バロウズって、聞いたことありません? 『チョップト』に出てるんですよ。ほら、フードネットワーク局の。ともかく、わたしたち彼女のブースを手伝うことになってるんです。だから急いでロックヴィルまで戻らなきゃならないの」

「書類を書き終わるまでは、いてもらうことになるね。思い出せる限り、細かいところまで書いてもらいたい。まだ記憶が新しいうちに書いてもらうのがベストなんでね」

「あたしには、これ一枚じゃ足りないかもよ」とシャーロットが書類をながめながら言った。「あたしの観察力は並外れてるからね」

「もっと必要なら」表情も変えずに答える。「余分はいくらでもある」

フランシーンは、ジョナサンからこんなふうに引き離されているのが落ち着かなかった。だが他人の見方にまどわされないことが重要なのだろう。もし話し合ったら、お互いの意見に影響されてしまうことになる。彼女はできる限り詳しく書類に書きこんでいった。

ジョイが一番先に終わり、ストックトンに書類を持っていった。彼はいくつか質問し、お互い書類にサインした。つぎがマーシーだった。フランシーンはじわじわとプレッシャーを感じ始めていた。はるか昔に学校のテストで、終わった人から教室を出ていくときの焦った気持ちを思い出してしまう。

シャーロットは本当に追加の用紙を頼み、ジョイは小声で文句を言った。

「車がもう一台あれば先に出られたのに」

マーシーはテーブルに戻り、いらだたしげにドスンと音をたててすわった。ジョイも同じテーブルに移って言った。「お腹がすいたわ」

マーシーがメニューをつかんだ。「わたしもです。この際、この無駄な時間を有効活用しなくちゃ」

店主がコーヒーのポットとカップを二つ持ってやってきた。「まだ開店前なんですが、体を温められるものをお持ちするよう、保安官に言われています。コーヒーはいかがですか？

今オーブンでシナモンロールを温めていますので、すぐにお持ちしますよ」

「ご親切にありがとう」とジョイが答えたが、そのとき彼の言葉に気がついた。「保安官って？　あの人は刑事だって言ってたわよ」

店主は彼女たちの前にカップを置いた。「ああ、あの方は長いこと保安官だったんです。多選の制限があって退職されたんですが、まだまだ力もあるし、皆から慕われてましてね。それで新しい保安官が、特別職として残したんです。いまだに彼を保安官と呼ぶ人もいるんですよ」

「へえ。わたしたちのヘンドリックス郡ではあり得ない話ね」

「新しい保安官が彼の息子さんだったせいもありますが」

マーシーが笑った。「シカゴあたりでありそうな話ですね」

店主はふたりにコーヒーを注いだ。「あとでシナモンロールを持ってきます。店のおごりですよ」

ジョイが携帯電話を取り出した。「メアリー・ルースにこっちの状況を知らせておかなくちゃ」携帯電話の画面をいじっているジョイに、マーシーが忠告した。「このあたりは電波が届かないんですよ」

「奥に使える電話がありますよ」と店主が言った。「こちらへどうぞ」

フランシーンはやっと書類を書き終わり、ストックトン刑事に手渡した。ジョナサンもすぐあとに続いた。シャーロットはまだ何やら書きこんでいる。フランシーンとジョナサンはマーシーたちのテーブルに移った。まだ開店前とわかっていたが、フランシーンはメニューをひととおり眺めた。朝からのストレスのせいか、空腹を感じる。

ジョイが戻ってきて言った。「電話に出なかったから、メッセージを残しといたわ。ここじゃ電話を受けられないから、Eメールを送ってちょうだいって。この店はWi‐Fiが使えるって貼り紙があったのよ。刑事さんが解放してくれたらすぐに行くって言っといた」

店主がシナモンロールの皿を持ってきた。皿をテーブルに置くと、フランシーンとジョナサンに訊いた。「おふたりにもコーヒーをお持ちしましょうか?」

ジョナサンは嬉しそうにうなずいた。「濃いのをお願いします。ブラックで」

店主は追加のカップを持ってきて、コーヒーを注いだ。ジョイが携帯電話をいじっているのを見て声をかける。「Wi‐Fiのパスワードが必要なら、メニューに載ってますよ」

ジョイはお礼を言い、店主が奥に戻ると、シナモンロールにかぶりついた。

「これはこれでおいしいんでしょうけどね」と彼女は小声で言った。「メアリー・ルースのお砂糖がぱりぱりで、なかがしっとりしたシナモンロールには遠く及ばないわね」

フランシーンは自分の分を一切れだけ取って、あとはジョナサンにまわした。

「おいしくてもそうでなくても、こんな高カロリーのものは消化しきれないわ。メアリー・ルースのブースで誘惑が待ってると思うと、なおさらね。まあ無事にそこまでたどり着ければの話だけど」

ジョイの電話がジャンジャンとにぎやかな音を立てた。彼女は画面をチェックして言った。

「メアリー・ルースからEメールだわ」みんな静かになって、彼女がメッセージを読むのを待った。「大変！　早くもすごい行列だって。開店を遅らせてるけど、わたしたちがいつ来られるのか知りたがってる」ジョイは電話を置いた。「かなりパニックになってるみたいよ」

「でも、アリスとトービーが手伝ってるんですよね」とマーシーが言った。アリスはメアリー・ルースのケータリング事業の出資者になり、実務の見習い中だった。トービーはメアリー・ルースの孫で、自分探しの旅の真っ最中であり、とりあえず彼女の家の地下室に居候《いそうろう》している。「この時点で三人いても回せないなら、この先どんどん状況は悪くなりますね」

ジョイはシナモンロールの最後のかけらを口に放りこみ、唇から砂糖衣《アイシング》のかけらをぬぐった。マーシーに携帯電話を渡して言う。

「メアリー・ルースに返信しといてくれる？　例のトウモロコシのドーナツをどんどん揚げて、準備万端にしておくようにって。わたしたちはシャーロットの首根っこをつかまえて、引きずり出さなくちゃ」ジョイはずんずんと歩いていき、ストックトン刑事の前に立った。「わたしたち本当に今すぐここを出なくちゃならないの。急いでロックヴィルに行く必要があるんです」

ストックトン刑事は笑みを浮かべたが、少しも急いでいるようには見えなかった。ジョイが提出した志願証人陳述書を手に取って言った。

「おたくは、ジョイ・マックイーンだね？　チャンネル6のリポーターの？」

ジョイはとっておきの笑顔を彼に向けた。「ええ、そのとおりです」

彼はほかのみんなのほうを手で指して言った。

「そしてみなさん方は〝裸泳ぎのグランマたち〟だ」

ジョナサンがカップを置いて口を挟んだ。「わたし以外はね」

「失礼。女性のみなさん方は、ということです」

女性たちはうなずいた。フランシーンにはこの会話の行方がまったく見えなかった。ともかくこの男が早く自分たちを解放して、ロックヴィルに戻らせてくれればいいのだが。

ジョイが代表して言った。「友人のメアリー・ルースのブースは、今回のフェスティバルの目玉になってるんですよ。わたしたちが手伝いにいかないと、店を開けられないかもしれないわ。どうかわたしたちを帰していただけないかしら？」

「そんなに店が忙しいなら、なんでみなさん方はロックヴィルでご友人を手伝わずに、こんな朝っぱらからローズデールにいたんです？」

ジョイはみんなのほうをちらりと見た。「わたしは『インディアナポリス・ニュース』で屋根付き橋フェスティバルのリポートを担当してるんです。今朝もここで収録があったので」

「馬と馬車もリポートに使ったと？」

「ええと、それは……」

「それはわたしのせいなんです」フランシーンが割って入った。「わたしの実家はこの地域の出身なんですけれど、一九〇〇年代の初めごろに、曾祖母がローズヴィル橋であるスキャンダル事件を起こしたんです。それで、そのスキャンダルのシーンを再現して写真を撮ったらおもしろいんじゃないかと思って、馬と馬車を借りたんです。まさかこんなことが起きるとは思ってもいなくて」

言ってしまってから、フランシーンは唇をかんだ。細かいところまでしゃべりすぎたかもしれない。

ストックトン刑事はにやりとして椅子を後ろにかたむけ、二本の脚でバランスを取った。

「何にしても、みなさん方のまわりではよく事件が起きるようだ」

「それで、もう行っても構わないかしら？」と彼女は訊ねた。

「おたくの旧姓はなんとおっしゃるんですか？　当然、マクナマラではないはずだが」

「マイルズです」

彼は心当たりがあるという顔でうなずいた。「ご家族はここからそれほど遠くないところに住んでおられたのでは？　ローズデールとブリッジトンのあいだあたりかな」

この男が自分の旧姓を知っていたことを、喜ぶべきか警戒するべきかわからなかった。ここからさらに話が広がって、これ以上引き留められては困る。

「わたしの父が農場を売って、エヴァンズヴィルに越してからずいぶん経ちます。覚えていらっしゃるとは驚きました」

ストックトンは椅子の前部の脚をそっと床におろした。「われわれパーク郡の人間は、古いことをよく覚えているものでね。実家がここにあったなら、ご存じかもしれないが」

ジョイが手首を指でとんとんと叩きながら、フランシーンに視線を送ってきた。翻訳すると、〝とっととすませて〟ということだろう。

ストックトンもジョイの仕草に気づいたようだった。「マックイーンさん、おたくのシニア世代についてのリポートをいつも楽しく拝見してますよ。だが、それに関してひとつ確認したいことがある。わたしがここに着いたとき、ビデオを撮っておられたようだが、その映像をリポートに使うおつもりですか？」

「局側が使いたいと言えば、そうするつもりではいますけど。でもまだ確認してないの。このあたりは携帯の電波が通じないでしょ」

「ではまだ決定事項ではないということだね？　事件の映像をどの程度まで撮ったのかな？」

ジョイは警戒するように姿勢を正した。「ほとんどがジョナサンが救助してる場面ですけど。ただ、どんなふうに撮れてるかまだわからないわ。どうしてかしら？」

ストックトンは身を乗り出した。「そのビデオを提出していただきたい」

「でも、すぐに提出する義務はないはずですよね？　コピーを作って、あとで提出するとお約束します」

「しようと思えば、今すぐそのカメラを押収することもできるんだが」

「それは困ります」ジョイは泣き落としで行くことに決めたらしい。「わたしたち本当にロックヴィルに戻らなくちゃならないんです。もう陳述書は出したんですもの、行っちゃだめかしら？」

「そこのご友人が書き終わるまで、待っていただくしかないな」

全員の目がシャーロットに向けられた。彼女は今や三ページ目に取りかかっているところで、悪びれもせず肩をすくめた。「あたしは細かいことを記憶するのが得意なんだよね。それに、捜査方法についてもいろいろ提案を書いてるからね」

ジョイは大きな音をたてて息を吐いた。「あのね、ストックトン刑事はたくさん経験がありなのよ。捜査をどう進めるかぐらいご存じに決まってるでしょ」

「それはどうも」とストックトンが苦笑いして言った。

アリスがプレッシャーに弱く、トービーは必ずしもあてにならないことをフランシーンはよく承知していた。一刻も早くロックヴィルに駆けつけなくてはならない。「シャーロットも書き終わるわよね、いますぐに」最後の部分は明らかに警告だった。

「あと五分もかからないよ」とシャーロットが朗らかに答えた。

フランシーンにある考えが浮かんだ。「それならシャーロットは、ジョナサンといっしょに馬車に乗っていけばいいわ。馬と馬車を返して、それからジョナサンの車でロックヴィルまで来てちょうだい。そうしたら、わたしたちは今すぐ発てるもの」ジョナサンとシャーロットは長時間いっしょにいると、必ずお互いの存在に苛立ち始めるのだ。緩衝材になるフランシーンがいなければ、どちらもふたりきりでいるのを嫌がった。

ストックトンはジョイの陳述書をチェックした。「この携帯電話の番号できみに連絡が取れるのかな?」

「ええ。電波がとどく場所にいればですけど」

「確かにここは不便だが、そのうちきみもここの良さがわかるようになると思うね」とストックトンは言った。「だが今日のところは、とりあえず帰っていただいて構わない」

「ほら、ちょうど書き終わったよ」とシャーロットが言った。

ジョナサンがほっとしたように笑った。「それはよかった。じゃあ、わたしはすぐに馬車を返しに行ってくる」彼は自分の衣装を集めると、フランシーンに軽くキスして出て行った。

残された女性たちも、それぞれの荷物を急いでまとめ始めた。シャーロットはシナモンロールを一切れつかみ取った。「それ、すごくべとべとするわよ」とジョイが言った。「わたしの車にべとべとの指紋を残してほしくないのよね。戻しといてくれない？」

シャーロットは顔をしかめた。「だけどあたしはまだひとつも食べてないよ」

「それはあんたが刑事さんへのアドバイスに時間をかけすぎたせいでしょ」ジョイはストックトンに片目をつぶってみせた。

シャーロットは挑戦的な態度で一口がぶりとかじり取ると、ゆっくり嚙み始めた。

「そんならあたしが食べ終わるまで、みんなにここで待っててもらわないとね」彼女はシナモンロールを口いっぱいにほおばりながら言った。「もうジョナサンは行っちゃったね」

「何なら電話して捕まえるわよ」ジョイの言葉にストックトンが笑い出した。

フランシーンはシャーロットに紙ナプキンを渡した。「ほら、これで包めばいいわ。わたしのハンドバッグにウエットティッシュが入ってるから」

シャーロットは不機嫌そうに唇を曲げた。「うーん、なんだか面倒だね」

「車に着く前に食べ終わってしまうでしょ」とマーシーが言った。

確かに、とフランシーンは思った。

シャーロットがもたもたと杖を手に取っているあいだに、マーシーとジョイはドアから出て行った。フランシーンは衣装を落としそうになりながら、シャーロットを急き立ててあとを追いかけた。ドアが閉まったとき、戸口にとりつけられた鈴がちりんと鳴った。

4

「あの保安官どのは、どうやらジョイに気があるみたいだね」とシャーロットが楽しそうに言った。

シャーロットは急ぐ気などさらさらなさそうに、のんびり歩いていた。フランシーンと彼女がやっと橋のなかに入ったときには、ほかのみんなはもう橋を渡り終えるところだった。

「さっきもそう言ってたわね」フランシーンはいらいらした口調にならないよう気をつけた。フランシーンがいらだっているのは、シャーロットが本当はもっと速く歩けることを知っているからだ。ほかのみんなも知っていて、いつもはそのちょっとした嘘に調子を合わせている。だが今はできるだけ早く移動しなくてはならないのだ。

「ジョイもそろそろ誰かとデートしてもいい頃合いだと思わないかい？」と突然シャーロットが言った。

「そりゃ思うわ。でも余計な口出しして、ふたりの関係をぶち壊しにしちゃだめよ。関係ができたとしてだけど。あんたはただジョイの恋愛をだしに、事件の情報を手に入れたいだけでしょ？」

「まさか。ジョイの色恋沙汰を利用する気なんてないよ。なんでそんなふうに思うかね？」

そう言いながら片方のひざに体重をかけたとき、シャーロットは痛みに声を上げた。

今日は朝から動き回っていたし、とくにでこぼこの土手を歩いたことで、本当にひざに負担がかかっていたのだろう。フランシーンは少し態度をやわらげた。

「だってあの刑事さんに何度も〝捜査協力〟を持ちかけようとしてたじゃない」

シャーロットはその言葉を無視して言った。「ちゃんとジョイのリストにあるんだから、協力しなくちゃね」

ジョイの〝死ぬまでにやりたいことリスト〟の五番目には、ただ「ロマンス！」とだけ書かれていた。それが何を意味するものか、ジョイのいないときにみんなで何度か話し合った。最終的に、ジョイもついに誰かとつき合う気になったのだという結論に達した。

ジョイの夫のブルーノがほかの男のもとに走ってからずいぶん経つ。しかしその出来事が彼女に与えた傷は、ぐずぐずと消えずに残っていた。離婚してすぐ、彼女は何人かの男――サマーリッジ・ブリッジクラブの面々に言わせれば〝負け犬の男たち〟――とつき合ったが、いずれもうまくいかなかった。それ以来、彼女は殻にこもってしまった。だがそれからもう十年以上になる。フリードリック・グットマン事件をきっかけに、リポーターという新しい仕事を手に入れて、彼女はやっとかつての陽気な自分を取り戻し始めたのだ。

「協力はけっこうだけど、自分の目的のためにジョイを利用するのはだめよ」

シャーロットは答えなかったが、弾が撃ちこまれた窓の近くまで来ると、足を止めて外をのぞいた。

「弾はこの窓から直角に入って、ライトスタンドに当たったんだよね?」彼女は銃弾が飛んできたほうを指さした。

フランシーンはシャーロットが指さした方角を目で追った。「だから?」

「だから、銃を撃ってたのがふたりだとして、ひとりは土手にいたことになるよ。トウモロコシ畑じゃなくて。トウモロコシ畑からなら、弾は斜めに入ってきて、別のものに当たったはずだ」

フランシーンはシャーロットの言ったことを考えてみた。「そのとおりだわ。だって一発目はまっすぐ飛んできて、反対側の壁を抜けていったんだもの」彼女は橋を横切って、銃弾が壁に空けた穴を確認した。

「つまり土手にいたやつは、ウィリアムじゃなく、あたしらを狙ったってことだよ」

フランシーンの背筋を冷たいものが下りていった。「確かにそうかも」

「なんであたしらを狙ったんだろう?」

「ウィリアムを襲ったところを目撃されたと思ったとか?」

「かもしれない」シャーロットは窓から顔を出した。橋の左側にあるトウモロコシ畑のほうを見て、それから右側の〈ロック・ラン・カフェ〉のほうを見た。「弾は土手のあのあたりから飛んできたと思うけど、あそこからだとトウモロコシ畑にいるウィリアムは見えないよね?」彼女は数百メートルほど上流を指さしていた。

フランシーンも窓から外をのぞいた。「そうね。たぶんあの川が曲がっているあたりにいたんだわ」

「どうしてあんなとこにいたんだろう？」

その質問の答えは難しくない気がした。「ウィリアムがトウモロコシ畑から逃げ出したあと、どっちに行くかわからなかったからじゃないの？」

シャーロットは長い溜息をついた。

「この答えじゃ気に入らなかった？」

「そういうわけじゃない、まずまずの答えだよ。でもやつは、ずっとウィリアムに狙いがつけやすかったはずだ。それなのに当たらなかった」

「ウィリアムを狙ってたんじゃなかったのかしら？　じゃあ何を狙ってたの？」

「いい質問だ。ウィリアムは誰かに追われてトウモロコシ畑から飛び出してきた。もし土手にいたやつがウィリアムを待ち伏せしてたとしたら、そこから出てくるのをあらかじめ知ってたってことになるよね」

フランシーンはシャーロットのほうを見た。「何か気づいたのね、シャーロット。言ってちょうだいよ」

「何にも。ただいろいろ考えてみてるだけだよ」シャーロットは片足を引きずりながら、写真撮影の場所まで歩いていった。「ウィリアムはこの橋を目指して走ってきた。それには何か理由があったからに違いないよ。あたしらが橋のなかにいたのは、土手にいたやつにとって予想外だったのかもしれない」

フランシーンはその何かが近くにあるだろうかと、あたりに目を走らせた。日が高くなってきたせいで、窓からはさっきより光が射しこんでいる。フランシーンは手がかりを見つけるのに夢中になり、ジョイとマーシーを追って車に向かう途中だったということを忘れてしまっていた。馬車が橋に入ってくる音がして、彼女は我に返った。

ジョナサンが御者席から声をかけてきた。「いったいここで何をしてるんだい？　ジョイとマーシーがしびれを切らしてたよ」

フランシーンとシャーロットは、馬車を通すために端によった。ジョナサンは通り過ぎるときに、フランシーンに小さな本を手渡した。ウィリアムのポケットから抜き出したものだとすぐにわかった。

「これだけ消防士に渡すのを忘れてたんだ」と彼は言った。「レストランであの刑事に渡すつもりだったが、例の陳述書を書き終わったときには、また忘れてしまってね。衣装を馬車の座席に放り投げたときに、その本が落ちてきて思いだした。だが警察に渡す前に、きみが見ておきたいんじゃないかと思ってね。わたしは最初のページを見ただけだが、それはきみのおばあさんの日記だよ」

フランシーンは驚いてその表紙を見つめた。祖母はとても熱心に日記をつける人だった。いちど彼女が日記をつけているところを見たことがある。書いた跡がまっすぐになるよう、紙を一枚切り取って、ペンの下に定規のようにあてて書いていたものだ。祖母が亡くなったのはフランシーンが七歳のころだった。両親が祖母の家を片づけに行くのについていったが、日記らしいものを目にした覚えはなかった。

　だが今その日記を見たとき、気になったのは表紙だった。

「この絵を見たことがあるわ」

「そりゃあるだろうさ」とシャーロットが言った。「矢の刺さったハートだもん。パーク郡中の何千って木に彫りつけられてるよ。この橋の落書きのなかにだって、五十はあるんじゃないの」

「ちょっと待って。あんたほど観察力のある人が、この橋にほとんど落書きがないことに気づかなかった？」

　ジョナサンは馬にぴしゃりと鞭《むち》を入れ、馬車はふたたび動き出した。

「あとはきみたちでやってくれ。だがロックヴィルに戻るなら、そろそろ行ったほうがいいよ」

　ジョナサンが行ってしまうと、シャーロットは窓のほうに近づいた。

「あんたの言うとおりだ。この橋は人の目が届かないわりに、ほとんど落書きがない」

「誰かがときどき消しに来てるのかもしれないわね」

「スプレー缶の落書きならペンキで消せるけど、彫りつけたものは隠せないよ。あんたはこのハートと矢をどこで見たのか覚えてないの？」

　フランシーンはふたりが立っているすぐ下の場所を指さした。「そこよ」橋を支えている梁に、何か彫りつけてあるのが見えた。「矢に貫かれたハートの絵よ。ジョナサンと窓の下にしゃがんだときに見たんだわ」

シャーロットは疑わしげに言った。「どうだろうね。ずいぶんへたくそな絵だけど」

フランシーンは抱えていた衣装を探ってスマートフォンを引っぱりだした。懐中電灯のアプリを使って梁に光を当てる。「あの矢を見て。羽根の部分に三本の線が入ってるでしょ。日記の絵と同じよ」

「ほんとだ。写真を撮っといたほうがいいね」

フランシーンは懐中電灯を消してカメラのアプリを起動し、写真を撮った。

そのとき、ジョイのSUVが騒々しい音を立てながら橋に入ってきた。ジョイは警笛を鳴らし、フランシーンとシャーロットが近づいていくと窓を下ろして言った。「すぐに乗らないと置いてくわよ」

ふたりは荷物を後ろのシートに投げ入れた。

「あたしの観察だけど」とシャーロットがフランシーンに言った。「あの梁はかなり古びてた。あそこに彫ってあった絵も相当昔のものかもしれないよ」

マーシーが助手席から振り返ってふたりを見た。「何の話ですか?」

「なんでもない」ふたりは同時に答えた。

「そう言われると気になりますね。フランシーンは何の写真を撮ってたんですか?」

「落書きよ。何か意味があるかもしれないし、ないかもしれない。ともかくその話はあとよ」

ジョイは橋にいるあいだはゆっくり進んだが、郡道W－350号線に出るや否や、制限速度が許す限りのスピードで走りだした。

フランシーンは振り返って〈ロック・ラン・カフェ〉のほうを見た。駐車場には保安官事務所の車がまだ数台停まっている。「ウィリアムのけががひどくないといいんだけど。どこの病院に運ばれたのかしら」

「ロックヴィルに戻らないと電話もかけられませんよ」マーシーはうんざりした様子だ。「このあたりは電波が届かないんですから」

「この事件が後まわしにされないうちに、刑事さんが犯人を見つけてくれることを願うわ」とフランシーンは言った。

「やってくれるわよ」とジョイが言った。「わたしはリポーターとしてこの事件を追いかけて、彼にどんどんプレッシャーをかけてやるわ」

車のなかは静かになった。「何よ?」とジョイが訊いた。

「何にも」とシャーロットがにやにやしながら答えた。

ジョイが続けた。「それにあの人、昔は保安官だったんでしょ? 自分の仕事は心得てるわよ。彼ってなんだか西部劇に出てくる保安官みたいじゃない?」

それについては全員が同意した。

「フランシーンが言ってるのはさ」とシャーロットが言った。「これからパーク郡に有象無象の観光客がわんさと集まってきたら、保安官は別の仕事で忙しくなるんじゃないかってことだよ。いったんウィリアムが無事とわかったら、ほかにけが人も出なかったし、この件はじきに彼のレーダーから外れちまうかもしれないだろ」

やがてジョイとマーシーはテレビ番組についての議論を始め、フランシーンはいつものように退屈してきた。ジョナサンから受け取った日記を引っぱりだして、眺めてみた。薄暗い橋のなかで見たときよりも、細部まではっきりと見ることができる。留め具がついていて、鍵がかけられるようになっている表紙はもともと無地だったものに、祖母がステンシルで絵を描いたようだ。

「どんなことが書いてあるんだい？」とシャーロットが訊いた。

ここで日記を開くことはできない。好奇心旺盛なシャーロットは、いっしょに読みたがるに決まっている。けれどこれは祖母の日記なのだから、ひとりで静かに読みたかった。

「他愛のないことだけよ」

フランシーンは日記をレインコートのポケットにしまった。ひとりになってから、ゆっくりページを開くことにしようと思いながら。

5

ロックヴィルの町に近づくにつれ、やっと携帯電話の電波が受信できるようになってきた。フランシーンはすぐにウィリアムの妻ドリーに電話をかけて、ウィリアムがクリントン市のユニオン病院にいることを聞き出した。ドリーはひどく狼狽《ろうばい》していた。ウィリアムが昏睡《こんすい》状態にあることだけはわかったが、それ以外の情報を聞き出せる状態ではなかった。フランシーンはあとで病院に行くと約束して電話を切った。

ロックヴィルの町はずれで、彼女たちは巨大な看板に出くわした。『ロックヴィルでメアリー・ルースの店を訪ねよう！　フード・ネットワーク出演中！』添えられた写真は、フェスティバルに出店する〈メアリー・ルースのスイーツ・ショップ〉のブースを正面から撮ったものだった。

「昨日ここを通ったときにも、あんな看板あったかしら？」とフランシーンが訊いた。

「運転してたから気づかなかったんじゃないの？」

二百メートルほど行ったところで、道路わきに別の看板を見つけた。今度は手作りっぽい木製のプラカードで、〈メアリー・ルース・ケータリング〉のイメージカラーであるピンク色に塗られていた。『フード・ネットワークでおなじみ！　トウモロコシのドーナツは〈メアリー・ルースのスイーツ・ショップ〉で！』

フランシーンはあっけに取られて看板が視界から消えるまで見つめていた。この派手な宣伝はメアリー・ルースらしくない。たぶん屋根付き橋フェスティバルの実行委員会が、メアリー・ルースの評判を利用してお客を集めようとしているのだろう。

フェスティバルにスイーツ・ショップのブースを出せないかと交渉してきたのは、実行委員会のほうだった。十日間続くフェスティバルの期間中、毎日の出店の準備ができるよう、ロックヴィルのダウンタウンにある豪邸に滞在できるという条件もついていた。家主はメアリー・ルースのファンだったが、フェスティバルのあいだの喧噪を嫌って、毎年旅行に出てしまうという。豪華な屋敷と完璧な業務用キッチンを見て、メアリー・ルースはその仕事を引き受けることに決めた。ブリッジクラブのメンバーたちも、喜んでいっしょに泊まって手伝うと約束した。ジョナサンは早朝の写真撮影のために、昨夜一晩だけ泊まっていたのだった。

車はロックヴィルに入ったとたん、渋滞に巻きこまれた。「この道を来たのは失敗だったな」とジョイが言った。「フランシーン、裏道をナビできる？」

フランシーンは小さいころにエヴァンズヴィルに引っ越してしまい、ここで育ったわけではなかった。しかし、その後もたびたびここを訪れる機会があったので、ある程度は土地勘がある。ジョイはフランシーンの指示にしたがって車を走らせたが、しばらく進むとまた別の渋滞に巻きこまれてしまった。しかも今度は車が動く気配がまったくない。

ジョイは苛立たしそうにハンドルをとんとんと指で叩いた。

「まあ少なくともさっきよりは近づいたか」

「もし少しでも早くメアリー・ルースに合流したかったら」とフランシーンが言った。「ここから歩くしかないわね。みんな、大丈夫？　シャーロットはどう？　歩けそう？」

「やるしかないだろ」シャーロットはためらいもせず杖をつかみ、後部座席のドアを開けた。

ジョナサンがいっしょでなくてよかったとフランシーンは思った。シャーロットも不満そうだが、ジョナサンがいたらもっと不機嫌になっていただろう。彼はもともと行列というものを嫌っていたが、なかでも渋滞を何より憎んでいた。それに加えて、〝屋根付き橋フェスティバルも最近は下らないものに成り下がったよ〟と、フランシーンに一度ならず文句を言っていたのだ。それもこれもアメリカ人最大の悪癖――がらくた品《ジャンク》を買いこみ、ジャンクフードを食べる――のせいだというのが彼の持論だった。

しかしジョナサンの意見にも一理あると認めざるを得なかった。それというのも、車から降りて最初に目にしたのが、豚の皮の油揚げ《ポークラインズ》のブースで、その隣はブース三つ分を使った、木彫りのガチョウ向けの手作り服専門店だったからだ。それぞれのブースは、ハロウィン、クリスマス、スポーツウェアと三つのテーマに分けられていた。

メアリー・ルースのブースがある郡庁舎広場まで、二ブロック歩かなくてはならなかった。途中でマーシーが、「申し訳ないんですが、ほかのクライアントとの予定があるので」と一行から抜けていった。フランシーンは少し驚いたが、考えてみればマーシーは、メアリー・ルースの広報コンサルタントというわけではない。彼女が今朝、行動を共にしていたのは、あくまでジョイのためだった。

シャーロットがふらふらとビーフ・ジャーキーのブースに吸い寄せられたりしないよう、フランシーンは目を光らせながら歩いていった。彼女たちはやっと、郡庁舎広場のあるオハイオ通りとジェファーソン通りの角までたどり着いた。〈メアリー・ルースのスイーツ・ショップ〉は、広場の反対側の角にあった。ジェファーソン通りには屋台がずらりと並び、それに沿って長い行列ができていた。だが並んでいる人たちが屋台で買い物をしている様子はなく、別の目的があるようだった。

郡庁舎広場はおおぜいの人でごった返していた。郡庁舎の階段近くで、女性のふたり組が、ギターを弾きながらキャリー・アンダーウッド風のカントリー・ソングを歌っている。何かの政治的なグループが、十一月の選挙に向けて演説をしている。バスツアーの運営会社が大声で客引きをしている。

ジョナサンは厳しい評価を下していたけれど、フランシーンは実は屋根付き橋フェスティバルの市場が大好きだった。この光景を見て、においをかぐと、いつもわくわくしてしまう。時刻は午前十一時で、あたりにはプルドポーク（豚の塊肉を低温のオーヴンでじっくり加熱してほぐした米国南部料理）の焼ける香ばしいにおいがただよい、大樽でケトルコーン（砂糖と塩とオリーブオイルで味つけしたポップコーン）を作るポンッという楽しげな音が響いていた。しかし何といっても一番の目玉は、メアリー・ルースによる最新スイーツ、〝トウモロコシのドーナツはちみつシナモン風味グレーズがけ〟の極上の香りだった。彼女のブースが見えたとき、やっと行列の出どころがわかった。列は彼女の店を一周してウェストハイ通りを下り、ジェファーソン通りまで続いていたのだ。

メアリー・ルースのピンク色のトラックは、太陽の光を浴びてぴかぴかに光っていた。ケータリング用のトラックはフライヤーと冷蔵庫とこんろが入れられ、小型のキッチンに改造されていた。トラックのドアの前にあるブースは、フェスティバル実行委員会が特別に彼女のために組み立ててくれたものだ。小さなブースだが、お金と商品のやり取りをする大きな窓があり、窓の横には商品のディスプレイケースを置ける場所もある。なかには、トウモロコシのドーナツ、アイシングのかかったシナモンロール、五種類のクッキー、三種類のスコーン、小麦粉を使わない特製のチョコレートケーキが並んでいた。

アリスはシナモンロールを温めてアイシングをかけ、メアリー・ルースはトウモロコシのドーナツを揚げてグレーズをかけてからトービーに渡し、売り子のトービーは代金を回収して商品を渡していた。

「トービーが食べ物を渡したときの客の反応が面白いね」とシャーロットが言った。「一瞬、〝このおっかない刺青《いれずみ》のお兄ちゃんから受け取ったものを食べて、大丈夫なのかしら？〟って顔するんだよ。結局みんなおいしそうな食べ物に抵抗できなくて、あっという間に食べちまうけどね」

「メアリー・ルースがきれいにひげを剃《そ》らせたから、前よりずいぶんハンサムに見えるわよ。

あのじゃらじゃらつけてたピアスもなくなったしね」

トービーが彼女たちを見つけ、哀願するような目で出迎えた。「早くばあちゃんを手伝ってやってくださいよ。行列は延びるいっぽうで、こっちはもう大混乱です。まだ昼飯どきでもないってのに」

「ランチ用の食べ物は出さないことにしたんでしょ？」とフランシーンが訊いた。

「出しませんよ、だけどランチタイムとは関係なく大人気なんです。試食品でも配ってなだめたほうがいいですかね？」

シャーロットは感心しない様子だった。「そんなことしたらお客が増えるだけじゃないかね？」

「大丈夫、わたしたちもすぐに手伝うわよ」と大急ぎで合流したジョイが言い、ディスプレイケースからトウモロコシのドーナツをひとつ取った。「これ大好きなのよね」とフランシーンとシャーロットに言うと、一口ぱくりとかじった。

トラックまで行くには、ぐるりと遠回りしなくてはならなかった。だがそこに行き着く前にマーシーの声が聞こえてきて、彼女たちは足を止めた。メアリー・ルースのブースの裏手に張られたテントの前で、マーシーは赤とネイビーのストライプの衣装に身を包み、甲高い声で呼び込みをしていた。

「グレート・メルリーナによる占いはいかがですか？　グレート・メルリーナがあなたの未来を見通します！」

ジョイは気づかなかったふりをして、メアリー・ルースを手伝いに行ってしまった。だがシャーロットはフランシーンの腕をつかむと、マーシーのほうに引っぱっていった。

「ねえ、これがあんたの別のクライアントってやつ？」

マーシーはむっとしたように答えた。「メルリーナはわたしの姪です。占いビジネスの宣伝を請け負ってるんですよ」それから慌てたように付け加えた。「姪に力がないということじゃないんですよ。むしろその逆です！　あの子には本物の霊感があるんです」

〝これはまずい展開になるかも〟とフランシーンは思い、早めに退散することにした。

「そうなの、すごいじゃない。もうお客さんの列ができてるようだから、わたしたちは必要ないわね」

「ちょい待ち、あたしは占ってほしいな」とシャーロットが口をはさみ、マーシーにウィンクして言った。「割引にしてくれるかい？」

「ええ、まあ」

フランシーンが咳払いした。「シャーロット、メアリー・ルースは人手を必要としてるのよ。行きましょう」

シャーロットはさっと手を後ろにひっこめた。「占ってもらえるまで行かないよ。それでマーシー、いくら払えばいいんだい？」

「あなたなら十ドルでいいですよ。ふだんグレート・メルリーナは、十五分の占いにつき三十ドル請求するんですけどね。それよりすぐに並んだほうがいいですよ、ぐずぐずしてると順番がお昼を過ぎてしまいますからね」マーシーはシャーロットを列のほうに押しだした。テントの前には五人が並んでいる。「割引をしてもいいか、あとで確認してきます。その前にちょっとフランシーンに話があるので」

シャーロットは列の最後尾につき、テントの陰に隠れて見えなくなった。

「さて、やっとゆっくり話ができます」とマーシーが言った。「早速ですが、もっとテレビに出るつもりはありませんか？　さっきのローズヴィル橋のリポートは見事でしたよ。あれならすぐにでもいくつか仕事を――」

フランシーンはむっとした。昨夜ロックヴィルの豪邸のキッチンで、今日のための準備をしていたとき、テレビ出演についての考えははっきり伝えたつもりだった。

「答えはノーよ。わたしはこの先テレビに出るつもりはありません」

「そうですか。じゃあラジオは？　ラジオの仕事もすぐに取れますよ」

「出ません！」

マーシーは聞こえよがしに大きなため息をついた。だがフランシーンの反応は予想ずみだったはずだ。「『チョップト』に出演したおかげで、メアリー・ルースのビジネスが上り調子になったのはご存じですよね？　大人気のトウモロコシのドーナツは、番組のデザート対決で生まれたんですから」

「それでもメアリー・ルースは対決に勝てなかったじゃないの」

「勝ち負けなんて相対的なものですよ。あのドーナツに並ぶ行列を見たでしょう？　フードネットワーク局の人がこれを見たら、喜んで彼女のオンエア回数を増やしますよ」

「あなたは彼女の広報コンサルタントじゃないと思ってたんだけど」

「ええ、確かにそうじゃありません。少なくともあなたの思うような意味ではね。でもメアリー・ルースの気持ちも変わるかもしれませんよ」

フランシーンはどう答えていいかわからなかった。マーシーは勝手にメアリー・ルースのために動いているのだろうか？

「ほんとに占いをやってみません？　あの子の霊感は本物だって保証しますよ。これは宣伝のためでも、親戚だからでもなく言ってるんですけど」

「わたしは占いのたぐいは信じないことにしてるの」

「ちょっと拝見」マーシーはさっとフランシーンの手を取って、手のひらを上に向けさせた。

「姪が手相見のコツをいくつか教えてくれたんです」

フランシーンは彼女に疑わしげな視線を向けながらも、そのままやらせておいた。

「どうせ『生命線が短いです』とか言うんじゃないの？」

マーシーが黒いサングラスの上から見えるぐらい高く眉を上げた。

「逆ですよ。すごく長い生命線です。ほら見て」マーシーは手のひらの線をすっと指でなぞった。

「これって長いの？」

「ええ、普通の人よりは長いと思います。実際わたしが見たなかでは、一番長いかも。と言っても、そんなにたくさんの人を見たわけじゃないですけどね。メルリーナを手伝い出してからですから。とにかく、ぜひ一度メルリーナに手相を見てもらってくださいよ。タロットカード占いも当たるんですよ」

「いっそ彼女をパジャマパーティにご招待して、交霊会でも開きましょうか」フランシーンは冗談のつもりだったが、言ったとたんに後悔した。

マーシーの顔がぱっと明るくなり、勢いこんで反応してきたからだ。「すばらしい思いつきですよ！　交霊会もメルリーナの得意分野なんです。誰かの〝やりたいことリスト〟に交霊会は入ってないんですか？」

「入ってないわ。それに全然いい思いつきじゃないわよ。ただの冗談」フランシーンは目を逸らした。実を言えば、交霊会はアリスのリストに入っていた。四十番台ぐらいの低いほうだったが、あることはあった。

「ふうん。まあ、あとでシャーロットといっしょに調べてみますよ」

そのとき、トービーが急ぎ足で向かってくるのが目に入った。「もう行かなくちゃ。じゃあね、マーシー。グレート・メルリーナのお仕事がうまくいくよう祈ってるわ」

フランシーンはそそくさとその場を離れた。だがマーシーがにこにこしながら見送っているのを見て、不安になった。彼女があの笑顔を浮かべているときは、大抵ろくでもないことを考えているのだ。

「どうかした、トービー？」

「ばあちゃんがすぐ来てくれって」

「何かあったの？」

「もうすぐトウモロコシがなくなりそうなんです。でも誰も買いに行く暇がなくて。お客たちも、うちのブースの商品が売り切れそうだって気づき始めてます」

「わたしが買いに行ってくればいいのね？」

「そうです、でももう遅すぎるかも」

そのころにはもう、長く延びた列から不満の声があがり始めていた。人々のいら立ちが、海岸に押し寄せる波のように大きくふくらんでいくのがわかった。誰もが前へ前へと進みだし、人の波がブースに迫ってくる。たくさんの手がディスプレイケースをばんばん叩き、残っている商品を何でもいいからつかみだそうとする。ジョイはひっと息を呑んで後ずさり、メアリー・ルースは目を見開いて両手を上げた。アリスは胸の十字架のペンダントをつかんだ。

フランシーンはつぎに起こる惨事を予想して、ごくりと唾を飲みこんだ。

そのとき近くのブースから、甲高い客引きの声が聞こえてきた。

「豚の皮の油揚げ《ポークラインズ》だよ！　無料の試食をご賞味あれ！」

「ビーフ・ジャーキーにヘラジカ・ジャーキー、お好みのジャーキーをどうぞ！」

空腹の人びとの耳は、敏感にその声を聞きつけた。

彼らはそれぞれ好みのブースへと散っていった。

フランシーンはほっと息をついた。
そして二度とポークラインズやビーフ・ジャーキーを見下したりしないと誓った。

6

メアリー・ルースはわずかに残ったクッキーとスコーン、チョコレートケーキのスライスを急いで回収し、ブースを閉めた。

「ふう！」と大きく息を吐いて額の汗をぬぐい、湿った茶色の髪を耳の後ろにかけた。「こんなに怖い思いをしたのは生まれて初めてだわよ」

「わたしは本日二回目だわ」とジョイが言った。

「ああ、そうだった！　あんたたち、橋にいるあいだに銃撃されたって言ってたわよね。いったい何があったの？」

ブースを掃除して翌日の準備をするあいだに、ジョイとフランシーンはメアリー・ルースとアリスに今朝の出来事を話して聞かせた。

「あなたのいとこの方、容体はどうなの？」とアリスが訊いた。

「携帯の電波が受信できるようになってから、すぐに奥さんに電話したの。昏睡状態に陥ってることだけはわかったけど、それ以外はあまりはっきりしなくて」

「そうだったの。じゃあ午後には病院に行きたいでしょ？」メアリー・ルースが失望を隠そうとしているのがわかった。彼女はこんろとフライヤーが消えているかもう一度確認したが、そのあいだもフランシーンと目を合わさないようにしていた。

「ごめんなさいね、でもそうなの。ここの片づけが終わったら、すぐに出なくちゃならないわ。ジョナサンが馬と馬車を返したあと、ここまで車で迎えに来ることになってるのよ」メアリー・ルースが自分を必要としていることは明らかだった。だがウィリアムは親戚だし、そうするべきなのだ。

「大丈夫、もちろんわかってるから」

メアリー・ルースが心からそう言っていると、フランシーンにもわかっていた。フランシーンはステンレスのカウンターを拭きながら言った。

「病院を出たらすぐに戻ってくるわ。それからジョナサンがもう一晩泊まれないか頼んでみる。そうしたら働き手がひとり増えるでしょ。明日もこの状態だったら、もっと人手が必要だもの」

「そうしてくれたら、ほんと助かるわ」

「よし、じゃあこれからの行動を整理しましょ」ジョイがカウンターにもたれて言った。

「まずは家に戻って、預金伝票に記入して、売り上げを銀行に預ける」とメアリー・ルースが言った。「ケータリング業者のルールその一。現金は預金する。それから明日の計画を立てて、買い物に行く。この調子なら、もっと材料を仕込んでおかなくちゃだめだわ。だけど昨日と違って、今日は午後をまるまる使えるのよね」

「シャーロットが戻ってくるまでここを出られないわよ」とフランシーンが言った。

メアリー・ルースは腰に手を当てた。「それよ。シャーロットはいったいどこにいるのよ？」

フランシーンはメアリー・ルースの背後のテントを指さした。

「グレート・メルリーナに運勢を占ってもらうんですって」

「そりゃ優雅だこと」

「メルリーナがあんたのすぐ裏のブースに来たのは偶然なの？」

「どうなのかな。あたしはこの場所を割り当てられただけで、まわりに誰が来るのかについては、何も聞いてなかったのよね。わかってたのは無料ってことだけ。だからあたしも余計な質問はしなかったわ。主催者はロックヴィルの名物になるような食べ物を作ろうとしてるみたいよ。この町には屋根付き橋がないからね。ブリッジトンとマンスフィールドにお客を持っていかれるのが気に入らないのよ」

メアリー・ルースは、シャーロットを待って時間を無駄にしたくないと主張した。それでトービーがトラックといっしょに残り、シャーロットを待つことになった。借りている家はブースから徒歩圏だったが、ひざの悪い彼女が歩いて帰るのは大変そうだったからだ。

「暇つぶしなら、いくらでもあるから大丈夫ですよ」その言葉どおり、みんなが出るころにはトービーの目はスマートフォンの画面に釘付けで、いつまでも待っていられそうだった。

フランシーンがジョナサンに電話をかけると、彼があまり遠くないところで渋滞にはまっているることがわかった。「わたしがそっちに行くわ」とフランシーンは言った。「ウィリアムはクリントンの病院にいるから、そこから向かいましょう」

「それがいい。この渋滞はしばらく動きそうにないからね」

フランシーンは二ブロック歩いてジョナサンのトラックを見つけて乗りこむと、ジョナサンに抜け道を指示した。

「いくつかわかったことがあるよ」とジョナサンは言った。「ローズヴィル橋の隣のトウモロコシ畑の持ち主は、ゼデダイア・マシューという男らしい。トウモロコシ畑も含めてかなり広い土地を所有していて、三百エーカー以上あるそうだよ。このマシュー氏は、自分の土地を守ることについてはかなり神経質なんだ。これまでに何度も、入りこんだ者を追い払ってトラブルを起こしている。ウィリアムを追いかけたのは彼かもしれないが、証拠がないからね」

「どうしてまたウィリアムはそんな人に追いかけられることになったのかしら?」

「そこにある伝説が絡んでくるんだよ。ゼデダイアはドク・ホイートという男から土地を買い入れたんだ。ドク・ホイートというのは、大恐慌の時代に薬草療法で富を築いた男だそうだ。彼の調合薬がよく効くと評判になって、海を越えて輸出されたらしいよ」

「薬草療法なんて非科学的だわ」

「そこをきみと議論するつもりはないよ。ともかく彼のビジネスは、薬学の進歩によってだんだん衰退していった。だがそれまでに、十分な富を蓄えていたんだ。彼は大恐慌を経験していたから、銀行というものをまったく信用していなかった。それで全財産を自分の土地に埋めた。少なくとも、そういう噂だ。それ以来何十年にわたって、噂を信じた人びとが、隠された財産を見つけ出そうとしてきた」

「そんな話、どこで知ったの？」

「馬車の持ち主が話してくれたんだ」

車はやっと国道41号線に出て、渋滞はかなりましになった。

ウィリアムは本当に人の土地に埋められた財産を探していたのだろうか？　フランシーンの知る限り、彼の老人ホーム事業はうまくいっていたはずだ。

「もしウィリアムがその隠し財産を探していたんなら、噂が本当だっていう確信があったんだと思うわ。ただの噂にそこまで危険を冒すはずないもの」

「ともかく無事であることを祈ろう」

「そうね」

フランシーンはスマートフォンを車のオーディオにつなぎ、気持ちが癒されるようなプレイリストを探した。

「そのマシューっていう人が銃を持ち出してまで侵入者を追い払うのは、本当に隠し財産があるからだと思う？　それともほかに何か隠さなくちゃならないものでもあるのかしら？」

「ずいぶんシャーロットっぽい質問だね。シャーロットっぽく答えるなら、マシュー氏は隠れテロリストで、自分の土地に武器一式を隠しているというところかな」

「まさにシャーロットが言いそうなセリフね」フランシーンは思わずにやりとした。

「最近よく彼女に会うからね」

フランシーンは笑った。それからしばらく会話はとだえ、彼女は物思いに沈んでいった。ウィリアムがどんな状態なのか、心配で気持ちがふさいだ。

フランシーンもウィリアムも、きょうだいがいなかった。そしてどちらの両親も他界していた。遠い親戚とは言え、ウィリアムはフランシーンにとってただひとりの血のつながった親族だったのだ。彼女がジョナサンとのあいだに三人の息子をもうけたのは、そんな寂しさも影響していたかもしれない。しかしウィリアムとドリーは、結婚したのが遅く、子どもはいなかった。

ドリーとウィリアムが結婚したときは、お互い相手に夢中になっているように見えた。しかし正直なところ、ドリーはフランシーンがウィリアムの結婚相手として想像していたタイプではなかった。そのころドリーは四十代半ば、ウィリアムは五十代で、ドリーのほうは離婚を経験していた。元夫にはあまり芳しくない過去があったようだが、彼女はあまり詳しいことは明らかにしていない。もしドリーのルックスと、そして積極的なアプローチがなければ、ふたりが結婚にまで至ることはなかったかもしれない。

結婚前のドリーは、酒場で働くバーテンダーだった。結婚してからは、ウィリアムの老人ホーム事業のために、骨身を惜しまずよく働いた。彼女なしには、事業が今のような成功を収めることはなかっただろう。その点で、フランシーンはドリーに敬意を払っていた。けれど彼女には、賢さというよりはどこか抜け目のなさが感じられた。そのせいで、フランシーンは彼女に心から気を許すことができなかった。ドリーが必要に応じて、いくらでも無慈悲になれることを見てきたせいでもある。その資質は、しかしビジネスには有利に働いた。ウィリアムの内向的な性格もあり、今ではドリーのほうが主になってビジネスを引っぱっているようだった。

最後にフランシーンがふたりに会ったのは、次男のアダムの結婚式のときだ。そのときの様子は、まさにふたりの関係を端的に表しているように見えた。フランシーンはウィリアムとドリーを親族として自分のテーブルに座らせた。しかしウィリアムはいかにも居心地が悪そうで、ほとんど誰とも口を利かずに飲んでばかりいた。いっぽうドリーのほうはノンストップでしゃべり続け、しかも傾聴に値することは何一つ言わなかった。彼女が話をやめたのは、飲みすぎだとウィリアムを厳しくなじったときだけだった。ジョナサンはこっそり彼女を溶岩の流れ出る活火山にたとえたのだった。「いつ噴火するかわからないからね」

何がウィリアムをあんなふうに内にこもらせてしまったのだろう？　ドリーがしゃべりすぎることで、よけいに話す機会を失ってしまったのだろうか？　それとも思春期のころに傷を負い、それを克服しないまま今に至っているのだろうか？

年老いた人や体の不自由な人でいっぱいの老人ホームを、ウィリアムがいくつも経営するところをフランシーンは容易に想像できた。入所者の直接の世話は、彼の雇った職員たちに任される。オーナーのウィリアムがコミュニケーションをとる必要があるのは、自分の下で働く数人のマネージャーとだけだ。

フランシーンは自分たちが幼かったころのことを思い出した。祖母の家の屋根裏でいっしょに遊び、仲良く秘密を分けあった。いつからか、ふたりはまったく違う方向に進んでしまった。それでもかつての親密な思い出は、まだ彼女とウィリアムを結びつけていたのだ。

車は州道１６３号線に乗ってウォバシュ川を渡り、クリントン市に入った。病院の標識を見つけ、それをたどってユニオン病院にたどりついた。多少の渋滞はあったが、到着まで三十分とかからなかった。

それから見舞客と認められるまでにひと悶着あったが、何とかドリーのいるＩＣＵに入ることができた。夫がＩＣＵに収容されているにもかかわらず、ドリーの外見は非の打ちどころなくきちんとしていた。まるで鏡の前で一時間かけて身なりを整えてきたかのようだ。淡いブルーのアイシャドーから真っ赤に塗られた唇に至るまで、メイクアップは完璧だった。服装はカジュアルな白いブラウスに黒いジーンズというものだった。

「来てくれてありがとう」ドリーはぎこちなくフランシーンにハグし、ジョナサンと握手を交わした。「ただここに座って、うちの人が眠ってるのを見てるしかないの。つらいわ」

ドリーはベッドまで歩いていき、フランシーンとジョナサンもあとに続いた。ウィリアムは前に会ったときと変わらないように見えた。頭頂部はほぼはげ上がり、縮れたごま塩の髪が、耳の上から後頭部にかけてぐるりと残っている。しかし髪のない部分は、みみず腫《ば》れになった赤い傷跡でいっぱいだった。顔色は悪くなかったが、人工呼吸器につながれ、首は装具で固定されている。「ドクターは何ておっしゃってたの?」とフランシーンは訊いた。

「たぶん落っこちたときに頭にけがをして、そのせいで脳が腫れてるんだって。でもひどい腫れじゃないから、意識を取り戻す希望は十分あるみたい。だけどどれぐらいかかるかわからないって言うの。数日かもしれないし、何週間もかかるかもしれないって。何週間もよ、フランシーン！　何週間もこのままの状態だなんて！」

最初のハグがあまりにも気まずかったので、フランシーンはハグするのはやめて、ドリーの肩に腕を回した。

「後遺症の危険はそんなに高くないって」とドリーは続けた。「でも目が覚めてみないと、どういう方向に転ぶかわかんないみたいなの。ジョナサンがうちの人を川から引き揚げてくれたことには、ほんとに感謝してる。もしそのせいで脳にダメージがあったとしても、悪気はなかったってわかってるから」

フランシーンは思わずドリーの肩から手を離した。もし後遺症が残ったら、ドリーはジョナサンに対して訴訟でも起こすつもりなのだろうか?

ジョナサンも同じように感じたらしかった。「確かに難しい決断だった。だがウィリアムが川に流されそうになっているのを、みすみす放っておくことはできなかったよ」

フランシーンもなるべく穏やかにジョナサンを援護した。「ウィリアムにはあの時点で意識がなかったの。もし流されてたら、間違いなく溺《おぼ》れてたと思うわ」

「もちろんわかってる。ジョナサンがあの人の命を救ってくれたのよね」

フランシーンは万一のために、今の言葉を録音しておきたいぐらいだった。

「銃で撃たれた傷はなかったのよね？」

ドリーは頭の引っかき傷をなでながら言った。「そう。出血はあったけど、土手を転がり落ちたときに、木の枝なんかにぶつかったせいみたい」

フランシーンはつぎの質問をどう切り出すか迷った。いかにも詮索しているように聞こえそうだったからだ。「それにしても、ウィリアムはローズヴィル橋なんかで何をしていたの？銃で追いかけてきた相手が誰かわかる？」

ドリーは視線を逸《そ》らした。「さあ。どうしてあんなところにいたんだか、全然わからないわ」

「ウィリアムが入りこんだ土地は、ゼデダイア・マシューという男のものだったそうだね」とジョナサンが言った。「ウィリアムはその男のことを知っていたのかい？」

「ゼデダイア・マシューのことなら、この辺の人は誰でも知ってる。短気で怒りっぽくて危ないやつよ」

フランシーンは励ますようにドリーの腕をさすりながら訊いた。

「ウィリアムは土手から落ちたとき、ふたつのものを身に着けていたの。ひとつはわたしの祖母の日記よ。もうひとつは何かの液体が入った小びん。どちらかだけでも、心当たりはない？」

ドリーの顔がこわばった。まったく心当たりがなかったからなのか、それともまずいことを知られて驚いたのか、表情だけではわからなかった。

「あたしには全然わからない」とドリーは言った。「それは今どこにあるの？」

「保安官事務所にあるわ」半分嘘だった。たしかに小びんのほうは警官の手に渡ったが、祖母の日記はフランシーン自身が持っていたのだ。彼女はジョナサンに目配せし、本当のことを言わないよう注意した。ジョナサンはすました顔で座っていた。

「あの人は地元の歴史に興味があって、いろいろ調べてたの」とドリーが言った。「フランシーンのおばあさんの日記をどこかのフリーマーケットで見つけたとは言ってたわ。でもなぜ今日それを持っていたのかはさっぱりわからない。小びんの中身だって見当もつかないし」

「ウィリアムは今朝家を出るとき、どこに行くとか、何か探してるとか言ってなかったかしら？」

ドリーは少しいらいらしたように答えた。「ロックヴィルに行くって言ってたわ。あたしたちの老人ホームのひとつがロックヴィルにあるのよ。老人ホームは二十四時間休みなしだって知ってるでしょ。うちの人が朝早くそこに向かってたのは、おかしなことでもなんでもないの」

ウィリアムの家はモンテズマという小さな町にある。ロックヴィルに行くには、まずコックスヴィル道路に出て、国道41号線にぶつかったところで、北に曲がらなくてはならない。

だがどんな理由があったのか、彼はそこで曲がらなかった。そのままコックスヴィル道路を走り続け、ローズヴィル橋を通り過ぎ、危険だと評判の男の土地に入りこんだのだ。ウィリアムはどこに車を停めたのだろうと、ふとフランシーンは思った。

「ウィリアムの車は見つかってるの、ドリー？」

ドリーの顔に、一瞬不安そうな表情がよぎったかに見えた。

「ううん。そういえばロイ保安官に、ウィリアムが乗ってた車の種類を訊かれたわ。でも今の今まで、車がどこにあるかなんて考えもしなかった」

ロイ保安官？　ああ、今朝会ったロイ・ストックトン刑事のことね。

「車が見つかれば、銃撃犯を見つける手がかりになるかもしれないわね」

「そうかも。でも絶対にゼッド・マシューのしわざだと思うけど」

ドリーがゼデダイアのことを〝ゼッド〟と親しげに呼ぶのは、すこし奇妙に感じられた。でもそんなに有名な男なら、きっと誰もがあだ名で呼んでいるのだろう。〝ゼッド〟ならましな部類に違いない。

ジョナサンが口を挟んだ。

「いくら怪しく見えたとしても、有罪が証明されるまでは無罪だからね」

フランシーンも内心では賛成だったが、今はドリーの機嫌をそこねたくなかった。

「そう、保安官はいわゆる〝推定無罪〟で捜査しなくちゃならない。ジョナサンはそのことを言ってるのよね？」彼女はジョナサンに目配せした。

「ところで、ウィリアムの車はまだあのライトブルーのビュイックなの？　ルサーンだったかしら？」

ドリーはウィリアムの手を取り、両手でつつんだ。「そうよ。きっとすぐに見つかるわよね」

「よかったら、わたしたちで探してみましょうか？」

「ありがとう、フランシーン。正直なところ、あたし、今はウィリアムのことで手一杯なの。そうね、そうしてくれたら助かる。何か必要なものはある？」

「車のナンバーとキーね。見つけたら、取ってこられるように」

ドリーはベッドの反対側にある小さなテーブルを指さした。そこにはヴェラ・ブラッドリーのコピー商品のトートバッグが、ファスナーを開けたまま置いてあった。

「キーはあたしのトートバッグに入ってるわ。ちょっと待ってね」

フランシーンがトートバッグに目をやったとき、なかに小さなびんが入っているのが見えた。コルクの栓がしてあって、ウィリアムが持っていたものと似ている。なかに何が入っているかまでは見えなかった。

ドリーはバッグに手を伸ばし、ウィリアムの車のキーを探し出した。

「はい、これよ。あの車のキーだってすぐわかるように、ライトブルーの丸いシールを貼ってあるの」彼女はバッグの口を閉じてしまったので、なかをのぞくことはできなくなった。

「ありがとう」とフランシーンはキーを受け取りながら言った。「あのビュイックのナンバープレートは、たしか凝ったアルファベットがついてなかったかしら?」

「そうそう。〝WRM MMIES〟よ。うちの会社の名前で、あの人は〈あたたかな記憶《ウォーム・メモリーズ》〉のつもりだったのよ。宣伝になるって思ったんでしょうね。でもあたしはつい〝干からびたミミズ《ワーム・マミーズ》〟って読んじゃうんだけどさ」とドリーは笑った。

フランシーンはジョナサンが座っていた見舞客用の椅子にうつった。その椅子はシンプルなデザインだったが、座り心地がよかった。フランシーンが看護師だったのはずいぶん昔のことだが、そのころに比べて病院というものはずいぶん変化したらしい。かつての病室は、清潔だけれど、冷たい場所だった。今はホテル並みの居心地の良さを目指しているかのようだ。フランシーンはドリーを手招きした。「少し座って休んだほうがいいわ」多少のぎこちなさを感じながらも、いたわりを込めて言った。

ドリーはウィリアムのベッドから離れ、フランシーンの隣の椅子に、疲れ切ったように腰を下ろした。それでも彼女は、背もたれには背中を預けず、ひざにひじをついてすぐに立ち上がれる姿勢を崩そうとしなかった。「ありがとう。あたしの妹が来てくれることになって、今メンフィスから向かってるところなの。でもここに着くまでにあと何時間かかかりそう」

ドリーの妹に会ったことがあるかどうか、フランシーンは思い出せなかった。会っているとすれば、たぶん何十年も前のウィリアムの結婚式のときだ。

「妹さんが来てくれるなら安心ね。早く着くといいわね。それで、老人ホームのほうはどう? あなたとウィリアムは、きっとこのあたりの高齢者たちの人気者なんでしょうね」

ドリーはあいまいに肩をすくめた。

「経営のほうはまあまあなんだけどね、法律がころころ変わるのについていくのが大変よ。政府はたっぷり資金援助をして、老人が自宅で終末期介護を受けるよう奨励してる。うちもサービスを多様化して対応しなくちゃならないってウィリアムは言ってるわ。あの人はとってもビジネスの才覚があるの。あたしひとりじゃ、とてもこんな仕事はできないわ。だから絶対によくなってくれなくちゃだめなのよ」

「大丈夫、きっとよくなるわ」フランシーンは会話に参加してくれるようジョナサンに目で訴えた。

ジョナサンは両手の指を合わせた。「今きみはは何をやってるんだい、ドリー？　施設のどれかを経営してるんだっけ？」

「テレホート市の老人ホームと、クリントン市の老人ホームを見てるわ。どっちも結構うまくいってて、利益を上げてるのよ。それに認知症ケア部門は全部あたしの担当なの。ロックヴィルの施設は満員で、順番待ちリストがあるくらいよ」ドリーは完璧にマニキュアを施した爪を神経質に噛んで、台無しにしながら答えた。

ジョナサンは自分の分担は終わったと言わんばかりに、また元の姿勢に戻って背もたれに体を預けた。

フランシーンはドリーと話すのがあまり得意ではなかったが、少なくとも自分のテリトリーとも言える病院でなら、多少は落ち着いていられた。病室の消毒薬のにおいも、廊下で交わされる家族たちの不安げな会話も、心電図モニターの移動していく緑色の曲線も、すべてが病院という舞台でくりかえし見てきたドラマの舞台装置のように感じられる。

「認知症ケアは、これから成長が見込めそうな分野よね。年を取った人が適切なケアを受けられる場所が増えるのは、いいことだと思うわ。でも残念なケースもあるそうね。認知症になった家族を施設に送りこんで、ほとんど訪ねていかない人たちもいるって聞くわ」

「そういうのって、ほんとよくある話なのよ」とドリーが答えた。「うちの施設にも年配の女の人がひとりいるんだけどね、すごく面白い話をしてくれるのよ」だがドリーは話すべきではないと気づいたように、急に口をつぐんだ。

ドリーにおしゃべりを任せたほうが気が楽だったので、フランシーンは続きをうながした。

「そうなの。どんな話？」

「何て言うか……とにかく普通の話じゃないのよ。まるで十九世紀末の人みたいな話をするの。『大草原の小さな家』のオーディオブックを聞いてるような感じ」

「訪ねてくる人はいるの？」

「ご主人が月に一度来るんだって。あたしはじかに会ったことはないんだけど、いつも夜すごく遅くやってきて、三十分すると帰っていくそうよ」

看護師が入ってきて、モニター機器をチェックし、「ファルケスさん！」と呼んだ。ドリーはあわてて立ち上がり、ベッドのそばに戻った。

フランシーンはそれをしおに腰を上げた。「そろそろおいとましたほうがいいわね」ジョナサンも待っていたように立ち上がった。

「ウィリアムの車が見つかったら連絡するわ」フランシーンはドリーに近づいてメモを渡した。「これにわたしの携帯電話の番号と、ロックヴィルでの滞在先の住所が書いてある。妹さんにも教えておいてね。何か必要なものがあったら遠慮なく電話して」

ジョナサンがドアを開けてくれたとき、フランシーンはウィリアムのほうをもう一度振り返った。元気な彼にまた会えるだろうか？　フランシーンは心からそう願った。だが毛布に覆われ、奇妙にねじれたようなウィリアムの姿を見たとき、フランシーンはなぜか言いようのない胸騒ぎを覚えた。

7

「ウィリアムの車を探しに行くなんて約束して、本当に大丈夫かい?」ピックアップトラックに乗りこんでドアを閉めてから、ジョナサンが言った。

フランシーンはシートベルトを締めながら訊いた。「そんなにまずかったかしら?」

「まずいというわけじゃないが、今日の午後はメアリー・ルースの手伝いで忙しいんだろ? しかもわたしはきみを送ったあと帰らなければならないし」

「いっしょに残れないの?」フランシーンはあわてた。ジョナサンに残ってくれるよう頼むと、メアリー・ルースに約束していたことをすっかり忘れていたのだ。「どうしてもだめ?」

ジョナサンはトラックを発進させ、病院の駐車場を出た。「午後には戻らなくちゃならないよ。夕方に会議があるし、明日は顧客との打ち合わせがいくつか入ってるからね。話しておいたと思ったんだが」

ジョナサンは会計事務所の仕事からは半分手を引いていたが、まだ付き合いの長い顧客の担当は続けていたし、共同経営権も手放していなかった。昨日はフランシーンの頼みで仕事を調整し、いっしょにロックヴィルまで来てくれたのだ。しかも今日は早朝から写真撮影にも付き合ってくれた。さすがにこれ以上無理は言えない。

「じゃあ急いでロックヴィルに戻りましょう。もしメアリー・ルースの準備が順調に進んでいたら、シャーロットに車探しを手伝ってもらうよう頼むわ」

「順調に進んでなくても、きみがシャーロットを連れ出してあげたら、メアリー・ルースは助かるんじゃないかな？」

フランシーンは笑ってしまった。シャーロットとメアリー・ルースのふたりは、キッチンにいるより、トランプをしているときのほうがずっとうまくやれた。シャーロットは試食の段階をのぞけば、料理にほとんど興味がなかったからだ。

時間はもうすぐ二時になるところだった。ふたりはクリントンを出てから、〈デイリー・クイーン〉に寄り、ピックアップトラックのなかで五〇年代の音楽を聴きながら遅めの昼ごはんを食べた。

メアリー・ルースが借りている邸宅は、ロックヴィルの歴史ある街並みにあった。パーク郡の郡庁所在地であるロックヴィルには、二〇世紀初めまでさかのぼれる由緒ある屋敷がたくさんある。そのなかでもこのマンスフィールド邸は、ひときわ豪華な建物だった。閑静なマーケット通りに立つヴィクトリアン様式の屋敷には、馬車置き場や庭師用の住居まで備わっていた。屋内は何度も改装されていたが、一番最近の改装は、キッチンの設備を最新式に替えたことと、十部屋あるベッドルームのうち、六部屋に現代的なバスルームを取り付けたことだという。

私道に入っていくと、見かけない車が四台停まっていて、ジョナサンは通りに駐車しなくてはならなかった。「何事だろう？　きみは何か事情を知ってる？」しかしフランシーンにも、心当たりはなかった。

ふたりはそのまま屋敷に入ることもできたが、一応正面玄関のドアベルを鳴らした。見知らぬ車があったので、自分たちが戻ったことを知らせたほうがいいと思ったのだ。それにこんな立派なお屋敷に、許可なく入ることに慣れていないせいもあった。

「なんだ、あんたたちか」ドアを開けてくれたシャーロットは、いかにもがっかりしたように言った。

「だれかほかの人だと思ったの？」

「うーん、そういうわけじゃないけどね。こんなに早く戻ってくると思ってなかったからさ、ちょっと驚いただけだよ」

ジョナサンは入る前にマットで足をぬぐった。「何時間かは外出していたと思うけどね」

フランシーンは真正面の広々とした階段と、二階にぐるりと張り出したバルコニーを、改めて感嘆の目で眺めた。「この玄関を緊張しないでくぐる日は来そうにないわ」

「確かにまあ、たいした家だよね」シャーロットも高い天井をほれぼれと見上げた。

天井は漆喰《しっくい》塗りで、壁との境目は豪華な飾り縁でおおわれている。中央につりさげられた大きなシャンデリアには、炎の形の小さな電球が百個ぐらい付いている。

メアリー・ルースがいつものピンク色のエプロン姿で、キッチンから出てきた。彼女が前よりすっきりしておしゃれに見えることに、フランシーンはいまだにはっとさせられる。前回の事件のとき、個人トレーナーを雇ってトレーニングに励むことになったおかげで、二十キロ以上体重を落とすことができたのだ。今では体力もついて、今日のように午前中フル回転で働いても、まったく疲れを感じさせない。以前のメアリー・ルースなら考えられなかったことだ。

「この家を貸してくれたお友だちは、ほんとにいい趣味をしてるわね」とフランシーンは声をかけた。

「そしてどっさりお金を持ってる」とシャーロットが付け加えた。

メアリー・ルースが笑った。「友だちじゃなくて、友だちの友だちよ。だけどあたしの料理の大ファンだって言ってくれるなんて、嬉しいじゃない」彼女はキッチンのほうを手で指しながら言った。「さあ早く来てちょうだいよ。最後の一品がもうオーブンのなかよ」

フランシーンは思わず目を丸くした。「こんな短時間で、どうやってそんなに早く準備を進められたの？」

「理由はふたつ。ひとつは、そんなにたくさん準備しておく必要はないってマーシーに説得されたからよ。手に入らないってことが、あたしの商品を欲しいっていう気持ちを呼び起こすんだって。だから今日はスコーンとクッキーとケーキを作って、あとは明日の朝シナモンロールを焼くだけよ。ドーナツはもちろんできるだけたくさん揚げるからね」

フランシーンたちはメアリー・ルースのあとについて階段の裏に回り、スイングドアを開けてキッチンに入った。

フランシーンはスイングドアの一枚に手をかけ、木目を指でなぞった。

「この家が建てられたころには、執事や召使いがいて、このドア越しにコックから料理を受け取ってたのかもしれないわね」

そのドアが建築当初からあったのかどうかはわからないが、一九〇〇年代初めごろに使われていた可能性は十分ありそうだった。

「それでふたつめの理由は何なの？」

メアリー・ルースはフランシーンたちを奥へとせき立てた。

「スタッフを増員したのよ」

そこでは、〈メアリー・ルース・ケータリング〉のピンクのエプロンをつけた六人の女性が忙しく働いていた。ふたりは山積みの汚れた食器を洗い、あとの四人はそれぞれオーブンのわきに待機したり、トウモロコシのドーナツの種らしきものを混ぜたりしていた。

「新しく雇ったの？」

「雇ったんじゃなくて、みんなボランティアなの。フェスティバル委員会が、昼食のあとで彼女たちを派遣してくれたのよ。委員会はあたしたちの人気ぶりに感心したみたい」

フランシーンはシナモンの香りがするオーブンをのぞいてみた。なかではスコーンがおいしそうに焼けている。「このスコーン、すごくきれいに焼けてるわね。いい香り」

「ありがとう」アリスはへらを使って、特大のアップルシナモン味のスコーンを、ベーキングシートから冷却用のケーキ台に移していた。「メアリー・ルースにどうかスコーンを焼かせてちょうだいってずっと頼んでたの。長いこと見習いを続けて、彼女の動きを見てきたでしょ。そろそろ何か作ってみたいと思ってたのよ」彼女は〈メアリー・ルース・ケータリング〉のユニフォームである白いシャツに黒いパンツと靴、そしてもちろんピンクのエプロンを身に着けていた。だがブランド好きのアリスらしく、パンツはマイケル・コースだし、靴はケイト・スペードだ。

シャーロットはフランシーンを押しのけんばかりにしてオーブンをのぞきこんだ。

「これはまた完璧な焼き上がりのスコーンだね。シナモンの秋っぽい香りが、午後中あたしを呼んでたんだよ。早くアイシングをたっぷり塗りつけて、かぶりつきたいね」

「アイシングじゃなくて、グレーズよ」とアリスが訂正した。「それにグレーズは塗りつけたりしないわ。上からかけるものよ」

「もしあたしがアイシングを手に入れたら、どっぷり浸してやるけどね」

「だからあんたを近寄らせないようにしてんの」とメアリー・ルースが言った。「あれにグレーズをかけるのはアリスの仕事。アリスはほんとによくがんばってくれたもの。おかげで明日出すクッキーもかなりストックができたわ」彼女はカウンターの上に置いたお皿から覆いを取って、五種類の大きなクッキーを披露した。どれも直径十五センチを超える大きさだ。シャーロットがクッキーに突進しかけたのを見て、メアリー・ルースがすばやく覆いをかけた。「あたしたち用に小さめのも作っといたから、あとで食べられるわよ」

「あとでじゃなくて、今必要なんだよ」

メアリー・ルースは怪訝そうに目を細めてシャーロットを見た。

「どうして今必要なのよ？」

「だって今日の午後は交霊会をするんだからね」シャーロットは前から決まっていたことのように言い切った。

「交霊会って？」メアリー・ルースはシャーロットが冗談を言っているのだと思ったらしい。「明るいうちに交霊会なんてしないでしょ。ふつう夜にやるもんじゃないの？」

「昼間なら割引にしてくれるんだってさ」

フランシーンは笑いをかみ殺した。昼間割引はシャーロットの大好物なのだ。

アリスは目の上にかかった髪の毛をふっと吹き飛ばした。

「どうしてわたしたちが交霊会なんてしなくちゃならないの？」

シャーロットは両手のこぶしをぐっと腰に当てた。「交霊会を〝死ぬまでにやりたいことリスト〟に載っけてたわりには、誰かさんはあんまり嬉しそうじゃないじゃないか。これはあんたのために手配したんだよ」

メアリー・ルースがなるほどという顔をした。「それでマーシーが急に消えたわけがわかった。メルリーナを呼びに行ったのね」

アリスは困ったように口元をすぼめた。「そうだったの。気を遣ってくれてありがとう、シャーロット。ただわたしは、もし交霊会をやるんなら、グレート・メルリーナよりもう少し信頼できる人に頼んだほうがいいんじゃないかと思って」

「会ってみなきゃ、信頼できるかどうかわかんないだろ」

「だって、あのマーシーの親戚なんでしょ？」

「じゃあ、そろそろわたしは行くよ」とジョナサンが口をはさんだ。彼はフランシーンに軽くキスして言った。「大変そうだけど、がんばって。家に着いたら電話するよ」彼はメアリー・ルースが隠したクッキーをさっと一枚抜き取り、帰っていった。

フランシーンはため息をつき、ジョナサンの後ろ姿を見送った。「そう言えば、ジョイはどこにいるの？」とシャーロットに訊いた。

「フェスティバルの会場に戻ってるよ。ジョイは正午のニュースで、救助の場面をリポートしたんだ。チャンネル6はそのリポートを『五時のニュース』でも放送したいって、バンとカメラマンを寄こすことになったらしいよ。ジョイはローズヴィル橋からライブでリポートするって張り切ってた。そうだ、ジョナサンはまだいるよね？　ジョイがインタビューしたいってさ」

「あら、もう出ちゃったと思うわ」

ドアベルが鳴った。「あたしが出るわ」とメアリー・ルースが玄関に向かった。

扉が開く音に続いて、マーシーが高らかに宣言するのが聞こえた。

「みなさん、グレート・メルリーナが到着しました！」

「わくわくするねえ」とシャーロット。

マーシー、グレート・メルリーナ、メアリー・ルースの三人が、一列に並んでキッチンに入ってきた。マーシーがメルリーナのためにドアを開けた。メルリーナは、すそが床まで届くミッドナイトブルーのドレスをまとっていた。フランシーンは午前中、テントのなかにいる彼女をちらっと目にしただけだったが、間違いなくこんなドレス姿ではなかった。そでは二重で、内側のそでは手首まで届き、外側のそではくたびれたチューリップの花びらみたいにひじのあたりから垂れ下がっている。四角い襟ぐりと、腰回りと、ドレス前面のふたつの折り返しには、凝った中世風の刺繍《ししゅう》がほどこされていた。全体的に、いかにも芝居がかった〝中世の占い師〟風だったが、ドレスのすそからのぞく靴だけが、かかとのすり減ったグレーの革ブーツだった。重たそうな金色のネックレスと、じゃらじゃらした金の腕輪をいくつもつけている。

「ごきげんよう」とメルリーナが言った。「みなさま、霊の世界と交信する準備はととのっておられますか？」

「まもなくととのうでしょう」とメアリー・ルースがおごそかな口調で言った。「アップルシナモン味のスコーンがもうじき焼きあがることをのぞけば」

「みなさまが心をひとつにしてお迎えするのでなければ、霊たちは出てこられませんよ」メルリーナは批難するように目を細めてメアリー・ルースを見た。「それではお待ちいたしましょう」彼女は劇的に両腕を広げながら言ったので、フランシーンは効果音で雷鳴が鳴り響くのではないかと思った。メルリーナはスツールに腰を下ろした。「その間にお茶を一杯い

るよね？」シャーロットはメルリーナをもてなそうと一生懸命だった。「あ
ただけませんか？」
「どっかにあるはずだよ」シャーロットはメルリーナをもてなそうと一生懸命だった。「あるよね？」

メアリー・ルースは冷蔵庫の横の細長いキャビネットを指さした。

「あそこに入ってたんじゃない？」

シャーロットはキャビネットをひっかきまわして紅茶の箱を探しだし、メルリーナに見せた。「イングリッシュ・ブレックファストはどうかね？」

メルリーナは不満そうにふんと鼻を鳴らした。「あまり選択肢がないのですね」

フランシーンはむっとしかけたが、こう言った。「バッグにハーブティーがあったかもしれないわ。ちょっと待ってて」

「ありがとう」メルリーナは立ち上がると、もったいぶった歩き方で食堂に向かった。ほかのみんなもついていった。フランシーンはバッグのなかからハーブティーのティーバッグを見つけ出した。

「このテーブルがぴったりです」メルリーナが、桜の木でできたアンティークのダイニングテーブルに手を置いて宣言した。「霊たちは古いものの周りに集まることを好むのです。おそらく落ち着くのでしょう」

「そんならあたしたちのことも気に入ってくれるんじゃない」メアリー・ルースは鼻であしらった。

フランシーンがメルリーナの近くに立ったとき、ドレスから防虫剤のにおいがするのに気がついた。霊たちは防虫剤のにおいは気にしないのだろうか？　それはさておき、メルリーナの浅黒い肌にそのドレスは似合っていた。本当にロマ族の占い師のように見える。

メアリー・ルースはキッチンに戻ってボランティアのスタッフたちを帰し、フランシーンはお茶を淹れた。シャーロットがメアリー・ルースを説き伏せて、レーズンとくるみ入りのオートミールクッキーを出させた。みんなが食堂のテーブルについてお茶を飲んでいるあいだに、メアリー・ルースとアリスは焼きあがったスコーンをオーブンから取り出した。りんごとシナモンの香りが漂ってきて、みんな思わずつばを飲みこんだ。

やっとメアリー・ルースとアリスがテーブルにつくと、メルリーナが言った。

「明かりを消して、窓のブラインドを下ろしてください」マーシーが立ち上がって、指示どおり部屋を暗くした。

「この部屋には過去の強いエネルギーを感じます」メルリーナは飛び交う霊たちを見ているかのように、静かに部屋を見まわした。

「あたしはもうエネルギー切れよ」メアリー・ルースが、エプロンのすそで額をぬぐいながら言った。「交霊会までもたないかも」

「あんたもいっしょにやんなきゃだめだよ」とシャーロットが言い張った。「あたしら五人全員でやるんだよ」

「わたしはやりませんよ」とマーシーが言った。「メルリーナの手伝いに来てるだけですからね」

「あたしはジョイのことを言ったの」とシャーロット。

とつぜん不気味な音楽が流れだし、フランシーンは叫び声をあげそうになった。だがその音源は、マーシーが持ち込んだCDプレーヤーだった。

「みなさん、お静かに！」とグレート・メルリーナが注意する。「これより交霊会を始めます！」

「でもジョイがまだよ」とアリスが口を出した。

そのときドアベルが鳴った。メアリー・ルースが玄関にたどり着く前に、ジョイの元気な声が聞こえてきた。「ただいまあ！」

「こうなることはわかっていました」とメルリーナが言った。

だがメルリーナを残して全員がジョイを出迎えに行ってしまうと、彼女は目に見えて不機嫌になった。

「みんなお昼のニュースでわたしのリポートを見た？」とジョイが訊いた。

「ちょうどそのとき、すごく忙しかったんですよ。でも、もちろん録画してあります」とマーシーが弁解するように言った。

「スコーンを作り終わったら見ようと思っていたのよ」とアリス。「でもグレート・メルリーナが来ちゃったのよ」

ジョイの目に戸惑いの色が浮んだ。「グレート・メルリーナって？」

「交霊会をやるんだよ」とシャーロットが言った。

「さあ、始めますよ」メルリーナが大きな声で食堂から宣言した。

「とにかく、さっさと終わらせてしまいましょう」とフランシーンが声をひそめた。

「わたくしの耳にはすべて届いております」とメルリーナの声が聞こえてきた。

シャーロットがみんなを食堂に追い立てた。「きっと面白いって。今まで交霊会なんてやったことないんだから」

「やりたいと思ったこともないわよ」とメアリー・ルースが言った。「これはアリスのリストでも下のほうだったじゃないの。それに今でも本当にやりたがってるのか、わかんないでしょ」

シャーロットはむくれて言い返した。「いまさら遅いよ。それに言わせてもらえば、今回の交霊会はあたしのポケットマネーから出してんだからね」

これにはフランシーンが驚いた。シャーロットが本と食べ物以外にお金を使うのは、とても珍しいことなのだ。シャーロットの夫は何年も前に亡くなっていた。彼は弁護士で稼ぎはよかったはずだが、その死は思いがけず早く訪れた。シャーロットが自分の懐具合についてぐちを言ったりすることはめったになかった。それでも、資金が有り余っているはずはない。

どうしてシャーロットはこの交霊会にこんなに夢中になっているんだろう?

ともかく、全員がテーブルについた。マーシーがテーブルの中央に置かれたろうそくに火をともした。だがそれを見たメアリー・ルースが、ろうが垂れたらまずいからプラスチックのお盆の上に置いてよと言い出した。メルリーナは不満そうだったが、反対はしなかった。

全員がふたたび席につくと、今度はキッチンのタイマーが鳴りだした。

「あらあら、ごめんなさい」アリスがあわてて立ち上がった。「さっきスコーンをオーブンから出すときに、またタイマーを押しちゃったみたい」

「アップルシナモン味でしょ?」とジョイが訊き、メアリー・ルースがうなずいた。「帰ってきたとき、家じゅうにいいにおいがしてたからすぐわかった。今ひとつ食べちゃだめかな? お昼に水を飲む暇もなかったのよ」

「そんなにいいにおいがするのね」とアリスがキッチンに向かいながら言った。「最近アレルギーがひどくて、においがほとんどわからないのよ」

アリスが席を立ってからしばらくして、タイマーが中途半端なビーッという音で止まって静かになった。「すぐに戻ってくださいますか?」とメルリーナが呼んだ。「これ以上、中断されずに続けられるとありがたいんですけど!」

「交霊会が終わったらクッキーとスコーンを食べましょうよ」とメアリー・ルースが励ますようにジョイに言った。「フランシーンがおいしいコーヒーを淹れてくれるわよ」

ついにシャーロットが癇癪《かんしゃく》を起こした。「頼むから始めさせておくれよ」

「はいはい、今行くわ」アリスが気乗りのしない様子で食堂に戻ってきた。

「ねえ、アリス。これはあんたの〝やりたいことリスト〟に入ってたんでしょ? そのわりにあんまり乗り気じゃないみたいね」とジョイが言った。

「お願いだからみんな、それを言うのをやめてくれない？」とアリスがいらいらしたように答えた。「確かにリストには書いたわよ。だけど、みんなだって同じように感じることはあるんじゃないの？　書いたときには、すごい冒険みたいな気がして、わくわくしてるけど、いざ実現することになったら、本当にやりたかったのか自分でもわからなくなってしまうの。今はまさにそんな感じなのよ」

グレート・メルリーナがアリスに座るよううながした。

「どうかみなさん、落ち着いてください。大丈夫、何も悪いことは起こりません。わたくしたちはただ、導きを求めて霊の世界にコンタクトをとろうとしているだけです。さあ、よろしいですか？」彼女は承認も不承認も待たずに言った。「みなさん、手をつないで」

8

マーシーがまた不気味な音楽を流し始めた。輪に加わっていないのはマーシーひとりだった。彼女は部屋の照明をしぼり、ろうそくが唯一の明かりになった。

「われらの声を聞きたまえ、彼方より来られし偉大なる霊たちよ！」メルリーナが目を閉じたまま唱えた。「われらはあなたの導きを求めて来しものなり」

沈黙が部屋に降り、今や全員の目がメルリーナに注がれていた。と、メルリーナが細く目を開け、声を殺してささやいた。「お訊きするのを忘れてました。どなたをお呼びすればいいんですか？」

みんなが顔を見合わせた。シャーロットが隣のアリスの手をぎゅっと握った。「アリス、これはあんたのためにやってるんだよ。誰か話してみたい人はいないのかい？」

アリスはびっくりしたように目をみはった。「ええと、わたしあんまりよく考えてなかったの。ちょっと待ってもらえるかしら？」

「わたし、話してみたい人がいるわ」フランシーンが手を挙げた。「そのあいだアリスに考える時間ができるでしょ。わたしドク・ホイートと話してみたいわ」

ジョイが不審げに鼻にしわを寄せた。「それ誰？ 初めて聞く名前だけど、親戚か何か？」

「違うわ。まあたぶん血はつながってないと思うわよ。その人、ウィリアムがしのびこんだ土地の元々の所有者なの。ローズヴィル橋の隣の土地よ。そこに自分の財産を埋めたっていう噂があるんですって」

「おお、ドク・ホイートよ!!!」メルリーナがとつぜん声を震わせて言った。「あなたはかつてこの地に住んでおられた！ 今ふたたびわれわれのもとに来られよ！ われわれはあなたの英知を求めている……」彼女は最後の言葉を長く引きのばし、徐々に声を小さくしていった。

みんなつぎに何が起こるのかと、息をつめて待った。しかししばらく待っても何も起こらず、お互いにちらちらと視線を交わし始めた。ついにメルリーナが目を開けた。

「彼は来られないようです」

「そりゃ、がっかりだわね！」とメアリー・ルースが言った。「今のところほかに話したい人もいないのに。いったいその人はどこにいるのよ？」

「どこにいるかはわたくしにはわかりません。わかるのはただ、ここにいないということだけです」メルリーナはまた目を閉じ、咳払いした。「おお、ドク・ホイートの魂よ!! わたくしどもはおいでをお待ちしております！ ここにあなたの英知を求める人々がおります」

ふたたび沈黙の時間が流れた。やがてメルリーナはいらいらしたように言った。

「こんなことはめったにないんですよ。特に本人が住んでいた場所の近くにいるときは、まず成功するんですが」

「そりゃそうよね」またメアリー・ルースが茶々を入れた。「近いぶん接続がいいはずだもの。４Gでやってみたら？　３Gじゃ遅すぎるんじゃない？」

メルリーナはメアリー・ルースを無視して呼びかけた。「どなたかわたくしたちを助けてくれる霊はこのあたりにいませんか？　ドク・ホイートをご存じの方は？」

三度めの沈黙が部屋をおおった。

ふいにメルリーナの肩が前後に揺れ出したかと思うと、首ががくんと後ろに倒れた。彼女は何かと闘っているかのようにうめき声をあげた。みんなが驚いて見つめるなか、彼女はとつぜん音を立ててテーブルに突っ伏した。

隣に座っていたフランシーンが、腕に手をかけて訊いた。「ねえ、大丈夫？」

マーシーがそばに駆けよった。「しーっ。今、霊と交信してるんです。相手が誰なのか、ちょっと様子を見ましょう」

アリスが背筋を伸ばして座りなおした。「話してみたい人をひとり思いついたわ。夫の愛人よ。ジェイク・マーラーの母親に訊いてみたいの。どうして夫を誘惑したのか。どうして夫に子どものことを言わなかったのか。そしてわたしは彼を家に帰らせるべきなのか。そんなことは神様しかご存じないわね。わたしはただ、そうね、どうしてこんなことが自分の身に起こったのか、それを知りたいだけなの。そうでなければ――」

アリスはそれ以上続けられなかった。メルリーナが体を起こし、フランシーンの目をまっすぐに見すえて言ったからだ。「燃えている」

「何ですって？」フランシーンはあっけに取られた。

「燃えている。今。その責任はお前にある」

メルリーナが自分を見ていないことが、フランシーンにはわかった。彼女の黒い眼は空っぽだった。開いているが、何も映っていない。

メルリーナはシャーロットに目を向けた。「そしてお前は理由を知っている」

「知ってるって何をさ？」シャーロットが面食らって訊き返す。

「なぜ燃えているかを」

「いや、知らないって」

マーシーが立ち上がり、メルリーナに向き合った。「あなたは誰？」

メルリーナは答えない。「誰って訊いたのよ」マーシーは繰り返した。

メアリー・ルースがテーブルに両手を置いて、立ち上がった。「こんなの馬鹿げてる。あたし水を取ってくるわ」

メルリーナはまたフランシーンのほうを向いた。「水。それがわたしの欲しかったものだ。彼はそれをわたしに与えた。だがそのなかには、わたしが思っていたより多くのものが入っていたのだ」

フランシーンは首をかしげた。水と聞いて、ウィリアムが持っていた小びんのことをふいに思い出したのだ。「ウィリアム？　ひょっとして、あなたウィリアムなの？」

メルリーナは反応を示さなかった。

「ウィリアムのはずないわね。今は昏睡状態だもの」

「あんたと会ったあと、彼が召されてなければね」とシャーロットが言った。

「よくもそんな不吉なことが言えたもんね」とメアリー・ルースが目をむいた。

「少なくともあたしは意味のあることを言おうとしてるよ」

「何が燃えてるの？」とフランシーンはメルリーナに訊いた。

メルリーナはやはり反応を示さない。

フランシーンは彼女の肩をつかみ、さっきよりも強い調子で訊いた。

「ねえ、何が燃えてるの？」

メルリーナの目がくるりと裏返って、白目をむいた。またテーブルのほうにぐらりと倒れかけたのを、あわててフランシーンが支える。メルリーナはとつぜんひどく震え出した。マーシーが抱きとめて抑えようとしたが、震えは止まらない。ほかのみんなも集まって、メルリーナを椅子からおろし、床に横たえる。メルリーナは床の上で胎児のように丸まってがくがくと震えていたが、やがて震えは少しずつおさまっていき、最後には静かになった。

そのとき、静寂を破ってジョイのスマートフォンから『スター・ウォーズ』の〝ダース・ベイダーのテーマ〟が鳴り響いた。ジョイはあわてて居間に駆けこんで、電話に出た。

「これはいったい何なの？」フランシーンはマーシーにつめ寄った。「交霊会ではこんなことが当たり前に起きるものなの？」

「わかりません」マーシー自身もおびえているように聞こえた。「これまでに数回しか立ち会ったことがないんです。でもメルリーナがこんなに激しく反応したのは初めてだわ」

「彼女、大丈夫かしら？」

ジョイがスマートフォンを持ったまま部屋に戻ってきた。「なにが燃えてるかわかったわ。局がそのことで電話してきたの。現場に来てくれって」

「現場ってどこさ？」とシャーロットが訊いた。

「ローズヴィル橋よ。ローズヴィル橋が燃え上がってて、今にも焼け落ちそうなんですって」

全員がその場に立ちすくんだ。誰もが驚きのあまり、すぐには言葉を発することができなかった。

「わたし、バッグを取ってこなくちゃ」とジョイが言った。「ローズヴィル橋までどうやって行くのか、誰か知ってる？　ちゃんと行ける自信がないわ」

シャーロットが両手を上げた。「ちょい待ち！　チャンネル6のバンに電話して迎えに来てもらったらいいじゃないか。こっちに来てるんだろ？」

「そうね！　すっかり忘れてた！」ジョイはまたスマートフォンを持って別の部屋に消えた。

「ね、あたしらも行こう」とシャーロットが言った。「あんたは道を知ってるだろ、フランシーン。あんたが運転すればいい」

フランシーンの言葉は喉の奥で止まってしまった。ついさっき交霊会で起きたことと、この火事とを、結び付けてもいいのかわからなかったのだ。もともと幽霊だの霊魂だのといったことは、信じないたちだった。けれど、もしメルリーナが芝居をしていたとしたら、かなりの名女優だ。彼女はまだ床の上で気を失っている。

マーシーがメルリーナの頬をぴしゃぴしゃ叩いた。「起きて、起きるのよ！」

メアリー・ルースは一連の騒ぎをまったく信じていない様子で、腕を組んで冷めた目でふたりを見下ろしている。マーシーがメアリー・ルースを振り返った。

「この家に気付け薬のたぐいはありませんか？」

メアリー・ルースは大げさにため息をついた。「探してみるわ」

シャーロットがフランシーンの腕を引っ張った。「ねえってば、いっしょに行かなきゃだめだって。きっと現場にはストックトン刑事も来てるよ。あたしらが手伝えることがあるはずだよ」

「そうは思えないわ」とフランシーンは答えた。

メアリー・ルースがキッチンから戻ってきた。「アンモニアがあったけど、使える？」

「やってみます。ありがとう」

マーシーはメルリーナの頭を起こし、メアリー・ルースからアンモニアのびんを受け取ると、メルリーナの鼻の下に持っていった。そのまましばらく待っていると、とつぜんメルリーナの頭がアッパーカットを食らったように激しく後ろに倒れた。

「何？　何なの？」

「大丈夫よ。あなたトランス状態になってたの」とマーシーが言った。

「わたし、誰かとつながってたの？」

「そうともさ」とシャーロットが叫んだ。「まあ相手違いだったけどね。でも死者のわりにはなかなか生きのいいのを捕まえたよ。ともかくあたしら全員、霊界の人の言葉を聞いたんだからね」

外からクラクションの音が聞こえてきた。ジョイがスマートフォンを手に駆けこんできた。

「ちょっと失礼、ちょっと失礼！ メルリーナが気がついてよかった。でも局の車が来たから、わたしは行かなくちゃ」ジョイはフランシーンのほうを見た。「みんなを連れてきてくれるわよね？」

当然のことのように言われて、フランシーンはあわてた。「ええ、たぶん。ちょっと待って、キーを探すわ」彼女は急いでバッグのなかを探したが、なかなか見つけられない。「ここにあるはずなんだけど」

「もしキーが見つからなかったら、あたしもチャンネル6のバンに乗っけてってもらえるかな？ だってあたしは誰が燃やしたか知ってるんだよね？ インタビューされることになるかもよ」とシャーロットが嬉しそうに言った。

「違うでしょ」とメアリー・ルースがぴしゃりと訂正する。「あんたは燃やされた理由を知ってることになってんの」

「誰が何をしたって？」とメルリーナが立ち上がろうとしながら訊いた。

マーシーがメルリーナに手を貸す。「行く途中で教えるわ」

「わたしたちみんなが行く必要はないでしょ」とアリスがあわてて言った。

メルリーナが頭をはっきりさせるかのように、数回首を振った。「行くってどこに？」

「ローズヴィル橋よ。火事があったんですって」とマーシー。

フランシーンがやっと見つけ出したキーチェーンを振った。「わたしのプリウスでは全員を乗せられないわよ」

「二台に分かれましょう」とマーシーが言った。「後ろからついていきます」

「どうしてあなたまで？」とアリスが訊いた。

「わたしの売れっ子クライアントが生中継をやるんですよ。しかも今まさに歴史的な出来事が起こっている場所から。これは屋根付き橋史上、ブリッジトン橋の火災以来の大事件ですよ」

「マーシーの言うことはもっともだ」とシャーロットがうなずいた。「あたしの記憶によれば、あの火事は二〇〇五年だったね」

「わたしは行く必要ないわよね」とアリスが言った。「火事なんて見たら、ますます落ちこみそうだもの。ここに残ってスコーンにグレーズをかけてるほうがいいわ」

シャーロットがアリスに腕をからめ、小声でささやいた。「あんたも行くべきだって。ね、ジョイの仕事を励まさなくちゃ。色男のストックトン刑事もきっといるはずだよ」

チャンネル6のバンは土ぼこりを上げながら猛スピードで走っていき、その後ろを二台の車がついていった。フランシーンのプリウスには、シャーロット、アリス、メアリー・ルースの三人が乗り、マーシーのシボレー・マリブにはメルリーナが乗っていた。ところがローズヴィル橋まであと四百メートルというところで、一行は警察に止められた。そこからでも、橋の上空に黒煙がうずまき、赤と青のライトが回転する警察車両が、現場を取り囲んでいるのが見えた。重そうな消防服を着た消防士たちが、燃えさかる炎に向けて懸命にホースを向けている。しかしそれが無駄な努力に見えるほど、火の勢いは圧倒的だった。

チャンネル6のバンと二台の車を、警官が道路わきの空き地に誘導した。消防車がサイレンを鳴らしながら、彼女たちの横を通り過ぎて現場に走っていく。

ジョイはバンから降りて、強引に現場に向かおうとした。しかし、がっしりした体格の警官が立ちはだかった。ジョイはバッグのなかから局のIDカードを見つけだし、警官につきつけた。「ほら！　わたしはチャンネル6のリポーターなの！　ここを通してちょうだい。うしろにいるのはカメラマンよ」

「あんたが誰だろうと関係ない。放送はここからやってもらうしかないね」

「でも、せめてもう少し近づきたいんだけど……。〈ロック・ラン・カフェ〉までならいいんじゃない？　駐車場で機材がセットできるわ。あそこならじゃまにならないでしょ」

警官はだまって首を振った。立ち入り禁止区域をしめすバリケードと彼女たちの立っている場所のあいだに、警棒で架空の線を引くと、無言で歩き去った。

彼女たちは、警官の引いた見えない境界線の前に立ちつくすしかなかった。ジョイは腹立たしそうにどんと足を踏み鳴らした。「バーバラ・ウォルターズには絶対にこんな扱いはしないわよ」炎の先から煙とすすが空に巻き上がっていくのを、彼女たちはなすすべもなく見つめていた。

「たぶんそうだろうな」と男の声がした。声のしたほうを振り返ると、カウボーイハットをかぶった男が人垣をかき分けて近づいてくるのが見えた。

ストックトン刑事は帽子を取って彼女たちに一礼すると、「警部補！」と帽子をかぶりながら呼んだ。さっきの警官がバリケードの外側に戻ってきた。

「はい、刑事」

「こちらのご婦人方を〈ロック・ラン・カフェ〉までお連れするんだ。そこのチャンネル6のバンを通してやってくれ。駐車場に報道関係者用の場所を用意しよう」

警官は敬礼したが、明らかに不満そうな顔をしている。「こちらへどうぞ」

ジョイはバンの運転手に合図して、駐車場に向かうよう言った。それからストックトン刑事に小さな声でお礼を言った。「ありがとう、ロイ」

彼はジョイに向けて帽子を少し持ち上げた。「では気をつけて」

9

フランシーンたち七人は、警官のあとについて〈ロック・ラン・カフェ〉まで約四百メートルの道のりをとぼとぼ歩いていった。足もとの悪いところでは、シャーロットはフランシーンの腕にしがみつくようにしていた。やっと舗装された道路までたどり着くと、警官は報道関係者用の場所を指さした。そこではテレホート市から来たテレビ局が、カメラの準備をしていた。チャンネル6のバンは、彼女たちとほぼ同時に到着した。ジョイのスタッフたちは早速機材を組み立て始めた。

ジョイはスマートフォンをチェックして、嬉しそうに言った。「いいニュースよ。ここはＷｉ－Ｆｉが使えるみたい。ローズヴィル橋に関して、いろいろ確認しておきたいことがあったのよ」ジョイは早速スマートフォンに何か打ちこみ始めた。

シャーロットはまだフランシーンにしがみついている。フランシーンは燃えさかる炎を間近で見て、あらためてショックを受けていた。悪い夢でも見ているような気がする。屋根はすべて貪欲な炎に食いつくされ、今は橋の骨組みしか残っていない。焼けた木材が、下を流れる冷たい水に落ちると、じゅっという音とともに水蒸気が立ち上った。消防車が橋の両端に配置され、消防士たちは川岸やゼデダイア・マシュー氏のトウモロコシ畑に炎が燃えうつらないよう、懸命に闘っていた。十月のこの時期には、トウモロコシの茎は茶色く枯れて、からからに乾いている。万一飛び火すれば、あっという間に燃え広がってしまうだろう。

「ドリーから連絡はあったかい？」

「ないわ。ジョナサンとわたしは、ついさっきドリーに会ってきたばかりじゃない。どうして？」

訊ねたシャーロットは目を下に向け、決まりが悪そうに足をもじもじした。

「ひょっとしたらウィリアムの容体に変化があったんじゃないかと思ってね。ほら、さっきの交霊会の話があったからさ」

フランシーンは交霊会での出来事を思い出した。ウィリアムの霊がメルリーナに接触してきた？　馬鹿げている。フランシーンは首を振った。そんなことはあるわけがない。

「ドリーから連絡がないってことは、ウィリアムは昏睡状態のままなのよ」フランシーンはメルリーナがそばにいないことを確かめてから言った。「あんたが彼女を信じたがってるのはわかるけど、わたしにはとても信じられないわ」

しかしドリーの話が出たせいで、フランシーンはあることを思い出した。ウィリアムの車を探すと約束していたのに、まだ実行できていない。

焼けた木材が水に浸かったにおいが、あたりに充満していた。そのにおいは、ガールスカウトのキャンプファイヤーが消されたあとのやるせない気持ちをフランシーンに思い起こさせた。煙はいつまでも消えずに残り、ちくちくと目を刺した。風が吹き付けてくると、喉にもひりひりする痛みを感じた。

チャンネル6のスタッフたちは準備を終え、ジョイにリポートを始めるよう合図を出した。今朝の不調とは打って変わって、ジョイはこのリポートを完璧にこなしてみせた。最後は、以前ブリッジトン橋が焼け落ちた事件についてのあらましを伝えて、リポートをしめくくった。

「ブリッジトン橋は、フェスティバル関係のイベントが多く開かれる主要な橋であったため、数年で再建することができました。しかしこのローズヴィル橋には、それほどの重要性があるわけではありません。ひょっとすると、二〇〇二年の焼失後、コンクリート製の平凡な橋に建て替えられてしまったジェフリーズ・フォード橋と同じ運命をたどるかもしれないのです。答えは、その時が来ればわかるでしょう。RTV―6チャンネルのジョイ・マックイーンでした」

ジョイはしばらくそのままの姿勢で静止した。カメラがじょじょに引いていき、まだくすぶっている橋の残骸を背景に、彼女の姿は小さくなっていった。カメラマンが「はい、カット」と声をあげた。

マーシーは大喜びだった。「すばらしかったですよ！　このあと、また出演はあるんですか？」

ジョイは時計を見た。「三十分後の『五時のニュース』のオープニングに備えて、待機しててくれって」

「すごいじゃないですか！　あのニュースは視聴率が高いんですよ」

ストックトン刑事が群衆をかき分けて近づいてきた。誰もが彼を見ると道を開けた。彼はジョイのところまで来ると、身をかがめてこう言った。

「きみの撮影スタッフに、群衆全体をゆっくりカメラに収めてくれるよう頼んでもらえないか？　ここにいる連中の顔を、できるだけたくさん撮っておいてほしい」

「頼めると思うけど。どうして？」

「あたし、わかるよ」とシャーロットが手を上げた。「放火犯っていうのは、たいがい自分の起こした火事の現場にいるものなんだ。自分の仕事の出来栄えを確認したいんだよ」

ストックトンはシャーロットのほうを向いた。「なかなか油断のできない方だね」彼はにやりと笑って見せた。「きみの局の協力に感謝する。うちの署の若いのにも録画させているが、全部はカバーできないからな。映像が多ければ多いほどいいんだ。まさに今ラインハルトさんがおっしゃってた理由でね」

ストックトンが去ったあと、シャーロットは胸を張って言った。「あの人はあたしのことをちゃんとわかってるね」

「どこの警察の人だって、ちょっとでもあんたと関わったらよくわかるでしょうよ」とメアリー・ルースが言った。「〝わかる〟って言うより〝思い知る〟って言うべきかもしれないけどね」

アリスは浮かない顔をしている。「五時のニュースのあとに何が来るかわかる？　六時のニュースよ。ジョイが五時にトップニュースをやるなら、六時のニュースでもやるってことよね。ことによると十一時のニュースだってあるかもしれないわ」

アリスが何を言おうとしているのか、みんなにもわかった。メアリー・ルースがうめいた。

「つまり、ここにずいぶん長いこといられそうってことね」

「そういうこと」とアリスが答えた。「そしてわたしたちにはたっぷり時間があるわけじゃないわ。明日の準備が終わっていたとしても、戻らなくちゃならないわよ。わたしは足を上げてリラックスしたいもの。それに明日に備えてまともな時間に眠ってもいいんじゃないかしら？」

「あんたのいうまともな時間ってのは、午後八時とかかい？」とシャーロットが訊いた。

「皮肉はやめてちょうだい、シャーロット。そりゃあなたは長いことお昼寝してたから大丈夫でしょうけど」

「ジョイにちゃんと話したほうがいいわ」とフランシーンが言った。

「話すって何を？」

いつの間にか、すぐ後ろにジョイとマーシーが立っていた。

フランシーンが代表して口を開いた。「今のリポートをわたしたちがすごく誇らしく思ってるってことよ。でもあんたの仕事が全部終わるまで、わたしたち残れそうにないの。十一時を過ぎる可能性もあるでしょ」

ジョイは顔をしかめた。「そこまで考えてなかったわ。わたしだってそんな時間までいたくないわよ」

「そんなことじゃだめですよ。時間を選べないのが、ニュース業界の宿命なんですから」とマーシーがたしなめた。

「わかってるわよ」とジョイは答え、メアリー・ルースに向かって言った。「そうよね、みんな明日の仕事のために帰らなくちゃね」

「あとのことはマーシーに任せるわ。それに番組のスタッフたちもいるし、ロックヴィルまで戻る足もあるから大丈夫よね」とフランシーンが言った。

みんな順番にジョイとハグして別れた。フランシーンの車まで戻ると、車の前にメルリーナが立っていた。黒い眼はうつろで、何も見ていないように見える。「わたしもあなたたちといっしょに帰ります」と彼女は感情のこもらない声で言った。

アリスはフランシーンからメアリー・ルース、それからシャーロットへ視線を移し、気が進まないように言った。「どうかしら。見てのとおり大きな車じゃないし、あまり余裕がないのよね」

「馬鹿言うんじゃないよ。この車には五人分のシートベルトが付いてんだから。乗れるに決まってる」シャーロットがぴしゃりと言った。

「勝手に帰っておばさんのほうは大丈夫なの？」とフランシーンが訊いた。

「あとでメールを送ります」

フランシーンとしては、あまりありがたくない成り行きだった。今日やるべき仕事がもうひとつ残っていたからだ。ローズヴィル橋が焼け落ちようと、明日も早朝から店の手伝いがあろうと、片づけておかなければならない。その仕事には、心から信用していない人間をできれば連れて行きたくはなかった。だがほかに選択肢はない。「わたしたち、まっすぐロックヴィルには戻れないの。いとこのウィリアムの車を探さなくちゃならないのよ」

シャーロットをのぞく全員が、あからさまに嫌そうな顔をした。「どうしても今日見つけなきゃだめなの？」とアリスが哀願するように訊いた。

「そんなに時間はかからないわ。というか、かかるはずないの。車はこの近くにあるはずだもの」

フランシーンがプリウスのロックを解除し、みんな乗りこんだ。アリスが助手席に座り、シャーロット、メルリーナ、メアリー・ルースの三人は後部座席に座った。

ウィリアムの車には、車載用情報システムの〈オンスター〉が取り付けられているはずだった。事故のときは自動的に警察や消防に連絡してくれるし、盗難にあったときには車がどこにあるかも追跡できるサービスだ。フランシーンはどうにか電波の入るところを見つけて〈オンスター〉に電話をかけ、コールセンターの担当者にドリーだと名乗って、夫の車を見つけてくれるよう頼んだ。しかし自分が本物のドリーだと相手に納得させるのに結構手間どった。思ったより細かいことを訊かれた上で、やっと相手は車の現在位置を調べてくれた。

フランシーンは担当者の道案内を聞きながら、進み始めた。〝ウィリアムの車はこの近くにあるはず〟という予想は正しかった。担当者が指示した郡道は、地元の人たちが〝ホイート農場道路〟と呼フランシーンは指示に従って郡道を進んでいき、左手に延びる細い私道の手前でブレーキをかけた。彼女はその砂利敷きの私道をじっと見つめた。この道を知っている。

「なんで停まってるんだい?」とシャーロットが訊いた。

「わたしが子どものころ、この近くに住んでたって知ってるでしょ。昔、この細い道は〝小麦農場《ホイート》〟に続いてるんだと思ってた」フランシーンは短い笑い声をあげた。「この先にあるのは、ドク・ホイートの農場だったんだわ」私道はうっそうとした森を切り開いて造られていた。入り口に居住者を示す郵便箱はなかったが、誰の土地かは明らかだ。

〈オンスター〉の担当者を待たせていたことを思い出し、フランシーンはその道に車を乗り入れた。道は百メートルほど行ったところで右に曲がり、でこぼこの未舗装道路に入った。その先はだんだん下り坂になって、さらに右に曲がったところに木立が広がっていた。ウィリアムの青いビュイックは、木立のなかに隠れていた。フランシーンはその後ろに車を停めた。担当者に車のロックを解除しましょうかと訊かれたが、彼女は鍵を持っているから大丈夫だと答え、電話を切った。車は真っ赤に紅葉したカエデの木々に囲まれていた。

〝まるで燃えているみたい〟とフランシーンは思った。〝なんて美しいんだろう〟。

しかしそこは周囲から隔絶された場所でもあった。それでも仲間といっしょにいることで、安心感があった。車のロックをはずし、外に出る。あたりを見回したが、人の姿は見えない。

つぎに車から降りたのはシャーロットだった。杖を錨のように地面に刺すと、それを支えにゆっくりと外に出た。続いてメルリーナが降り、最後はアリスとメアリー・ルースだった。メルリーナは来た道をぶらぶらと戻っていったが、曲がり角の手前で立ち止まった。アリスとメアリー・ルースは車からあまり遠くないところをうろうろしていた。そのあいだにフランシーンとシャーロットは、ウィリアムの車を調べ始めた。

外から見た限りでは、特に変わったところはないように見える。何かウィリアムがここに来た理由を説明するようなものがないかと、フランシーンは車のロックを解除して、運転席のまわりを探りだした。

「何かあったかい？」

「何もないわ。ウィリアムはすごくきれいに車を使ってるのね」

シャーロットが助手席のドアを開けた。「ふだんからきちんとした男なのかもしれないね。このにおいは何だろう？」

フランシーンも鼻を動かした。車のなかは、芳香剤の人工的なラズベリーのにおいがしていた。「これは息子のチャドが〝ラズベリーの死体〟って呼んでるにおいだわ」と彼女は笑った。

メアリー・ルースが注意を促すように咳払いした。フランシーンはあわてて頭を上げ、その拍子に天井にぶつかってしまった。「痛い！」と大声をあげ、頭を外に出した。

赤いチェックのシャツにはき古したジーンズ姿の男が、木立の外から彼女たちを見ていた。

男は驚いているように見えたが、その原因が自分たちなのか、ウィリアムの車なのか、それとも車が増えて二台になったことなのか、フランシーンにはわからなかった。ただひとつはっきりしているのは、自分たちが不法侵入者だということだ。

男はどうするか決めたらしく、彼女たちのほうに歩いてきた。メルリーナの横を通り過ぎたとき、知り合いにするようにうなずいて見せたことに気づいた。

近くまでくると、男は意外にも親しみやすそうな笑顔を見せた。しかしフランシーンの第一印象は、〝荒くれた山男〟というものだった。たぶん外見のせいだろう。身長は百八十五センチぐらいだが、がっしりした体格で、もじゃもじゃのあごひげを生やしている。そばに立ったとき、彼の目が自分と同じような明るい茶色だとわかった。そして遠目には黒く見えていたあごひげには、白い筋が交じっている。

「やあ」と男は言った。「この車の持ち主を知ってるが、あんたはその男には見えないな」

フランシーンはもっと乱暴な話し方を想像していたので、少し驚いた。

「持ち主はわたしのいとこなんです。彼をご存じなの？」

「よく知ってるわけじゃない。じっくり説明したことがあっただけだ。俺は人と関わりたくない人間で、自分の土地に他人がこそこそ入りこむのを好まないってことをな。だがあの男は、懲りずに何度もやってきた。だからこっちも、そのたびに追い払わなくちゃならなかったんだ」

フランシーンはそれを聞いて少し怖くなった。この男がゼデダイア・マシューなのは間違いない。男が武器を持っていないことをひそかに目で確認した。

「俺を怖がる必要はないよ。あんたたちに危害を加える気はない。それよりウィリアムに何かあったのか？　さっきからサイレンが聞こえるし、あっちのほうに煙が見えるが、あんたは何か知ってるか？」

「ウィリアムは今朝早く、ローズヴィル橋の近くで土手から転落して、今は病院にいます。あの煙はローズヴィル橋の火事です。わたしたち、たった今そこから来たところなんですが、橋は全部焼け落ちてしまいました」

「ウィリアムは大丈夫なのか？」

「ずっと昏睡状態のままで、心配な状況です」

男は首を振って言った。「残念だよ」だが男が何について残念に思っているのか、フランシーンにはわからなかった。男は改めてフランシーンに手を差し出した。「俺はゼデダイア・マシューだ」

フランシーンはまだ完全に警戒を解いたわけではなかったが、彼ができる限り親切にふるまおうとしているのはわかった。彼女はその手を握り返した。「わたしはフランシーン・マクナマラです。ウィリアムには奥さんのドリーが付き添ってるんですが、そばを離れることができないので、わたしが車を探してくると約束しました。それで友人たちに付き合ってもらって、ここまで探しにきたわけなんです」彼女はみんなを紹介した。

「フランシーン・マクナマラ」ゼデダイア・マシューは確かめるように言い、フランシーンの目をのぞきこんだ。「あんたたちを見たことがあるような気がしてたんだ。テレビに出てただろ？　〝裸泳ぎのグランマ〟たちだったか？」

シャーロットが胸を張った。「そのとおり」

フランシーンはぎこちなく笑った。彼女にはあまり嬉しくない思い出だ。

「ずいぶん記憶力がいいんですね。『グッド・モーニング・アメリカ』に出たのは何カ月も前なのに」

「だがご友人のジョイは、そのあともしょっちゅう番組に出てるだろ。よくあんたたちのグループのことを話してるよ」

「確かに」フランシーンはこの男が『グッド・モーニング・アメリカ』を見ているところを想像できなかった。「マシューーさん、ウィリアムがあなたを煩わせたことについては、申し訳なく思っています。どうしてそんなことをしたのかわかりませんが……」

「どうかゼッドと呼んでくれ。ウィリアムがしのびこんだ理由はわかってる。彼だけじゃない、ほかにも大勢の人間が、同じ理由でこの土地にやってきたんだ」

フランシーンはためらった。もう一歩つっこんで、ウィリアムやほかの人たちがいったい何を探していたのか、訊いてみたかった。しかしフランシーンのような人間にとって、その質問をするにはかなりの勇気が必要だった。しかも彼は危険な人間かもしれないのだ。

「お騒がせして申し訳ありませんでした。わたしたちウィリアムの車を引き取って、帰ります」

「いいんだ」ゼッドは一歩うしろに下がった。「俺は家に戻るよ。じゃあ〝死ぬまでにやりたいことリスト〟が達成できるようにがんばってくれ」

彼がリストのことを知っていたことに、フランシーンは驚いた。そして自分のリストに〝一か八か思い切ってやってみる〟という項目があったのを、急に思い出した。だが彼女が口を開く前に、シャーロットがくちばしをいれてきた。「ねえ、ウィリアムやほかの連中はいったい何をしに来たって言うんだい？」

ゼッドはシャーロットを眺めた。「シャーロットだね。フリードリック・グットマン殺しの犯人を割り出したのはあんただったな。あんたらしい質問だが、答えは簡単に説明できるようなものじゃないんだ」彼はそこで言葉を切ってしばらく考えていたが、心を決めたようにこう言った。「あんた方、よかったらこれからうちに寄って、お茶を一杯飲んでいかないか？　そのあいだに質問についての話もできる」

思いがけない展開にフランシーンはとまどったが、シャーロットは一も二もなくその申し出に飛びついた。「もちろんだよ。どんなときでもおいしいお茶の一杯はありがたいもんだしね」

フランシーンはいつもの〝分別担当〟の役割を果たさなくてはと思った。

「ちょっと待っていただける？」とゼッドに言い、答えを待たずにシャーロットの腕をつかんで、車のかげに引っぱっていった。彼は想像していたよりずっと人当たりがよかったが、自分の土地にしのびこんだ人たちを荒っぽいやり方で追い払ったと思うと、油断はできない。

ほかの三人も、状況を察して集まってきた。

「ねえシャーロット、本当に行ってもいいものか、わたしは心配だわ」

シャーロットはとても信じられないという顔でフランシーンを見返した。

「これは絶好のチャンスなんだよ。今あの男に質問しないとしたら、どうやって事件の真相を探るのさ？　またつぎのチャンスがすぐに巡ってくるとでも思ってるのかい？　それに数では圧倒的にあたしらのほうが有利だよ」

アリスは十字架のペンダントを指でいじった。神経質になっているときのいつもの癖だ。

「そうとは限らないわ。あの人はみんなに毒を盛って、皆殺しにだってできるじゃないの」

メアリー・ルースは両手を上着のポケットに入れた。

「あたしは正直、どう考えたらいいか迷ってるとこ。アリスの今の意見は、ふつうに考えれば、シャーロットの大好きな陰謀論なみの妄想に聞こえる。でも、ひょっとしたらあり得るかもって気もしちゃうのよね」彼女は少しためらってから言った。「だから家にあがることになったら、言っとくけどあたしは何一つ口に入れないからね」

少し離れたところにいたメルリーナが、みんなに一歩近づいて言った。

「わたしはゼッドを知っています。すごくよく知っているわけではないけれど、少なくとも人をだまして毒を盛ったりしないのは確かです。危険ではないとわたしは思います」

みんなの目がフランシーンに向いた。

「フランシーンが決めてちょうだい」とメアリー・ルースが言った。「あの男はあたしたちじゃなく、あんたを誘ったんだから。それに運転するのはあんただもの」

ゼッドが離れたところから声をかけてきた。「俺が危なく見えるのは認める。だから慎重に考えて決めてくれて構わない。それでも心配なら、だが言っておくと、俺は家に招待した客は、かなり親切にもてなすほうだよ。それなら安心だろう。あんたの旦那に電話して、どこにいるのか伝えておけばいい。それなら安心だろう」

メアリー・ルースがフランシーンの腕をつついた。「ほら、言ったでしょ？　彼が誘ってるのはあんたなのよ」

「ちょっと待って」とアリスが言った。「ここは携帯電話が通じるの？　ローズヴィル橋でもほとんど通じなかったでしょ？　ここだって同じぐらい町から離れてるわ」

フランシーンがスマートフォンをチェックしてみると、受信状態は驚くほどよかった。

「たぶんゼッドが自分の敷地内にブースターとかいうものを入れてるんだと思うわ」実際のところ、フランシーンにはその仕組みがよくわかっていなかったが、とりあえず電話がつながるのはありがたかった。

「本当に彼の家にあがってもいいと思う？」フランシーンはそう言いながらも、内心では、これで〝やりたいことリスト〟の四十二番目、〝一か八か思い切ってやってみる〟を達成済みにできるかもしれないと考えていた。

「いいに決まってるよ」とシャーロットが言った。「さっきも言ったけど、あの男の話を聞く絶好のチャンスなんだから。不安なら、ジョナサンに電話しとけばいい」

確かに、もしゼッドが何か企んでいるなら、夫に電話するよう言うはずがない。

「じゃあ、ちょっと待っててくれる？」

フランシーンはジョナサンに電話をかけ、事務所にいるところをつかまえて、ざっと状況を説明した。

「じゃあ彼はちゃんとした人のようなんだね？」

「ええ」

「で、きみのほかにシャーロットとメアリー・ルースとアリスの三人がいる？」

「あとメルリーナもいるわ」

「誰だって？」

「メルリーナ。シャーロットが雇った霊媒師よ」

「その霊媒師がそこで何をしてるんだい？」

フランシーンはできる限り説明しようとしてみたが、自分で聞いてもまったくわかる気がしなかった。

「いや、もういいよ」とジョナサンがさえぎった。「知らないほうがいい気もする。それに霊媒師がいるなら、あらかじめ危険を察知できるかもしれないしね」

「ジョナサン！」

「シャーロットはどう言ってる？　というか、ほかに選択肢を与えてくれてるかい？」

「まさか。家にあがってあれこれ訊き出そうの一点張りよ」

「それで、きみは危険があると思う？」

フランシーンは大きく息を吸ってから言った。「いいえ、思わないわ。ゼッドはただわたしと話をしたがってるように見えるの。どうしてかわからないけど。でもわたしやほかのみんなに危害を加える気があるとは思えない」

ジョナサンは少しのあいだ黙っていたが、こう言った。「きみの判断を信じるよ。それに謎解きに夢中になりはじめると、きみもシャーロットに負けないぐらい手に負えなくなることは経験済みだからね。ただ、くれぐれも気をつけて。少しでも危険なきざしがあったら、そこを離れると約束してくれ。それから、携帯電話をいつでも取れるようにしておいてほしい」

「そうするわ。話が終わったらすぐに電話する」

「もし連絡がなかったら、こっちから三十分後に電話するよ」

「いい考えね。もし話が長くなりそうだったら、切り上げるのに役立ちそう」

「わたしもロックヴィルに戻ったほうがいいかい？　必要ならそうするよ」

「それは今のところ保留にしておきましょう。また電話するわ」フランシーンは電話を切った。「終わったわ。じゃあ、お茶を飲みにいきましょう」

みんなで固まってゼッドのほうに歩いていった。

ゼッドはメルリーナと何か話していた。言い争っているようにも見えたので、ひょっとして招待を受けるのは早計だったかとフランシーンは思った。

ちょうどそのとき、ゼッドは近づいてくる彼女たちを見てほほえんだ。

「よかった。一応は信用してもらえたみたいで嬉しいよ。話すべきことがいろいろとあるからな」彼の言葉は明らかにフランシーンに向けられたものだったが、最後は全員に向かってこう言った。「さあ、家に入ってお茶を飲もう」

ローズヴィル橋が今にも焼け落ちつつあり、いっぽう自分はゼッドの家にお茶をごちそうになりにいくところだと思うと、すべてが現実の出来事ではないような、奇妙な感じがした。

フランシーンは携帯電話が入ったバッグをぎゅっと握りしめた。

会ったばかりなのに話すべきことがいろいろあるとは、いったいどういう意味だろう。フランシーンたちは私道を歩いて戻り、ゼッドの家に向かっているところだった。週の前半に降った雨のせいで、砂利敷きの道はすべりやすかった。それでもみんなが、店を手伝うために歩きやすい運動靴を履いていたのは幸いだった。シャーロットでさえ文句を言わず、フランシーンにしがみついて歩いていた。

私道は途中で枝分かれしていて、右に向かう道の入り口にりっぱな木製のアーチがあり、〈マシュー1344農園〉と書かれた木の看板が下がっていた。フランシーンはアーチをくぐりながら、〝1344〟というのはどういう意味だろうと考えていた。

10

まもなく彼女たちからは〈ホイート農場道路〉がまったく見えなくなった。遅い午後の太陽が、丈の高い木々のあいだからちらちらと見え隠れしていた。家に近づくにつれ、木々はしだいにまばらになり、太陽の光がひとときのあいだ冷えた体を暖めてくれた。

ゼッドの家は丸太造りだった。「家の原形は一八〇〇年代後半に建てられたんだ。だがそれ以来、何度も増築を重ねてきた。今は寝室が三つにバスルームが二つと、そこそこ大きな家になったよ。俺は中身は現代的にしてもいいが、全体の雰囲気は最初の持ち主の理想を生かすよう努めてきたんだ」ゼッドは彼女たちのためにドアを開けた。

なかに入るとき、フランシーンはひさしの下にカメラがあるのに気づいた。確かに現代的な防犯システムも取り入れられているようだ。

ゼッドは〝最初の持ち主の理想〟をどうやって知ったのだろうと、家に足を踏み入れたときフランシーンは思った。当時は建築計画を郡に提出する必要もなかったはずだ。最初に居間に入ったときの一印象は、〝狩人の小屋〟というものだった。これが最初の持ち主の好みだったのだろうか？　節くれだったマツの木の羽目板からは、木の香りが今もかすかに感じられる。それより目につくのは、壁からつき出ている数々の獲物の頭だ。フランシーンにはあまりに生々しく感じられた。しかし何より驚いたのは、部屋の奥に立つ若い牡鹿の剝製だった。牡鹿は若いながらも堂々とした角を持っていて、どんな挑戦も受けて立つという誇りが感じられた。フランシーンは牡鹿に近づいていった。グロテスクだと思ういっぽうで、不思議に心引かれるものがあったのだ。シャーロットもいっしょについてきた。

「あんたがこれに吸い寄せられるのがわかったよ」

フランシーンは牡鹿の美しい毛皮をなでた。「野生の牡鹿をこんなに近くで見るのは初めてだわ」

シャーロットもこわごわ角に手を触れた。「こんな姿になっちゃ、それほど野生ってわけでもないけどね」

ウィリアムが銃で追われたこと、ローズヴィル橋に銃弾が撃ち込まれたことをフランシーンは思い出していた。撃ったのはゼッドなのだろうか？　直接訊くことはさすがにできず、遠回しにこう言った。「狩りをなさるんですね」

「昔からな。だが最近はあまりやらない。朝の冷たい空気がこたえるようになってきたのと、長い時間じっと動かずにいると関節が痛んでね」ゼッドはにやりと笑った。「獲物の首に囲まれていたら落ち着かんだろう。あっちに行って、約束のお茶を飲もう」

ゼッドのキッチンは明るく、感じがよかった。大きな窓から降りそそぐ午後の光が、部屋を心地よく暖めていた。ゼッドはみんなに、食堂兼用のキッチンに置かれた四角いテーブルに座るようすすめた。あまり大きなテーブルではなかったが、少し詰めれば全員が座ることができた。

金網製のケーキ台に、まだ温かそうなティーブレッドが載っているのを見て、フランシーンは驚いた。ナツメヤシの甘い香りに、思わず唾液がわき出す。交霊会が終わったらクッキーとスコーンでお茶にしようと言っていたのに、火事騒ぎでうやむやになってしまったのだ。しかも、もうすぐ夕食の時間になろうとしている。

「あなたが焼いたの？」メアリー・ルースもティーブレッドに目をとめて訊いた。

ゼッドは微笑んだ。「ああ。レシピってのはどうやら化学式みたいなものだとわかってね。正確に手順どおりやれば、いつも同じ結果が得られる。パンを焼くのは科学だが、同時に芸術でもある。条件は毎度変わるし、材料も工夫の余地がある。あんたもそう思わないか？」

メアリー・ルースはくすくす笑った。あたしはそこまでは思わないけど、実験をして新しいレシピを作るのは好きよ」

「ナイフ立てにパン切りナイフがある。よかったら俺がお茶を淹れるあいだに、そいつを切りわけてくれないか？　ナツメヤシとナッツのティーブレッドだ」

ゼッドのお茶の淹れ方は、昔ながらのものだった。ティーバッグではない茶葉を、ふたつの大ぶりなティーポットに入れる。どちらもたっぷり数カップ分のお茶が入りそうな大きさだ。ゼッドがやかんでお湯を沸かすあいだに、メアリー・ルースが慣れた手つきでティーブレッドにナイフを入れた。ゼッドが食器の場所をメアリー・ルースに教えた。彼女は六枚の皿に一切れずつティーブレッドを置き、テーブルに並べた。

フランシーンは窓から裏庭を眺めた。草におおわれた裏庭は広々としていて、その先にはトウモロコシ畑がどこまでも続いている。窓からは、古めかしい温室とふたつの菜園が見えた。菜園のひとつは野菜用らしく、ホウレンソウやブロッコリーなどの冬野菜が植えられていた。霜にやられてぐったりしたトマトや、収穫が終わって茶色く枯れたトウモロコシの茎も見える。

「あれはハーブガーデンかしら？」フランシーンはふたつめの、小さいほうの菜園を指さして訊いてみた。「あの茂みはセージみたいに見えるし、あっちに伸びてるのはバジルでしょ？　ほかはちょっとわからないけれど」

「なかなかの観察眼だな」やかんのお湯が沸き、ゼッドはポットにお湯を注いだ。茶葉が開くのを待ちながら、彼は答えた。「あれは俺が植えたんだ。野菜畑のほうは、ドク・ホイートが死んでここを買い取ったとき、いっしょについてきた」

フランシーンたちは、日ごろからメアリー・ルースのおいしい焼き菓子に慣れていた。ほかの人が焼いたものは、まずその足元にも及ばなかった。だがゼッドが焼いたというナツメヤシとナッツのティーブレッドは、キッチンに足を踏み入れたときから、誘惑するような甘い香りを漂わせていた。自分の前に置かれたケーキを一切れ口に運んだ瞬間、フランシーンは驚いた。予想外になめらかな舌触りで、コクがあり、嚙むとバターの風味が口のなかにあふれる。メアリー・ルースでもこれ以上のティーブレッドを作れるかどうかわからない。

シャーロット以外のみんなは、用心深く少しずつ食べていた。シャーロットは自分の分を二、三口で片づけると、もの欲しそうに残りを見つめていた。しかし彼女にしては、いさぎよくケーキをあきらめ、裏庭の古びた温室に目を向けた。「あの温室も土地のおまけについてきたんだよね？」

ゼッドは唇の片端だけ上げてにやりと笑った。「見てのとおり骨董品だろう。あの温室にはほとんど手を入れてないんだ。それでもなかの植物は驚くほどよく育ってるよ。本当ならあれを解体して、もっと現代的なシェルターみたいな温室を建てるところなんだろう。だが、どうしても壊すのが忍びなくてな。歴史学会の連中が見たら、歴史的建築物だと認定するだろうよ」

「いつ頃建てられたものなんだい？」

ゼッドは茶こしを使ってみんなに紅茶を注いだ。「一九三〇年代あたりだろう。大恐慌もたけなわってころだな。よかったらお茶のあとで温室を案内するよ」

見てみたいということでみんなの意見が一致した。

ゼッドの心遣いのおかげで、フランシーンは自分でも意外なほどこの時間を楽しんでいた。明日の準備がなければ、もう少しゆっくりしてもいいと思うほどだった。だがあまり遅くならないうちにロックヴィルまで戻らなくてはならない。それでフランシーンは思い切って話を切り出した。「さっきウィリアムがここにしのびこんだ理由はわかってると……」

「ああ。ウィリアムはここ一年のあいだ、何度かここに来たよ。ドク・ホイートの隠し財産の伝説に取りつかれてるみたいだった。あんたはその話は知ってるか？」

「ドク・ホイートの名前は聞いたことがあるわ。母の実家はこの近くに農場を持っていて、わたしも小さいころここに住んでいたから。でも父は農場の仕事が性に合わなかった。それでワールプール社の工場に職を見つけて、家族でインディアナ州南部のエヴァンズヴィルという町に引っ越したの。農場は祖父が亡くなったあとに売られてしまったわ」

ゼッドはうなずいた。なぜかわからないが、フランシーンは彼がすでにそれらの事実を知っていたのではないかという気がした。

「ドク・ホイートがこの土地を買ったのは、一九二一年のことだ。一風変わった男だったらしい。大恐慌のあいだに薬草療法に興味を持って、先住民の薬草の知識を研究していたそうだ。やがてどんな病気も、薬草の正しい配合さえ見つかれば、ほとんど治せると確信するようになったんだ。一時期、彼の調合した薬は評判を呼んで、海を越えて輸出された。〝ドクター・ホイート〟を名乗るようになったのはそのころだ。だが現代薬学の登場で、彼の商売も先細りになっていった」ゼッドはフランシーンのティーカップを指さした。ほかのみんなは半分以上飲み終えていたが、フランシーンだけまだ口をつけていなかった。「冷めたら台無しだよ。俺が作ったスペシャルブレンドなんだ。ベースはインターネットで取り寄せたウーロン茶だが、俺流にいろいろアレンジしてある」

フランシーンが一口飲んでみると、ティーブレッド同様、独特でとてもおいしいお茶だった。モモに似た甘い香りがするが、フランス料理によく使われるハーブのタラゴンのような香りもする。そして最後の最後に、かすかに金属っぽい酸味が舌に残った。このお茶のブレンドについてもっと訊いてみたかったが、それより話の続きのほうが重要だと思い出した。

「それでウィリアムは何を探していたの？　ひょっとしてドク・ホイートの処方箋？」

ゼッドはまるで秘密を打ち明けるかのように身を乗り出した。「いや、どうやら彼の財産を探していたようだ。ドク・ホイートが調合薬を売ってかなりの富を築いたって噂は昔からあったんだ。その噂が事実かどうかは知らないが、ドク・ホイートが大恐慌を経験したせいで、銀行を信用していなかったのは確からしい。とにかく彼が生きてたころから、いろんな輩がここにしのびこんじゃ、あるかどうかもわからない宝物を探して穴を掘りまくっていたんだ」

今は全員が彼の話に夢中になって、耳を傾けていた。シャーロットが訊いた。

「で、見つけたやつはいたのかい？」

「いや、誰も何も見つけられなかった」

フランシーンは、ナツメヤシとナッツのティーブレッドの最後の一切れを口に入れ、なめらかな食感と、ナツメヤシとナッツの風味を味わった。しかし飲みこんだあとに気がついた。後味にかすかな酸味がある。お茶を飲んだあとに感じたのと同じだ。これは何の味だろう？

ゼッドは三口でティーブレッドを食べ終え、あごひげからケーキくずを払い落とした。

「それじゃ何でウィリアムは財産があるって思いこんでたんだろうね？」

「ドク・ホイート自身が噂をあおっていたところもあったらしい。彼は侵入者を追い払うとき、『わたしの宝物は誰にも見つけられない』と言ってたそうだ。彼は一九六〇年代に亡くなったが、相続人を指定しなかった。そのあとに俺がここを買ったんだ。かなりの額を払ったよ」

「あんたは伝説のことをどう思ってんの？　ここに住んでるけど、ドク・ホイートの財産は見つけてないんだろ？」

「〝財産〟と〝宝物〟とじゃ、少し意味が違うだろ？　俺は彼の〝宝物〟は、連中が考えてるようなものじゃなかったと思ってるんだ」

ゼッドは背もたれに体をあずけ、フランシーンに目を向けた。「あんたは間違いなくマイルズの血筋だ。お袋さんによく似てる」

「どうしてわたしの旧姓を……？　ああ、わかったわ。ウィリアムのいとこだと言ったからね」

「それもある。だが本当は『グッド・モーニング・アメリカ』であんたの名前が紹介されたときに、誰だかわかってたんだ。もっと早く会っておけばよかったと思ったよ」

「お話し中に悪いんだけど」とメアリー・ルースが口をはさんだ。「おじゃまできて楽しかったわ、ゼッド。それにあのティーブレッドはほんと脱帽ものだったわよ。でも、もし温室を見てからロックヴィルに戻るんなら、そろそろお尻を上げたほうがいいと思ってね」

ゼッドはさっと立ち上がった。「確かにそうだ。特にあんたは明日も仕事があるからな」

全員が立ち上がり、メアリー・ルースはカップやお皿を集め始めた。「そのままにしといてくれ」ゼッドは手を振って止めた。「俺があとで洗うから大丈夫だ。しかし、たまにはこういう礼儀正しい客を迎えるのもいいものだな」

ゼッドは裏庭に続くドアを開け、みんなを温室まで案内した。それは昔ふうの温室で、南向きの壁に大きな鉛ガラスの窓がはめられていた。しかしそのうち一枚はひびが入っているし、壁もみがいて深緑色のペンキを塗りなおす必要がありそうだ。だが建物自体はしっかりしているように見える。「俺は菜園に野菜を植えるとき、まず温室で育てる。それで冬のあいだも野菜やハーブがとれるんだ」ゼッドはドアの取っ手を回そうとしたが、鍵がかかっていた。「しまった、鍵を忘れた。ここで待っててくれ。すぐに戻る」

ゼッドが家のほうに戻っていくと、すぐにシャーロットが声をひそめてみんなに訊いた。

「ねえ、あんたたちはどう思う?」

アリスがとまどったように頭をかいた。「そうね、思っていたよりずっといい人に見えたけれど。評判が評判だったから、手作りのティーブレッドとお茶をごちそうしてくれたときは驚いたわ」

みんなもうなずいた。フランシーンはメルリーナのほうを向いた。「前からゼッドを知ってるって言ってたわよね？　彼はいつもこんな感じなの？」

メルリーナは肩をすくめた。「イエスでもあり、ノーでもあります。乱暴だったりしたことは一度もありませんが、こんなふうに打ち解けていたこともないんです」

「それであんたは、あの男とどんな知り合いなんだい？」とシャーロットが訊いた。

メルリーナが答える前に、ゼッドが鍵を手に戻ってきた。彼は温室のドアを開け、明かりをつけ、彼女たちのためにドアを支えた。

温室の内部は美しく整えられていて、フランシーンは感心した。窓辺には花のかごがつるされ、八列並んだ台の上には、いろいろな種類の植物の苗が置かれている。

「何日か前の夜、初めて霜が降りたときに、花をなかに入れたんだ。色があるおかげで、温室のなかが明るくなったよ。冬を越すまでこのままだな」

「とてもきれいだわ」とフランシーンは言った。みんなは温室のなかをぶらぶらと歩き始めた。フランシーンはゼッドが後ろをついてくることに気づいた。ほかのメンバーたちは自然に別の列に移動した。

苗のなかには、種を蒔いたばかりらしいものもあった。豆とトマトと、ほかのいくつかはわかったが、中央の列に見たことのない植物を見つけた。フランシーンは足を止めてゼッドに訊ねた。「これは何の苗なの？」

「この土地の在来種だよ。寒さに弱いから、冬のあいだはここで育ててるんだ。温室だと驚くほどよく育つよ。冬の終わりにもっと種から育てて、春には三つ目の菜園に移植しようと思ってる」

「三つ目の菜園？」

ゼッドは片目をつぶってみせた。「ああ、三つ目の菜園だ。ドク・ホイートの菜園だよ。ドク・ホイートを有名にした調合薬は、そこで採れた薬草から作ったものじゃないかと思ってるんだ。その菜園には、在来種の植物がたくさん育ってるよ。ここ以外には存在しないものもいくつかありそうでね。時機を見て州の植物学者に連絡を取って、サンプルを送ってみようかと考えている」

「その菜園ってどこにあるの？」

ゼッドは温室のすみに視線を向けた。そこには防水カバーのかかった四輪の全地形対応車《ATV》が置かれていた。「簡単に行ける場所にはないんだ。行くならあのATVを使わないと」

フランシーンはゼッドといっしょにATVに乗る気はまったくなかったが、こう答えた。

「今日はたぶん時間がないわね」

ゼッドはその答えを面白がっているように見えた。「たぶんな。だがあんたがまた来てくれたら案内するよ。きっと気に入る。小さな谷の底に、ひっそりと隠れた場所なんだ。とき

ど き湧き水がしぶきを立てて、ぱーっと噴き上がる。小さい間欠泉みたいにな」

フランシーンはその光景を心に思い浮かべてみた。「ええ、そのときには行ってみるわ。ご招待ありがとう」

フランシーンはしばらくATVを眺めていたが、ふと、その奥に古い飾り棚があるのに気がついた。なかにはガラスの広口びんがきちんと並んでいる。見たところ、中身は空っぽのようだ。扉には鍵穴があった。しかし鍵がかかっているかどうかはわからない。それにしても、どうしてゼッドは空っぽのびんを並べているのだろう？

そのときゼッドがフランシーンの腕に触れ、外に出るよう合図した。どういうつもりなのかといぶかしみながらも、彼に従って温室の外に出て、ドアのわきに立った。ドアは開けたままにしておいた。

ゼッドは上着から小さな本を取り出し、フランシーンに手渡した。

「フランシーン、あんたにこれを持っててもらいたい。俺はあんたのおばあさんのエリーをよく知っていたんだ」

フランシーンは驚いた。ゼッドのまだ黒い髪とあごひげのせいで、自分よりいくつか年下だと思っていたのだ。少なくとも、彼女の祖母をファーストネームで呼ぶような歳ではないはずだ。「そうなの？」

「これはエリーの日記だ。俺がどうやってこれを手に入れたかは、長い話になるから今は言わないでおく。ずっとあんたのお袋さんに渡そうと思っていたんだが、あんたの一家がエヴァンズヴィルに越してから、連絡が取れなくなった。もっと早く会っておけばよかったと言ったのは、ひとつはこれを渡したかったからだ」

フランシーンは温室のなかにいる仲間たちに目をやった。みんなはふたりがなかにいないことに気づいていないように見える。

祖母の日記には、ハートの絵が刺繡された紫色の布カバーがかかっていた。ウィリアムが持っていた一冊目と同じように、小さな鍵がついている。鍵はかかっていなかったので、フランシーンは最初のページを開いてみた。彼女は祖母の手書きのレシピカードを何枚もゆずり受けていたが、間違いなく同じ筆跡だった。「あなたもこれを読んだの？」

ゼッドはうなずいた。「ああ。何度もくりかえして読んだ。若い女性の日記を読むなんて礼儀に反してるとあんたは思うかもしれない。だがそのなかには貴重な情報がいくつも書かれてるんだ。例えば、彼女の母親が起こしたローズヴィル橋の一件だ」

フランシーンは息を呑んだ。祖母が亡くなったのは、彼女がまだ七歳のころだ。覚えている限り、曾祖母の物語をきちんと正確に話してくれた人は誰もいなかった。それはまるで恥ずべき物語のように、いつも噂やほのめかしという形で語られていたのだ。「祖母は細かいところまで書いてたの？」

「ああ、母親から直接話を聞いたんじゃないかと思うよ」

そのときフランシーンのスマートフォンが鳴りだした。温室のなかにいたみんなもその音を聞きつけ、ふたりが外にいることに初めて気がついたようだ。しかしゼッドは「ちょっとなかで待っててくれ」と言って、温室のドアを閉めてしまった。そして「誰からだ？」とフランシーンに訊ねた。

フランシーンは番号を見た。「夫のジョナサンよ」

「そうか」とゼッドは微笑んだ。「俺がきちんともてなしたって伝えておいてくれよ」

フランシーンの指は震えていて、うまく通話ボタンが押せなかった。自分に落ち着くよう言い聞かせ、何とか電話を取ると、「ジョナサン？」と呼びかけた。

「ああ、わたしだ」とジョナサンが答えた。「きみから連絡がなかったら、三十分以内にこちらからかけると言っておいたよね。大丈夫なのかい？」

「ええ、わたしたちまだゼデダイアのところにいるの」

「問題はない？」

温室のなかを見ると、仲間たちはドアを閉められたことに驚いた様子で、フランシーンを見つめていた。フランシーンは何と答えるべきか、一瞬迷った。だが今のところゼッドは、ドアを閉めたこと以外は不審な行動を取ったわけではない。それに彼はすぐ横にいたので、今は調子を合わせておくことにした。みんなには自分が電話に出ていることを知らせるよう、指をさして見せた。

「ええ、彼にとてもよくしてもらったわ。わたしの祖母の日記も渡してくれたのよ」

「それはウィリアムが持っていた日記とは違うもの？」

「そう。でもそろそろ失礼しようと思ってたところよ」と彼女はゼッドに聞かせるように言った。「温室を見せてもらってたの。でももう帰る時間だわ。またあとで電話するから、ロックヴィルのどこで待ち合わせるか決めましょう」

「それは指示なのかい？　それともわたしが同行すると彼に思わせたいだけ？」

「まあ両方ね」

「ともかくまたあとで電話してくれ」

「そうするわ」

フランシーンは電話を切った。顔を上げると、みんなが出口に向かってくるところだった。ゼッドがドアに鍵をかけたところは見なかったが、開いているよう祈りながらドアノブに手をかけた。

その手の上に、ゼッドが自分の手を重ねた。「あんたはまだ俺を信用してないね？」

「手を離してくださる？」

「やっぱり信用してないんだな」彼は手を離し、降参するように両手を上げた。「ローズヴィル橋には秘密がある。俺は……それを守ってるんだ。あんたにもわかってもらえればと思う。実はあるものが家に置いてあるんだ。それを見せれば、あんたも俺を信じてくれるかもしれない。今から取りにいってくる。温室の鍵を持っててくれ」ゼッドは足早に家のほうに歩いていった。

フランシーンは温室のドアを開けた。やはり鍵はかかっていなかった。フランシーンはほっとして、なかにいる仲間たちに加わった。

そのとき、家のほうからパンッという音が聞こえた。

振り返ると、彼女たちがさっきまで座っていたキッチンの壁が吹き飛び、火柱が上がるのが見えた。

11

炎はあっという間に燃え広がった。

「おお、神様!!」とアリスが叫んだ。

全員が金縛りにあったように、燃えさかる炎を見つめていた。誰かが「911だ!」と叫ぶまで、永遠に近い時間が流れたような気がした。だが実際にはほんの数秒のことで、叫んだのはシャーロットだった。

「ゼッドは?」とアリスが訊いた。「彼はどこにいるの?」

やっとフランシーンの足が動いた。家のほうを指さしながら、急いで外に出る。

「家に戻ったの。爆発が起きたとき、キッチンに入ったところだったかも。でもすごく急いでいたから、もうほかの部屋に行ってたかもしれないわ」

ほかのみんなも外に出てきた。シャーロットがフランシーンの電話をひったくった。

「911にかけなきゃ」彼女は画面をタップしながら言った。「あんたのパスワードは? また変えたのかい?」

「変えてないわよ。手が震えてちゃんと押せてないんじゃない。貸して」フランシーンは落としそうになりながら電話を受け取り、震える指で9、1、1と打ちこんだ。その番号が単純なわけがよくわかった。

しかし電話からは何の音も聞こえてこない。

「電波が届いてないのよ」

メアリー・ルースが両手をもみしぼりながら叫んだ。「どうなってるのよ?」

「たぶんブースターは家のなかにあって、だめになったのかもしれない」

「そうじゃなくて、何が起きたのか訊いてるの。あのパンッていう音と、そのあとの火事はなんで起こったの?」

「わたしにわかると思う?」

フランシーンは誰かに引っぱられているのを感じた。振り返ると、アリスだった。

「車に戻らなくちゃ」

「車に戻るには、家の横を通り抜けなきゃならないのよ。危ないじゃない。つぎは林に燃え移るわ」とメアリー・ルース。

「じゃあ、どうやってここから逃げるのよ?」

「こっちです!」と落ち着いた声がした。声のするほうを見ると、メルリーナが後ろ向きに歩きながら、みんなを手招きしていた。

彼女たちはメルリーナについていった。メルリーナの衣装のシルエットが、炎を背景に浮かび上がった。まるでホラー映画に出てくる生き物のように見える。

メルリーナは家からできるだけ迂回して、もと来た私道にみんなを誘導した。やっと燃えている家から離れると、彼女たちはほっと安堵のため息をついた。けれどメルリーナは歩をゆるめず、「休まないでください」とみんなを急き立てた。

「言うのは簡単だよ。あの子はあたしらより四十は若いんだからさ」とシャーロットは文句を言った。だがその文句は口先だけだった。シャーロットはしっかりフランシーンにつかまり、ふたりは足を止めずに砂利敷きの私道を歩いていった。

先を歩いていたアリスが、振り返って言った。「ウィリアムの車の〈オンスター〉なら、衛星受信装置がついてるからつながるはずよ。911に電話できるわ」

「いい考えだわ」とフランシーンも言った。

だが彼女たちがカエデの木立にたどり着いたとき、そこに残っていたのはフランシーンのプリウスだけだった。ウィリアムのビュイックは消えてなくなっていた。

「車がないわ！　盗まれたのよ！」アリスはショックのあまり、半狂乱になって車を探しまわり始めた。

メルリーナがアリスを抱きかかえるようにして止めた。「大丈夫ですよ。わたしたちはみんなフランシーンの車に乗ってきたんですから、フランシーンの車に乗って帰れます」

アリスはメルリーナの腕を振りほどこうともがいた。「でも消防署に電話できないじゃない。あの家はどうなったの？　わたしたちどうなるの？」

フランシーンはメルリーナの冷静さにならい、バッグのなかを探って車のキーを探した。

「わたしたちは大丈夫よ。ゼッドの家は残念ながら大丈夫とは言えないけど。〈ロック・ラン・カフェ〉まで戻って助けを呼びましょう」

フランシーンは心のなかで、ゼッドのために祈りをささげた。何とか無事に逃げ出していますように。彼のすべてが、あまりに謎に包まれていた。どうしてフランシーンの祖母を知っていたのか？　自分に何を伝えようとしていたのか？　ドク・ホイートの伝説は真実なのか？　そして彼は本当にドク・ホイートの財産を見つけ出していないのか？　答えを彼の口から聞きたかった。

フランシーンはキーを見つけ出してドアを開け、みんなは行きと同じ席に座った。車を発進させ、ふたたび〈ホイート農場道路〉に出て、郡道W - 350号線に向かって進みだす。

ところが走り始めて一分もしないうちに、遠くから赤いライトが近づいてくるのが見えた。続いて、耳に刺さるようなサイレンの音とともに、消防車が向かってきた。フランシーンはあわてて車を端に寄せて停車した。車体に〈ローズデール・ボランティア消防署〉と描かれたポンプ車が、警笛を鳴らしながら走り抜けていった。

フランシーンはほっと息をついた。「消防署に電話する必要はなくなったみたいね」

「だけど誰が電話したんだろう？　ご近所さんなんて何キロ四方も見当たらないじゃないか」とシャーロットが言った。

「ゼッドが自分でかけたんじゃない？」とメアリー・ルース。「そうだといいんだけど。あのケーキは素人にしちゃ、なかなかたいしたものだったわよ」

しばらく沈黙が続いた。「それじゃ、行くとするかい？」とシャーロットが言った。

じっと考えていたフランシーンが、迷いながら切り出した。

「わたしたち現場に戻ったほうがいいんじゃないかしら？　火事が起こるところを目撃したんだもの、見たことを誰かに伝えるべきじゃない？」

「消防士さんたちはそれどころじゃないでしょ。あたしたちの相手をしてる暇なんてないって」とメアリー・ルースがあわてたように言った。

そのときパトカーがサイレンを鳴らしながらスピードをあげて通り過ぎた。

車が近づいてから走り去るまで、シャーロットはずっと目で追っていた。

「ね、今の車にジョイのお気に入りの刑事さんが乗ってなかったかい？」

「乗ってた気がするわ」とフランシーンも言った。「あの目立つカウボーイハットをかぶってたもの。これはやっぱり、戻るべきだっていうサインよ」

「いやよ！　わたしは絶対に戻らないから！」アリスは頑として抵抗した。

「ジョン・ウェインの映画なら、誰かにひっぱたかれてるところだよ」とシャーロットが聞こえないようにつぶやいた。

パトカーがさらに二台、くるくる回るライトを光らせながら走り去っていった。

「アリス、わたしたち戻るべきだと思うわ」フランシーンが優しく説得にかかった。

「みんながそんなに野次馬だなんて思ってもみなかったわよ」

そう言うあいだにも、チャンネル6のニュースクルーのバンが猛スピードで走っていった。

「これが戻るべきだってサインでなくて何だい？」とシャーロットが勝ち誇ったように言った。「ジョイのチームは特ダネを追いかけてるんだよ。ここはあたしらが協力して、ジョイに独占取材させてやらなくちゃ」

「あんたがジョイに協力したいっていうのは、結構なことだと思うわよ」とメアリー・ルースが口をはさんだ。「だけどあたしだって明日も仕事があるのよ。一刻も早くロックヴィルに戻って、夜はしっかり睡眠をとらなきゃならない。そして早くに起き出して、クッキーだのケーキだのを焼かなきゃならない。それがケータリング業者の人生なのよ」

最後にやってきたのはマーシーのSUVだった。あっという間にフランシーンの車を通り過ぎ、土ぼこりを残して行ってしまった。

「答えが出ました」メルリーナがまるで占いの結果を告げるように言った。「メアリー・ルース、あなたはマーシーおばさんの車を借りて帰ってください。おばさんはわたしたちといっしょに帰ればいいでしょう」

誰も反対しなかったので、フランシーンは方向転換して、ふたたびゼッドの家に向かって走り出した。ところが現場に行き着く前に、警官に車を停められてしまった。パトカーがふたつの車線にまたがって停まり、交通をブロックしている。チャンネル6のバンも、後続のマーシーの車も、片側に寄せて停まっていた。マーシーは車から降りて警官と口論している最中だった。警官はひょろりとした若者で、制服がぴったり合うまでにはかなり成長する必要がありそうだった。チャンネル6のスタッフの姿は見えない。

太陽の位置が低くなっていることに気づき、フランシーンは時計を見た。もう六時半近くだ。若い警官が車に近づいてくるのを見て、窓を下ろした。

「至急、車を移動させてください。この先は通れませんし、追加の緊急車両のために通行を確保する必要があるんです。すぐに方向転換して、来た道をお戻りください」

フランシーンは素早く頭を働かせた。「チャンネル6のスタッフはどこにいるのかしら？わたしたちリポーターのジョイ・マックイーンを探してるの。重要な情報があるのよ」

「この先にマスコミ用の規制線が設けてあるので、そちらだと思いますが」

「そこまで行かせてもらえないかしら？」

警官は首を振った。

「わたしもさんざん頼んだけど、だめだって言うんですよ」とマーシーが言った。

「消防署か保安官事務所にとって重要な情報でなければ、通すことはできません。方向転換してお戻りください」

フランシーンが口を開きかけたとき、メアリー・ルースが後部座席から身を乗りだして早口で耳打ちした。「よけいなこと言っちゃだめよ。警察で尋問されることにでもなったら、ますますロックヴィルに戻るのが遅れちゃう」

メアリー・ルースは声をひそめたつもりだったが、その言葉はすべて警官の耳に届いていた。「この火事について何かご存じなんですか？」

「ええ」と「いいえ」の声がいっせいに上がり、警官は眉をひそめて問いただした。

した。

「あたしは何も知らないわ」とメアリー・ルースが真っ先に声を上げた。「実を言うと、この人たちのこともほとんど知らないのよ」彼女はドアを開けて外に出ると、マーシーを指さした。

「でもこの人のことは知ってる。あたしの広報コンサルタントなの。これからいっしょに帰るところよ」

マーシーは明らかにジョイのもとに駆けつけるところだったはずだが、メアリー・ルースの言葉に敏感に反応した。「あなたの広報コンサルタント?」それから急いで言いなおした。

「ええそう、そうなんです。わたしが彼女の広報コンサルタントです」

「それで、すぐにロックヴィルに帰れるのよね?」とメアリー・ルースが言った。

「さて」とシャーロットが口をはさんだ。「このふたりはすぐに帰るけど、あたしらは別だよ。火事がどんなふうに起きたか見たんだ。ちゃんとした人に報告しないと」

「わたしを勝手にそっちのグループに入れないでちょうだい」アリスがあわてて車を降り、メアリー・リースとマーシーに加わった。「わたしは彼女のビジネス・パートナーなの。火事のことなんて何も知らないわ」

警官はわけがわからないという顔をしていたが、最終的にはフランシーンとシャーロットをのぞく全員が帰ることを許された。五分後には、無線で呼び出されたストックトン刑事が、火災現場を離れてやってきた。彼が警官から報告を受けているあいだ、フランシーンとシャーロットは車のなかで待たされていた。

しばらくして、ストックトンが車に近づいてきた。「さて、話を整理するとこういうことかな？　あんた方は今朝ローズヴィル橋で発砲事件に巻きこまれ、負傷した男が病院に運ばれた。ローズヴィル橋は今日の午後、火災で焼け落ちた。その数時間後に近くの住宅で二件目の火災が起きた。で、あんた方は二件目の火災について目撃情報があると」

「あたしら、あちこち歩き回ってるもんでね」とシャーロットが言った。

「そのようだな」

シャーロットが何か答える前に、救援の緊急車両がサイレンを鳴らしながらやってくるのが聞こえた。それから十分ほどのあいだに、消防車が三台、保安官事務所の車が二台、警察の車が一台到着した。消防車は火災現場に直行し、警官たちは指示を受けてから、歩いて現場に向かった。

ストックトンは車に戻ってきて、声をかけた。「じゃあ、ひとりずつ車から降りて、話を聞かせてもらおう」彼は胸ポケットからメモを取り出した。

シャーロットが勇んで車から降りた。フランシーンにとってはありがたかった。シャーロットがあれこれしゃべって、刑事をうんざりさせてくれたら、自分に対する質問が簡単に終わるかもしれない。ゼッドとの個人的な会話に話が及ぶことになったら面倒だ。

シャーロットへの質問が終わると、ストックトンはシャーロットに口を出さないよう釘をさしてから、フランシーンを呼び出した。フランシーンは、ゼッドが家に戻ったあとに起きた出来事だけを説明した。〝パン〟という音がしたこと、ほかのみんなも温室のなかにいてその音を聞いたこと、そして直後に火事が起きたことだ。

「炎はどんな色だった？」

「色？　覚えてないわ」

「青い炎だったよ」シャーロットが口をはさんだ。「間違いなく青だ」

「あんたは口を閉じててくれ」

フランシーンは腕を組んだ。「炎の色が何か関係あるの？」

「放火犯が使った燃焼促進剤が特定できるかもしれないんだよ」とシャーロットが得意げに説明した。「青ならガソリンなんだ」

「放火だと断定したわけじゃない。はっきりしたことはまだ何も言えない」とストックトンが言った。

「まったくもう。ロイ、あんたそんなに口が重いようじゃあ、この先ジョイ・マックイーンとどうにかなれる可能性は薄いよ」

ストックトンはおかしそうに言った。「どうして俺がミズ・マックイーンとどうにかならなくちゃいけないんだ？」

シャーロットは驚いたように目玉をぐるりと回して見せた。「そう言うんならそれで構わないよ。だけど放火じゃなけりゃ、いったい何だって言うのさ？　最初は橋で、今度は家。しかもたった今フランシーンが〝パン〟って音がしたって証言したろ？　遠隔操作の発火装置だよ。あんたがその証拠を発見することに賭けてもいい」

「今のところ、火災の発生源は特定されてない。それに二件の火災の関連性についても、まだ何とも言えない。偶然の線も消えてないんだよ。あんた方も推理ごっこはやめて、これ以上のトラブルから身を遠ざけておくことを勧めるね」

「そして今日見たことは誰にも言うなってことだろ?」

「それだけじゃなく、ここに来たことも黙っててほしいんだ。頼めるか?」

「それは条件しだいだね」とシャーロットが答えた。「例えば、お互いにわかったことを全部報告しあうっていうのはどうだい? そしたら今日のことは誰にも何も言わないって約束する。貝みたいに口を閉じとくよ」

「全部というのは保証できないな。だが可能な限り、俺の知っていることを知らせるということでどうだ?」

シャーロットは首を振った。「それじゃ足りないと思うね、ロイ。お互い情報を早く知れば知るほど、早く真相に近づけるだろ? それにあたしらと頻繁に連絡を取り合ってれば、ミズ・マックイーンと会う機会も多くなるよ」

ストックトンは彼女の言葉を考えているような顔をしていたが、実は調子を合わせているだけではないかとフランシーンはひそかに思った。

「まあ、いいだろう」彼はふたりに帰っていいと告げて、現場に戻っていった。

ふたりが車に乗りこんだころには、もう空は暗くなりかけていた。フランシーンは車内灯をつけて、携帯電話をチェックした。やはり圏外のままだ。

「きっとジョナサンがやきもきしてるわ。ゼッドの家を出るときに電話することになってたの」

「そんならできるだけ早く文明世界に戻ろうよ」

あきらめて車を出す前に、もう一度だけと思って画面を開くと、受信状態を示すアンテナが奇跡的に三本立っていた。フランシーンは急いで一件届いていたメッセージを開いた。

〝明日ブリッジトンで会おう〟

送信者を見て、思わず息を呑んだ。

シャーロットがその反応に気づいた。「どうしたんだい？」

フランシーンは答えず、すぐに返信を送った。

〝生きてるの？〟

〝ああ〟

〝ブリッジトンは人が多すぎると思う〟

〝人が多いほうが目立たずにすむ。ひとりで来てくれ〟

フランシーンは返信する前に二秒間考えた。

〝それは約束できない。ひとりで出かけるには口実がいるから？〟

〝何か着るものを持ってきてもらいたい。姿を隠す必要がある〟

〝どうやってあなたを見つければいい？〟

〝俺がきみを見つける〟

そのとき、スイッチが切れるようにバーが消えた。

12

誰とメールをやり取りしていたのか、シャーロットに話さないわけにはいかなかった。どんどん暗くなっていく田舎道を、ロックヴィルに向かって車を走らせながら、フランシーンはメールの内容をシャーロットに話して聞かせた。

「じゃあ、ゼッドは生きてたんだね？」

フランシーンは運転に集中していたので、シャーロットのほうを見る余裕はなかったが、彼女が驚いているのは声でわかった。

「メールのやり取りができたんだから、生きてるはずよ。でも、どうしてその間だけ電波が受信できたのかわからないし、彼がどうやってわたしの連絡先を知ったのかも、どういうつもりなのかもわからない。謎だらけよ」

「ともかく、明日あたしらとブリッジトンで会いたいって言ってるんだね？」

「そうじゃないわよ。明日わたしとブリッジトンで会いたいと言ってるの。わたしがひとりで行けるかどうかわからないって言っただけよ」

「じゃあ、誰を連れてくつもりさ？　たった今〝謎だらけ〟って言ったよね？　あんたのまわりで謎を解決するのが得意なのは誰だっけ？」

　フランシーンはそれについては受け流しておいた。

〝姿を隠す必要がある〟とゼッドは書いていた。どういうことだろう？

「わたしのスマートフォンを持っててくれる？」とフランシーンは頼んだ。「電波が受信できるところに来たら教えてちょうだい。とにかく早くジョナサンに連絡を取らなくちゃ」

〈ロック・ラン・カフェ〉の近くを通り過ぎるときには、スピードを落とさなくてはならなかった。黒焦げになったローズヴィル橋の残骸を見ようと集まってきた野次馬たちが、〈ロック・ラン・カフェ〉の駐車場から、郡道にまであふれだしていたからだ。

「この周辺だけでも街灯があって助かったわ」

　国道41号線まで来たとき、やっと電波が受信できるようになったとシャーロットが知らせた。すぐにシャーロットの手のなかで電話が鳴りだした。

「メールが来てるよ。ジョナサンからだ。『どこにいる？　すぐに電話してくれ』だって」

　フランシーンは道の端に車を寄せて停めた。シャーロットから電話を受け取ると、急いでジョナサンに電話をかける。

　すぐにジョナサンが出て、動揺した声で訊いた。「大丈夫なのか？」

「ええ、無事よ。ローズヴィル橋のことは聞いた？」

「聞こうとしなくても耳に入るよ。ニュースはその話で持ち切りだ。ジョイが大活躍だよ」

「そのあとまた火事が起きたの。ゼッドの家よ」

「何だって？　きみたちはそこにいたんだろ？」

「そうなの。まさに家が燃え始めたときに、庭の温室から見てたのよ」フランシーンは事情を話した。「ストックトン刑事は、わたしたちが二件の火事に、何かの形で絡んでるんじゃないかと疑ってるみたい。わたしたちがローズヴィル橋にいたときに発砲事件があって、そのあと橋が焼け落ちたでしょ。それからゼッドの家で二件目の火事が起きたとき、発火の瞬間を目撃してしまったせいよ」

「まあ彼が疑うのも無理はないだろうね」

「ジョナサン、誰の味方なの？」

「もちろんきみだよ。何かすぐにできることはあるかい？」

「こっちに戻ってきてくれたら嬉しいわ。そばにいてほしいの」フランシーンはゼッドが生きていて、ブリッジトンで会いたいとメールを送ってきたことを話した。

ジョナサンは低く口笛を吹いた。「どうしてきみに会いたがってるんだい？」

「わたしもその理由を知りたいのよ」

「今晩は安全だと思う？」

ロックヴィルの家には防犯システムが設置されていることをフランシーンは知っていた。もしジョナサンが来なければ、ひとりきりにならないよう、シャーロットと同じ部屋で寝ることになるだろう。それに自分が狙われているとは思えなかった。結局、彼女自身が何かを知っているわけではない。

「それなら、今夜急いで仕事を片づけて、明日の朝一番でそっちに行くよ。八時前には着くようにする。メアリー・ルースに朝食をひとり分追加するよう、伝えておいてくれるかい？」

「ええ、大丈夫よ」

「明日は何も特別なものは出ないと思うわよ。メアリー・ルースは準備してなかったもの。みんな朝からお店の準備で大忙しだから、朝ごはんは簡単にすませると思うわ」

ジョナサンはそれでも朝食に間に合うように行くと言い、ふたりは電話を切った。

「考えてたんだけどさ」とシャーロットが言った。「あたしらふたりでウィリアムの車を探しに行くべきじゃない？」

「シャーロット、わたしたちは今朝六時から起きてるのよ。朝から写真撮影があって、発砲事件があって、刑事に尋問されて、メアリー・ルースのお店を手伝って、クリントンの病院までウィリアムのお見舞いに行って、ローズヴィル橋が燃えて、ゼッドの家に行って、ゼッドの家も燃えて、刑事に二度目の尋問をされた」

「抜かしたところがあるよ。交霊会と、ウィリアムの車を見つけたけど、また見失ったってこと」

「わたしが言いたいのは、今日一日の出来事としてはもう十分だってこと。こんな一日を過ごしてたら、三〇歳の人だって疲れるわ。しかもわたしたちはその二倍以上の歳なのよ」

「あたしはただ、車が消えたのに何にもしないでほっといたら、ドリーに言い訳しづらいんじゃないかって思っただけだよ」

確かにシャーロットの言うこともっともだ。「でも〈オンスター〉の人に何て言えばいいかしら？　また車をなくしたって言ったら怪しまれない？」

「大丈夫だよ、問題ないって」

フランシーンは〈オンスター〉のコールセンターにふたたび電話をかけ、車を探してほしいと依頼した。

「少々お待ちください」と担当者が答え、しばらく保留音が流れた。フランシーンは電話をスピーカーに切り替えて返事を待った。十五秒ほどたってから、担当者が戻ってきて訊いた。

「確認させていただきたいのですが、三時間ほど前にお車の場所を探すようご依頼されましたか？」

相手の声に特に疑っているような感じはなく、ただの確認だとフランシーンは思ったのだが、シャーロットは相手にかみついた。

「あんた、この人の話を疑ってんの？　これまで車を二回以上なくした客がいなかったっていうのかい？　いいかい、あたしらは年寄りなんだ。年寄りってのは四六時中何かしらなくしてるものなんだよ」

「お客様、別にこれは――」

「あんた、モールでお昼を食べてる年寄りのグループを見たことがあるだろ？　お昼のあとはみんな、駐車場で自分の車を探してうろつきまわるんだよ。『ウォーキング・デッド』のゾンビみたいにさ。違いはあたしらがまだ死んでないってことだけだよ」

「すいません、おっしゃっていることがよく……」

「つまりあたしが言いたいのは、この車は何度もなくなってるってことだよ。ふらふらどっかに行っちまうんだ」

電話の向こうでしばらく沈黙があった。「場所がわかりました」

「どこだい？」

〈オンスター〉の担当者が場所を伝え、「わかりました」とフランシーンは答えた。電話を切り、車を発進させて北に向かう。

「住所だけでどこかわかったのかい？」とシャーロットが訊ねた。

「ええ、今そこに向かってるところよ」

「そこって、どこさ？」

「ウィリアムとドリーの家よ、モンテズマの」

「何だって？　何でまたそこにあるんだね？」

「わからないけど、とにかく行ってみましょう」

それからしばらくして、ふたりはモンテズマ郊外のカエデの木に縁どられた細い道を走っていた。日はとっぷりと暮れ、空はいつのまにか厚い雲に覆われて、風が強く吹き始めている。今夜は荒れるかもしれない。

ウィリアムとドリーの家が見えてきた。車のスピードを落として、あの家だとフランシーンが言うと、シャーロットは「ひっ」と声にならない声をあげた。

フランシーンは驚いて強くブレーキを踏んだ。「どうしたの？」

「あの家」とシャーロットが言った。「なんだかおっかないよ。おばけ屋敷みたいじゃないか」

そんなことないと言おうとして、フランシーンは家を改めて見直した。ここには昼間にしか来たことはなかったが、暗闇のなかで見るヴィクトリア風の邸宅は、昼間とはまったく印象が違っていた。家をとりかこむ背の高い木々が、電灯に照らされて、壁に不吉な影を落としている。前庭に植えられたツタも、ポーチのライトに下から照らされて、まるで家を食い尽くそうとしているように見える。

「そんなことないわ」とフランシーンはそれでも言い張ったが、その声は思ったより自信なさげに響いた。

「いいや、気味が悪いよ。いかにも葬儀屋の家って感じだよ」

「ウィリアムは葬儀屋じゃないったら。高齢者向けの施設を経営してるのよ」

「カテゴリーとしちゃおんなじだろ。さあ車を見つけよう」

フランシーンは私道を通って、家の裏手にゆっくりと車を進めた。ガレージに近づいていくと、ぱっと防犯ライトが点いた。ウィリアムの青いビュイックは、ガレージの入り口から二十メートルぐらい手前の私道の真ん中に停められていた。ガレージのシャッターは閉まっている。

「この車はどうやってここまで来たんだろう？」とシャーロットが訊いた。

フランシーンはビュイックの後ろに車を停めた。「ドリーは妹がメンフィスから来るって言ってたわ。わたしがまだ探してないと思って、彼女が車を取ってきたのかも」

「その妹一人でかい？　誰かがあそこまで乗せて行かなきゃ無理だろ」

フランシーンはそれには答えず、車の窓から家のほうをうかがった。すべての窓は真っ暗で、人の気配はない。

「ねえ、家には誰もいないみたいだよ」とシャーロットはじれったそうに言った。「車を調べてみようよ」

「どうかしら。ここはウィリアムの家の敷地だし、車もウィリアムのものよ。どうやって戻ってきたのかはわからないけど」

「ぐだぐだ言ってないで、さっさとキーを出しなよ」

「わかったわよ。ちょっと待って」フランシーンはバッグのなかを探って、ウィリアムのキーを見つけ出した。シャーロットはキーを受け取ると、ビュイックのドアのロックを解除し、運転席に乗りこんだ。

フランシーンもあきらめて、捜索に加わった。ふたりで車の前部座席と後部座席を調べ、グローブボックスのなかを探り、ドアのポケットの中身を全部出した。その結果見つかったのは、車両登録証に車のマニュアル、自動車保険の書類、そしてゴミだけだった。ひとつ気になったのは、ウィリアムの会社、〈ウォーム・メモリーズ・リタイアメント・コミュニテイ〉のロゴが入ったメモ用紙だ。それにはウィリアムの字で〝17〟という数字が書きこまれていた。フランシーンはそのメモを自分のポケットに入れた。

シャーロットは車のキーを振りながら言った。「じゃあトランクを見てみよう」

フランシーンはためらった。トランクにはもっと大きなものを隠せる。〝死んだ赤ん坊が入っていたらどうしよう〟という考えが一瞬頭をよぎる。しかしすぐに馬鹿げていると打ち消した。これもシャーロットの悪影響だ。彼女といると、現実がすべてミステリ小説のように見えてくるのだ。それでもシャーロットがキーのボタンを押してトランクを開けたとき、フランシーンは無意識に息を止めていた。

幸い、死体は入っていなかった。なかに入っていたのは、泥だらけのブーツが一足、小さなシャベル、それより大きなシャベル、そして予備の電池がついた懐中電灯だった。シャベルにはどちらも土がついている。フランシーンはシャベルとブーツをどけて、その下を見てみた。そこにはガラスの広口びんが一本入っていた。ゼッドの温室で見たのと同じタイプのものだ。フランシーンはびんを手に取って、いろいろな角度から眺めてみた。びんのなかで透明の液体がかすかに波打った。

「それ何だい？　密造酒か何か？」

フランシーンは手のなかでガラス容器を揺らした。「水みたいに見えるけど」ふたを回して外し、なかのにおいをかいでみる。「たぶん水で間違いなさそう」びんをシャーロットに渡し、シャーロットもにおいをかいだ。

「ほんのちょっと金っ気もあるみたいだよ」

「祖母の家で飲んだ水を思い出すわ。井戸水だったんだけど、とても硬い水だった。祖母の家でシャワーを浴びると、せっけんがほとんど泡立たなかったものよ」

「なめてみる？」

フランシーンはびんを掲げて、底から水を眺め、また揺らした。「やめておくわ。どこから取った水かわからないし、ウィリアムが何か入れたかもしれない。そもそも水かどうかもわからないのよ」

シャーロットがフランシーンの手からびんを取った。「ね、ウィリアムがトウモロコシ畑から逃げ出してきたとき、何かちっちゃいびんを持ってたんだよね？」

「そうよ。それで思い出した。似たようなびんがドリーのバッグに入っていたの。ウィリアムのお見舞いに行ったとき、病院で見えてしまったのよ」

フランシーンはシャベルとブーツを元通りに戻した。

シャーロットがびんをしっかり抱きかかえた。「まさかこのびんを戻すつもりじゃないよね？　まだ調べてもいないのに？」

フランシーンは少し考えてみた。ウィリアムが病院にいる今、これがなくなっていることに気づく者はいるだろうか？　ドリーが気づかないとは言い切れない。

「やっぱり持ち出すのは気が進まないわ。戻せるかどうかわからないもの。もしドリーがこのびんのことを知っていて、わたしたちが持ち出したとわかったら、かなりまずいことになるわ」フランシーンはシャーロットの手からびんを取り上げ、もとの場所に戻した。

シャーロットはむくれて下唇をつき出した。

「ねえ、これが水なのか、それとも燃焼促進剤のたぐいなのか、わたしだって確かめてみたいわよ。でももしそうだったら……考えるのもこわいわ」

「あんたときたら、まったく小心者だよ」

フランシーンはそのコメントは受け流したが、シャベルとブーツを指さして言った。

「土で汚れてるわ。ウィリアムはやっぱり宝探しをしてたのかしら？」

シャーロットは感心したように言った。「ふうん。なかなか目の付け所が鋭いじゃないか。あんたもずいぶん探偵らしくなってきたね。だけどここは、あえて反対の立場から考えてみようよ。興味深いものではあるけど、今の時点ではまだ状況証拠にすぎないからね。シャベルと土じゃ、ウィリアムが穴を掘ってたってことにしかならない。老人ホームで植木の植え替えをしてただけかもしれないんだからね」

フランシーンはさらにトランクのなかを調べて、左のすみにあった小さな収納スペースの蓋を開けた。フランシーンならエコバッグを詰めこんでおくのに使いそうな場所だ。だがそのなかには何か黒いものが入っていた。ひっぱり出してみると、それはタブレットだった。キーボード型のカバーがついている。

「それ何だい？　小さいノートパソコン？」

「違うわ、これはタブレットよ。隠してあったみたい」フランシーンはそれを両手で持ってじっと眺め、立ち上げていいものかしばらく考えていた。しかしため息をつくと、もとの場所に戻した。

「それは持って行かなきゃ！」シャーロットが嚙みつかんばかりの勢いで言った。「ここに隠してたってことは、何か重大な理由があるんだよ」

「ごくふつうの理由かもしれないわよ。盗難防止とか」

「だけど想像してみなよ、このなかにどんだけ貴重な情報が入ってるかわかんないじゃないか！」

「わたしだって迷ったわ。だけどやっぱりこれはプライバシーの侵害だし、わたしたちにそんな権利はないのよ」

「そんなら好きにしなよ。まったく、すぐに道徳だの常識だのを持ち出すんだから。言っとくけど、あとで後悔したって遅いんだからね」

フランシーンも腰にこぶしを当てて言い返した。「後悔なんてしません」

そのとき、シャーロットが家の裏手に広がる木立のほうを指さした。「何か動かなかったかい？」

「どこで？」

「森のなかだよ。何かが木のあいだを動いてたんだ」

フランシーンは目を凝らしてシャーロットの指さす方を見つめた。こんなふうにウィリアムのトランクを探っているところを、誰かに見られたら大変だ。「何も見えないわ。リスか何かじゃないの？」

「もっと大きかったよ。人間ぐらいあった」

「でも今は何も見えないもの。それにあんただって、そんなにはっきり見たわけじゃないんでしょ？」

「木の後ろに隠れてるかもしれない。この森にはハイイログマだって隠れられるぐらい大きな木が生えてるじゃないか」

「インディアナ州にハイイログマはいません」

「そんならビッグフット」

フランシーンはシャーロットの顔を見た。「とにかくここを離れましょう」

ふたりは車まで戻った。シャーロットは助手席に乗りこみながら言った。

「それにしても、ウィリアムの車がどうやってここまで戻ってきたのか見当もつかないね」

「わたしもよ」フランシーンはシャーロットがシートベルトを締めるのを待って答えた。

13

フランシーンとシャーロットが家に戻ったとき、ジョイとメアリー・ルースとアリスの三人は居間で夜食をとろうとしているところだった。マーシーはすでにメルリーナを連れて帰っていた。フランシーンとシャーロットも居間に合流し、久々にいつもの五人組が水入らずで顔を揃えた。

広々とした居間は、居心地のいい空間だった。壁ぞいに六十インチの大型テレビが置かれ、反対側のすみには、卓球台と、ゲームセンターにあるような〈パックマン〉のゲーム台が据えられている。床から天井まである本棚には、いろんな種類のボードゲームがぎっしり詰まっている。みんなでテレビの前のコーヒーテーブルに食べ物を並べ、ソファーと二脚の安楽椅子に落ち着いた。

ジョイが中継から帰ってきたのは、フランシーンたちが戻る少し前だったらしい。

「映像は十分撮れたから、十一時のニュースには出なくていいことになったのよ。〝十一時のニュースと、明日の『グッド・モーニング・アメリカ』、両方に生きて出ることはできないから、どっちか選んでちょうだい〟って迫ったんだけどね」

「六時のニュースはどうだったの？」とフランシーンが訊いた。

「ちょうどその録画を見ようと思ってたのよ」とメアリー・ルースが生野菜のヨーグルトディップ添えをみんなに回しながら言った。「ひと足先にここに戻ったとき、録画予約しといたの」

安楽椅子にだらりと座っていたジョイは、ぴんと背筋を伸ばして座りなおした。

「明日のローズヴィル橋のリポートは、今朝とはずいぶん違うトーンになるわよ。写真撮影の件には話がいかないようにするけど、念のためにみんなも現場に来てくれる？」

アリスがあくびをした。「わたしたちも行く必要があるかしら？　だってローズヴィル橋で写真を撮ったのはジョナサンとフランシーンでしょ？」

「待ってよ、ジョナサンとわたしだけ犠牲にしないでちょうだい！　セクシーなピンナップガールになるっていうのは、みんなで決めたことよ。全員写真も撮ったじゃないの」

「でもそこまで言う必要もないし」メアリー・ルースはリモコンの再生ボタンを押したが、画面には何の変化も現れない。

「ちょい待ち」とシャーロットが口を出した。「あたしらとしては、ジョイのキャリアのことも考えなくちゃいけないと思うんだよね。『グッド・モーニング・アメリカ』のみなさんは、元気なシニア世代の話題を期待してるんだろ？　ピンナップカレンダーの話題は裸泳ぎに負けないインパクトがあるんじゃないかね」

「つぎに何が話題になるかなんて、誰にも予測できないわ。大体、シニア女性のピンナップカレンダーなら、少し前にも話題になったんじゃなかった?」なぜシャーロットは、ピンナップカレンダーの話題をマスコミに提供することに、ここまでこだわっているのだろう?

「それに明日のジョイのリポートは、橋の火事を中心にするべきだと思うわよ。二〇〇五年のブリッジトン橋の火事を覚えてるでしょ? 橋の再建はほとんど募金でまかなわれたのよ。話題にするなら、そっちのほうがずっといいわ」

「確かにあんたの言うとおりだ、フランシーン」シャーロットは感心したように言った。「橋を建てなおすために、全国に寄付金をつのる。それこそ明日話題にするべきことだね」

シャーロットがあまりに早く自分の意見をひっこめたので、フランシーンはますますとまどった。経験的に言って、こういうときは要注意なのだ。

ふたりが議論しているあいだも、メアリー・ルースはずっとリモコンをいじっていた。しかしテレビ画面に映るキャスターは、固まったままどうしても動こうとしない。ついにメアリー・ルースは音を上げた。「何これ。何がまずいのかさっぱりわかんないわ」彼女は「はい」とジョイにリモコンを渡した。

「どうしてわたしなの?」

「だってメディア関係の人でしょ? それにいつもならトービーを呼ぶとこだけど、あんたがあの子に頼みごとをしてるから、呼べないんだもの。地下室で今日の出演場面を全部DVDに落としてって頼んだのはあんたよね?」

シャーロットが口をはさんだ。「それって、明日の朝ロイに渡すためのDVDかい?」

ジョイはむっとしたように言い返した。「ロイに頼まれたの。大騒ぎするほどのことじゃないわ」

シャーロットは両手を上げた。「ちょっと訊いただけじゃないか」

ジョイはリモコンを調べ、ピッピッと二回ボタンを押した。とたんに凍りついていたニュースキャスターが生き返ってしゃべりだした。「録画をチェックしたら、もう寝ることにするわ」ジョイは自分の出番までニュースを早送りした。

メアリー・ルースはソファーの自分の場所に戻った。「悪いけどあたしはローズヴィル橋には行かないってことでもいいかな。アリスは行きたいなら行ってもいいわよ。だけどあたしは朝からシナモンロールを焼いて、冷まして、アイシングをかけなきゃならないのよ。今朝のことを考えても、朝一番で焼きたてのシナモンロールを出せるようしっかり準備しとかないと大変だからね。それに前にあたしが『グッド・モーニング・アメリカ』に出たときどんな悲惨なことになったか、みんな忘れてないでしょ」

「悲惨ってほどでもなかったよ」とシャーロット。「あんたはプールに落っこちて、フランシーンに助け出されただけじゃないか。あの番組のおかげで、そのあといろいろいいこともあったんだしさ」

「それでも、あれは早く忘れたい過去の一ページよ。とにかくあたしの本職はこっちなの。みんなもジョイの『グッド・モーニング・アメリカ』のリポートから戻ったら、また手伝ってくれるわよね？」

みんなうなずいた。ジョイは早送りを止めて再生ボタンを押した。「これはゼデダイア・マシューの家が炎に包まれる前のリポートよ。わたしたちが橋にいた理由を訊かれたとき、うまいこと話題を変えたから、そこに注目して見てちょうだい」

ジョイのリポートは、ローズヴィル橋の近くで起きた発砲事件と、その後の火事についてだった。ジョイの真剣な顔がアップになった。彼女は発砲事件のあらましと、被害者が昏睡状態になっていることをよどみなく伝えた。画面にはジョイが撮影した動画と、ウィリアムの入院している病院の映像が流れた。それからカメラが大きく引いて、燃え残ったローズヴィル橋の残骸が映し出された。

ジョイのリポートが終わると、スタジオの女性アンカーが訊ねた。「あなたは今朝の事故を目撃されたんですね？　どうしてそんな早朝にローズヴィル橋にいらっしゃったんですか？」

「屋根付き橋フェスティバルの取材のためです。でもたった今、ここから遠くない家で火災が起き、全焼のおそれがあるという情報が入ってきました。放火の可能性については、警察はまだ発表していません。わたしたちもこれからすぐ現場に向かいます。一連の事件については、パーク郡の保安官事務所と連絡をとっています。今後、捜査に何らかの展開があれば、すぐに新しい情報をお届けできるはずです」

アンカーは「ありがとう、ジョイ」とお礼を言い、天気予報のコーナーが始まった。ハンサムな新人の気象予報士が、真っ白な歯を見せてにっこりしたところで、ジョイはテレビを消した。

食事のあと、メアリー・ルースはみんなに一枚ずつクッキーを配った。「デザートはこれだけよ。ほかは全部明日のために残しておくからね」

まもなく、彼女たちは足を引きずるようにベッドルームに向かった。まだ九時だったが、今朝は六時から起きていたし、明日も早く起きなくてはならない。今晩打ち合わせした計画では、メアリー・ルースは四時に起きて、仕込んでおいたものを冷蔵庫から出し、午前中の作業を始める。アリスは四時半に起きて手伝う。残りのみんなは五時から順番にシャワーを浴び始め、七時にはローズヴィル橋に到着するということになった。

みんなは階段を上っていったが、シャーロットは最初の一段を上るのにひどく手こずっているように見えた。フランシーンが足を止め、声をかけた。「どうしたの？　またひざが痛むの？」

シャーロットは人差し指を唇にあて、静かにするよう合図した。フランシーンは眉をひそめてシャーロットを見つめた。

二階でドアが閉まる音が聞こえると、シャーロットはフランシーンに階段を下りるよう手招きした。そばに行ったフランシーンに、「トービーだ」とささやく。

「トービーがどうしたの？」

「あんたが今朝撮った写真だよ。橋の梁に彫られてた絵。トービーにあれを分析してもらおう。今が完璧なタイミングだ」

フランシーンは疲れ切っていて、シャーロットが元気なことが信じられなかった。「どうして今が完璧なタイミングなのよ?」

「トービーはひとりで地下室にいる。何か急ぎの作業をしてるから、こもってても誰も怪しまない。みんなは先に寝室に入っちまって、あたしらが何をしてるか知らない。だろ?」

フランシーンは曾祖母の恋愛事件については、できればプライベートなこととしてシャーロットを関わらせたくなかった。でもシャーロットが簡単にはあきらめないことは、誰よりもよく知っていた。それに、ゼッドから受け取った二冊目の日記の問題もある。もし橋に彫られた絵についてトービーが何か発見してくれたら、明日ブリッジトンでゼッドと会ったとき、何かの助けになるかもしれない。それでフランシーンは、トービーのところに行くことを承諾した。

地下室への階段はとても狭かった。フランシーンが手すりをつかみながら先に下り、シャーロットはそのすぐ後ろを一段ずつ下りていった。地下室はあとから増築されたものらしい。右側にレクリエーションルームがあり、左側にはトービーが泊まっているバスルームつきの寝室がある。ドアの下から明かりが漏れているのが見えた。ノックして声をかけた。「トービーいる? フランシーンとシャーロットだけど」

トービーがドアを開けた。オレンジ色のタンクトップに、ひざ丈の青いカーゴパンツをはいている。腕のタトゥーは相変わらずだったが、フランシーンが驚いたのは彼の体型の変化だった。かつてのビール腹がすっきりし、筋肉が増えていることがはっきりわかる。「あれ、もう寝なきゃいけないんじゃないですか？　明日はえらい早起きするって聞いてましたけど」

「ちょっとあんたに助けてもらいたいことがあるんだよ」シャーロットがフランシーンの後ろから声をかけた。「あたしら――って言うか、フランシーンが今朝ローズヴィル橋で写真を撮ったんだけど、もっとよく見えるように加工みたいなことをしたいんだよね」

「明るくするってことですか？」

「それと拡大とね」

「まあともかく、入ってくださいよ」

トービーはふたりを部屋に入れた。部屋はかなり狭かった。細長い空間に、ベッドと机と椅子二脚がぎゅうぎゅうに詰めこまれている。机とベッドのあいだには、ほとんど足を伸ばすスペースもない。トービーは机の前の椅子に体をねじこむようにして座った。

机の上にはアップル社のノートパソコンが置いてあり、バトル系のゲームがいくつか進行中のようだった。彼はゲームの画面を閉じて、スクリーンのすみに追いやった。

「椅子があと一脚しかないんですけど、よかったらひとりはベッドに座ってください」

羽根布団は床の上にずり落ちていて、白い無地のシーツが見えた。

「あたしがベッドに座るよ」とシャーロットが言った。

フランシーンはもう一脚の椅子に座り、スマートフォンをトービーに渡した。トービーは写真のアプリを開いた。「今日撮った一番新しい写真でいいんですか？　この暗い色の何枚か」

フランシーンはうなずいた。「できそう？」

「とりあえず俺のパソコンにメールで送ります」

「時間がかかるかしら？」

「いや」

写真が送られるのを待つあいだにトービーが訊いた。

「これってローズヴィル橋で撮った写真なんですか？」

「そう。梁に彫りつけられてるのをフランシーンが見つけたんだ」

転送が終わると、トービーは一連の作業をいとも簡単に片づけ、写真を一枚ずつ開いていった。「なんか全部同じに見えますけど」

「少しずつ違う角度から撮ってみたの。間違いなく撮れてるようにと思って」

トービーは肩をすくめ、一枚を選びだすと、画像が歪む寸前まで引き延ばした。前よりも細部がはっきりわかるようになった。

「やっぱり日記《ダイアリーズ》の表紙に描かれてたハートと同じだわ」とフランシーンは言った。「木材に彫りつけてあるからかなり粗い線になってるけど、まちがいなくそうだと思う」

「よし！」と言ったあと、シャーロットはフランシーンの言葉に気づいて言った。「ちょい待ち。あんた今、日記《ダイアリーズ》って言ったよね？　なんで複数形？」

「おかしいわね、日記《ダイアリー》って言ったつもりだったんだけど。疲れてるのね」

シャーロットは疑わしそうに目を細めていたが、長年の付き合いから、彼女が納得していないことは一目瞭然だった。あとでしつこく訊かれないことをフランシーンは祈った。

トービーはまだ画像をいじっている。「ちょっとこいつを見てください。かなりほこりをかぶってるし、ぎりぎりまで拡大したからだいぶ歪んでるんですけど」トービーはさらに拡大した写真を見せた。ハートの下に何か見える。

「もうちょいはっきりさせられないかね？」とシャーロットが訊いた。

「もう少し小さくすれば」トービーはマウスを二度クリックし、画像は少し鮮明になった。

シャーロットが画面を指でつついた。「これ鍵じゃないか？　昔ながらの形の鍵。この家ぐらい古いドアに合いそうなやつだ」

フランシーンは画面に顔を近づけた。

「そうみたいね。だけど日記のほうには鍵の絵はなかったわよ」

「日記をじっくり読む時間はあったのかい？」

「まあ、まだそれほどちゃんと見たわけじゃないけど」

「ならそんなにはっきりとは言えないんじゃないの？」

フランシーンは首を振った。「そうね」

「ねえ、鍵の下にも何か見えないかい？」とシャーロットがトービーに訊いた。

「そうですね」トービーはマウスを使って、鍵の絵を画面の上のほうにずらした。「うーん、何か彫ってあるようだけど、絵じゃなくて線みたいですね。これ文字なんじゃないかな」

三人はそれぞれ画面に目を凝らし、その文字が何なのか頭をひねった。

「写真がぼやけてるから、眼鏡のレンズを拭きたくなってくるよ」とシャーロットが言った。

「どっちにしても拭いたほうがいいわよ」とフランシーンは答えた。「でもこの場合、問題はレンズの汚れじゃないわ」

「視力検査で最後のちっちゃい文字をにらんでる気分だよ。適当に答えたら医者に〝はい、そこまで〟って言われそうだ」

「でも視力検査と違うのは、ただの文字の羅列じゃないところよ。何か意味のある言葉のはずだわ」とフランシーンが言った。「単語が四つ並んでるんじゃないかしら。あいだにスペースがあるでしょ？　最初の単語は三文字に見えるわね」

トービーが白い紙を一枚取り出し、穴埋めのパズルを作るように空欄の四角を並べて書いていった。「そうすると最初が三文字で、そのあとにスペース。二番目の単語も三文字で、またスペース。つぎは、と……」

三人で額を集めて検討した結果、十五分後には一応の解答ができあがった。

「じゃあ〝ユー《you》・アー《are》・トゥ《to》・マイン《mine》〟ということでいいのね？」

トービーがひとつあくびをした。「ただ意味をなしてないですけど」

シャーロットはスクリーンをにらみつけた。「ハートと鍵とその言葉を並べられないかね？梁に彫られてるとおりにさ」

「まあできますけど、写真と同じにってことですよね？」トービーは少し面倒くさそうにしながらも、コンピューターに向かって作業を始めた。

「ともかく全体として見てみようよ。何か気づくかも」とシャーロットは言い張り、トービーが並べた画像を眺めた。「ハート、鍵、〝ユー・アー・トゥ・マイン《you are to mine》〟」

フランシーンははっとした。「これ、〝あなたはわたしの心の鍵《ユー・アー・ザ・キー・トゥ・マイ・ハート》〟っていう意味に取れない？」

三人は顔を見合わせた。「それは何か特別な意味があるんですかね？」トービーがフランシーンに訊ねた。

フランシーンは少しのあいだ目を閉じた。とても疲れていた。だがそういうとき、彼女の思考は思いも寄らない場所に行って、思いもつかないものどうしを結びつけることがたまにあった。「ここはわたしのひいおばあさんと御者が初めて愛し合った場所だったのよね。だから、こう考えられないかしら――このハートは祖母の日記と同じデザインだもの――御者かひいおばあさんのどちらかがこれを彫ったたって」

「もしくはふたりで」とトービーが言った。

シャーロットは首をひねった。「でもそれだと九〇年以上前に彫られたってことになるよね？　それがこんなに長いこと残ってるものかねえ？」

フランシーンは少し考えてから言った。「この場所が守られていたってことじゃないかしら。人の目に触れないし、普通では手が届かないもの。もちろん彫るのも大変だったでしょうね。一度で彫りおわったんじゃなくて、長い時間をかけて彫ったのかもしれない」

「御者の人はどうなったんでしたっけ？」とトービーが訊いた。

「すぐに辞めさせられたそうよ」

「まあ失業中なら、たっぷり時間はありますよね」

「ともかく、これがいつ彫られたかはわからないわね」とフランシーンが言った。

三人はしばらく黙ったまま、それぞれ椅子に背中を預けていた。

シャーロットは両手の指を合わせた。「この落書きが重要かどうかだってまだわからないんだよね。たしかにこのハートの絵は、あんたのひいおばあさんと関係がありそうだけど、単なる恋人の落書きかもしれないしね。若い子たちは似たような絵を木に彫りつけたり、スラム街の壁にスプレーで描いたりしてるだろ」

「もっと画素数の高いちゃんとしたカメラで撮っておけばよかった。もう少しわかることがあったかもしれないのに」とフランシーンが言った。

「ここに殴り書きみたいな線がありますよ」ふいにトービーが言った。

ふたりは一瞬きょとんとしていたが、シャーロットがあわててトービーのマウスを取って画像を動かそうとした。「殴り書きってどこにさ？」

「貸してください」トービーはシャーロットの手からマウスを取り返すと、写真を上に動かした。さっき読み取った文字の下に、確かに何かある。くねくねした線が二本、上下に並んでいるようだ。

「これ水を表す記号じゃなかった？」とフランシーンが訊いた。

「俺はエンドマークみたいなものかと思いましたよ」とトービー。「ほら、『メッセージは以上』みたいな」

「この状況じゃなきゃ、あんたに賛成したかもしれないけど、今回は水に一票だね。これは隠れたつながりを表してるんだ。鍵と愛と水との」

トービーはそう言ったシャーロットのほうを向いた。「じゃあ、なんの意味かわかるんですね」

「まだそこまで言ってないでしょ」とフランシーンが言った。「また手がかりが増えたというだけよ」

ふたりはトービーにお礼を言って部屋を出た。

「あれは広口びんとふたつの小さいびんに入ってた液体に関係があると思うかい？」階段に向かいながら、シャーロットが訊いた。

「どうかしらね。あの絵はたぶんずっと昔に梁に彫りつけられたものでしょ。時代が違いすぎるんじゃないの？」

地下室の階段は長く急だった。やっと上りきったあとも、また二階の寝室まで上りが続いた。

「この家の連中がエレベーターをつけなかったのが信じられないよ」とシャーロットが文句を言った。

「あのね、この家が建てられたのは一八九九年よ」

「あたしが言ってるのは改装したときのことだよ」

「もし付けたら、この家の雰囲気を損なうと思ったんじゃないのかしら」

「だってほかの現代的な装置は全部そろってるんだよ。五番目の寝室にあるホームシアターを見たかい？　壁一面がスクリーンになってるじゃないか」

フランシーンはシャーロットの腕を取って、最後の階段を上るのを手伝った。ふたりは寝室までの廊下を進んでいった。

寝室のドアを閉めたあと、フランシーンはずっと気になっていた疑問をシャーロットにぶつけてみることにした。「ねえシャーロット、ひょっとしてカレンダーについて何か企んでることがあるんじゃない？」

シャーロットは驚いたような顔をしたが、明らかに不自然だった。

「いったい何のことだい？」

「セクシーなピンナップガールになるっていうのは、もともとあんたの〝死ぬまでにやりたいことリスト〟にあったものよね？　それがいつの間にやらグループ全体を巻きこんで、全員が写真を撮ることになったじゃない」

「自分がセクシーだって思えたら、誰だってわくわくするもんじゃないか。とくにあたしらシニア女性はさ。『わたしたちの体は昔と同じではありません。だからと言って、今の自分自身のケアを怠るべきではないし、欲求を素直に表現するのを恐れてはいけないと思います』って、あんたが『ドクター・オズ・ショー』で言ってたことだろ？」

「そうだけど、そうじゃないわ。わたしの言いたいことを無視してる。わたしはセクシーさのことなんて言ってないじゃない」

「言う必要なんてなかったよ。カメラがかわりにしゃべってたもん」

「どういうこと？」

「つまり、あんたが『ドクター・オズ・ショー』に出てくれって言われたのは、あんたの濡れたサンドレスが最高だったからだ。スタイルがいいってだけじゃない。あんたがセクシーに見えたからだよ。それでドクター・オズがその話題を取り上げたんだ」

フランシーンはぎゅっと唇を引き結んだ。「わざと話をそらしてるわね。もう一度訊くわよ、あんたこのカレンダーで何か企んでるでしょ」

シャーロットは目を合わさずに答えた。「そういえば、前にヘンドリックス郡観光局が、あたしらのカレンダーを作って宣伝に使おうとしてたらしいね。もちろんあたしはそんな計画には無関係だよ」

「どうも怪しいわ。わたしたちの許可を取らずに、こそこそ動いてることがあるんじゃない？　だってわたしの分の撮影を、ずいぶん強引に十月の最初の週にやるように仕向けたでしょ。もっとあとでもよければ、わざわざ屋根付き橋フェスティバルの初日に撮影する必要もなかったし、ジョイが『グッド・モーニング・アメリカ』のリポートを取り繕う必要もなかったのよ」

「ジョイはそういうのは慣れっこだから大丈夫だよ」

「そういうこと言ってるんじゃないでしょ。わたしが心配してるのは、あんたがこのカレンダーを何かよこしまな目的に使おうと、みんなに黙って動いてるんじゃないかってことよ」

シャーロットは心外だという顔をした。「〝よこしま〟なんて言われちゃ、さすがにあたしだって傷つくよ。あたしはただ、みんながリストをやり遂げる手伝いをしてるだけだよ。今日の交霊会だってそうだろ？　アリスの希望がかなうよう、あたしが全部アレンジしたんじゃないか。まあ結果的に、気味の悪い展開にはなったけどね。メルリーナの頭が一、二回くるくる回ってたら言うことなしだった。でも彼女があんたに言った『その責任はお前にある』のセリフは、文句なくぞっとしたよね。あんたの顔に唾がかかるぐらい接近してたよ」

「あの人、あんたに『お前は理由を知っている』とも言ってたわよ」

「それそれ。そのことをふたりで話したかったんだ。あたしが動機を知ってるか、それを解明するって意味で、メルリーナはそう言ったんだと思わないかい？　あたしはその手のことが得意だろ？」

シャーロットがさりげなく会話を違う方向にもっていこうとしているのは明らかだった。しかし今の時点では、自分が目を光らせていることをシャーロットに伝えただけでも良しとしよう。もし本当にカレンダーを利用して何か――例えばそれを世間に発表するとか――しようとしているなら、全力でストップをかけるつもりだということを。「わたしはメルリーナの能力を完全に信用してるわけじゃないし、本当に霊界とコンタクトを取ってると信じてるわけでもないわ」

「そのうちわかるさ。どっちにしても、あんたが捜査に集中してくれたら嬉しいよ。あんたは理論派であたしは直感派。ふたりで組んだらすごいチームになれるよ」

フランシーンはあくびをした。体は疲れ切っていたし、会話にも疲れていた。

「もう寝ましょう」

ふたりはネグリジェに着替えた。クイーンサイズのベッドは昔風の背が高いものだったので、フランシーンはシャーロットがベッドに登れるよう、小さな木の踏み台をベッドのそばに持ってきた。枕を叩いてふくらませ、背中に当ててもたれかかる。

「明日メアリー・ルースは、あんたをスイーツ・ショップのブースに近寄らせてくれるかしら？」

シャーロットは白い縁の眼鏡をはずして、ドレッサーの上に置いた。

「くれるかもよ。明日は今日より大忙しになりそうだもん。今日トウモロコシのドーナツを買いそこねたお客の数を考えてごらんよ。それに明日『グッド・モーニング・アメリカ』でリポートされたら、また〝裸泳ぎのグランマたち〟は話題になる。そしたら〈メアリー・ルースのスイーツ・ショップ〉はフェスティバルのあいだじゅう大人気だよ」

「そうかもね。でももしメアリー・ルースが手伝ってほしくなさそうだったら、ほかに頼みたいことがあるの。ちょっと抜け出して、ロックヴィル公共図書館で調べ物をしてきてくれないかしら？」

シャーロットは踏み台を使って、何とかベッドによじのぼった。「どういうことだい？」

「ドク・ホイートについて調べてほしいのよ。今日ゼッドから話を聞いたでしょ？　ドク・ホイートは、ゼッドの前にあの土地を所有してた人で、薬草の調合薬で得た財産をそこに埋めたって。その噂を信じた連中が土地に入りこんでくるから、ゼッドはその人たちを追い払わなくちゃならないとも言ってたわ。ウィリアムもそのひとりだけど」

「具体的には何から調べる？」

「ひとつは、ゼッドが言ってたのは本当のことだったのかということ。それから、ゼッドが侵入者を追い出したせいで、何かトラブルに巻きこまれていなかったかよ」

「そういう噂をどうやって調べたらいいんだい？」

フランシーンは顔をしかめた。「あちこち首をつっこんで質問してまわるのは、あんたの得意分野でしょ。でも、まずはロックヴィル公共図書館から始めてくれればいいわ。通りを行ってすぐのところよ」

「了解」シャーロットは寝返りを打って、フランシーンのほうに体を向けた。「それで明日は何時にローズヴィル橋に行かなくちゃならないんだっけ？」

「七時よ。心配しないで、目覚ましをかけたから」

「おやすみ、フランシーン」

フランシーンは真っ暗ななかに横たわり、シャーロットが眠りに落ちるのを待った。隠していたが、今日手に入った二冊の日記をこっそり胸に抱えていた。一冊はウィリアムが持っていたもので、もう一冊はゼッドがくれたものだ。とても疲れてはいたが、祖母とゼッドの間にどんな関係があったのかという好奇心のほうが、眠気に勝っていたのだ。

14

幸い、シャーロットはあっという間に眠ってしまった。窓の外では、風雨が激しくなっている。雨が屋根を打つ音も強まってきたので、シャーロットが起きてしまわないか心配になり、フランシーンはしばらく様子をうかがっていた。シャーロットの寝息が規則正しく穏やかになったのを確かめると、ベッドを抜け出した。片方の腕で二冊の日記をしっかり胸に抱き、もう片方の手でローブを持つと、足音を忍ばせて部屋を出る。

廊下は暗かったが、バスルームのそばについている常夜灯の光で、何とかゆっくり進むことができた。階段はときどききしんだ音をたてるので、使いたくなかった。それで二階の端にあるホームシアター用の部屋に向かうことにした。部屋の前まで行くと、ドアは開いていて、暗闇のなかにオーディオ装置の小さな赤いライトが光っているのが見えた。不意に心細さがわきあがってきたが、朝にはジョナサンが来てくれることを思い、気持ちを落ち着けた。

部屋に入ると、後ろ手でドアを閉め、天井のライトを点けた。

部屋にぱっと明るい光があふれ、思わず目を細める。ホームシアターは、小さな映画館のようなぜいたくな部屋だった。大きなスクリーンの前に置かれたビロードの椅子に座って日記を開いたが、どうにも居心地が悪い。いったん日記を椅子の腕木に置いて、ローブをはおる。冷たくなった足を体の下に折りこみ、ローブのすそでふくらはぎを覆うと、やっと少し落ち着いた。

まず一冊目の日記を手に取った。表紙には留め具がついていて、鍵がかけられるようになっている。留め具の真ん中を押してみると、鍵はかかっておらず、ぱちんと音を立てて開いた。フランシーンは日記の一ページ目を開けてみた。ページの中央に『これはエリー・マイルズの日記です』と書かれ、その下に『一九二八年』と年号が記されていた。日付はなかったが、ひょっとしたらクリスマスプレゼントだったのかもしれない。日記は一月一日から始まっていたからだ。紙はもろくなっていて、そうっとめくらないと簡単に破れてしまいそうだった。

一月一日に記入された文章は、かなり長いものだった。行間から、祖母の強い思いが伝わってくるような気がした。これを書き留めておく機会を、長い間待ちわびていたのだろうか。紙にペンでつづる前に、なんども文章を練りなおしたのかもしれない。言葉はよどみなく流れ、消したり書き加えたりした跡はひとつもなかった。

日記は、母親からエリーへの驚きの告白で始まっていた。これまで父親だと信じていた男が、実は本当の父ではなかったという。エリーが二十三歳のときのことだった。

父は初めての恋人ではなかったと母は言う。〝恋人〟という言葉の持つ、あらゆる意味において。最初は母が何を言っているのかわからず、ただ座ったまま、母の顔を見つめていた。けれど母にはそれ以上説明する気はなく、ただその言葉がわたしにゆっくりとしみこむのを待っているのだと気づいた。母の意図を理解したとき、思わず両手で口をおさえた。実を言えば、これまで不思議に思ったことは何度もあった。わたしは少し母に似ているが、父に似ているところはひとつもないのだ。それでもこのときまで、そこに隠された秘密があるとは予想もしていなかった。本当の父親はどこにいるのか、母に訊ねた。母が語り始めたのは、許されない恋人との愛の物語だった。彼は祖父に雇われていた御者だった。〝とてもハンサムな人だったのよ〟と母は言った。まだ若く、母とは二、三歳しか違わなかったという。彼は母に惹かれるようになり、その思いはやがてまわりに知られることとなった。祖父は御者の分際でとんでもないと怒り、彼に手厳しく警告を与えた。けれどそのころには、母もひそかに彼を愛するようになっていたのだ。祖父の監視は厳しかったが、お互いに対する思いが消えることはなかった。〝あの人の目を見れば、わたしへの激しい情熱が伝わるの。でもあの人に触れることすらできないのよ。本当につらかったわ〟と母は言った。

この話を聞いたとき、母が彼に抱いていた強い思いをひしひしと感じることができた。けれどふたりがその情熱に身を任せることは、決してなかった。ふたりきりにならないよう、つねに見張られていたからだ。〝大胆になれる機会がなくて、ちょっと残念だったわ〟と母は言い、いたずらっぽくほほえんだ。

〝そのとき〟はいつどうやって訪れたのか、母に訊ねた。

〝ある日の夕方、あの人はロックヴィルにある父の法律事務所から、ローズデールの自宅まで、わたしを乗せていくことになったの〟と母は答えた。それは避けられない予定外の出来事だった。母はそのころ、祖父の法律事務所で秘書の見習いをしていた。だが顧客のひとりが深刻な問題に見舞われ、祖父にひとりで来てくれるよう頼んだのだ。娘をひとりきりで事務所に残しておきたくなかったが、いっしょに連れて行くこともできない。それで祖父は御者に母を家まで送らせ、すぐに戻ってくるよう命じた。しかし家に帰る途中で、急に空が暗くなり、それまで小降りだった雨が激しく降りだした。御者は雨が小やみになるまで待とうと、ローズヴィル橋のなかで馬車を停めた。母の心臓は早鐘を打ち、その音が自分にまで聞こえるような気がした。気がつくと、彼が馬車の外に立ち、少しのあいだなかで雨宿りをさせてもらえないかと訊ねていた。母はドアを開けた。どちらも何も言わなかった。母が彼を引きよせ、ふたりは唇を重ねた。愛し合う相手とひとつに結ばれることが、どれほどの喜びをもたらすのか、母は初めて学んだ。そしてそれがどれほどの痛みをもたらすのか、その痛みがどれほど甘やかであるのかも。

〝そのことを人に知られずにすんだの？〟と母に訊ねた。

ふたりが橋のなかにいたあいだ、雨は激しく降り続いていた。その雨を帰りが遅れた言い訳にするしかなかった。母はドレスと髪の毛をきちんと整え、彼はなにごともなかったように無関心な態度を装った。〝でも結局、事実はすべてわたしの顔に書いてあったのね〟と母は言った。家に戻って、馬車を降りようとする母に御者が手を差しのべた瞬間に、祖母は何が起きたか見抜いたのだ。御者はその晩のうちに祖父に解雇され、日の出前に家を追い出された。そして数日のうちに、新しい御者が雇い入れられた。母よりずっと年上の、妻子持ちの男だった。

〝それからずっと彼には会えなかったの？〟とわたしは訊いた。

〝その話はまた次回にとっておきましょう〟と母は言った。

そこで一月一日の日記は終わっていた。フランシーンは素早くページを繰った。この大きな事件のあと、ふたりがどうなっていったのか、想像もつかなかった。だがつぎの記述は、最初のように詳しいものではなかった。事件のあと母が家族から激しく責められたことや、しばらく後に妊娠が判明したときの両親の嘆きなどが、淡々とした筆致でつづられていた。

スキャンダルをもみ消すため、早急に結婚話がまとめられた。相手は妻に先立たれた男で、子どもはいなかった。その男は、自分の姓を継ぐ子どもが生まれてくることをむしろ歓迎していた。そして今後、妻が自分の子どもを産んでくれることも期待していた。

フランシーンはさらに日記を拾い読みした。しかしハンサムな御者のその後については、何の情報も得られなかった。娘、つまり祖母エリーの出産にいたるまでの細かな描写があるだけだった。一冊目の日記はそこで終わっていた。フランシーンは日記を閉じ、思いに沈んだ。

エリーは、父親と血がつながっていなかった。それが意味することを、フランシーンはよく考えてみた。ひとつは、自分とウィリアムは思っていたより血のつながりが薄いということだ。一冊目の日記には書かれていなかったが、もし曾祖母が夫とのあいだに子どもをもうけたのなら、フランシーンの祖母エリーとウィリアムの祖父アーネストは異父姉弟ということになる。彼女は恋人の行方をつきとめることができたのか、それとも愛のない結婚に縛られ続けたのか？　〝この続きがあるに違いないわ〟二冊目の日記を見ながらフランシーンは思った。

しかしいつの間にか眠ってしまったらしい。数時間後に目を覚まし、反射的に時計に目をやって驚いた。午前三時半だ！　メアリー・ルースはあと三十分で起きてくるし、自分もその一時間後には起きなくてはならない。フランシーンは急いで部屋を出た。

足音を忍ばせて廊下を歩きながら、ウィリアムは、そしてゼッドはどんな経緯で祖母の日記を手に入れたのだろうと思った。

ゼッドは自分とフランシーンに何らかのつながりがあることをほのめかしていた。それが何かと考えてみると、もっともありそうなのは、ゼッドが御者の子孫であるという可能性だ。それでは、ウィリアムが何度もゼッドを訪ねたというのは、ゼッドとまったくの赤の他人ではないということを知っていたからだろうか？　それともゼッドの言うように、ただドク・ホイートの財産に興味があっただけだろうか？

ゼッドはフランシーンに何か伝えたいことがあるらしい。そのために危険を冒してでも、ブリッジトンで会おうとしている。メアリー・ルースがスイーツ・ショップの手伝いを必要としていることはわかっていたが、フランシーンも何とかしてゼッドと会う約束を果たしたかった。ゼッドが姿を隠したいというなら、会場がもっとも混みあう午後がいいだろう。スイーツ・ショップの売れ行きにもよるが、昨日のように早々に品切れになったら、うまく抜け出すことができるかもしれない。

フランシーンはそっとベッドルームのドアを開けた。ドアは小さくきしんだ音を立てたが、シャーロットは大きないびきをかいていて、目を覚ます気配もない。フランシーンはくすっと笑い、ローブを脱いで椅子の腕木にかけた。なるべく音を立てずにベッドにもぐりこみ、日記を枕の下に隠した。朝になったらバッグのなかに戻しておこう。

フランシーンが目を閉じたとき、シャーロットのいびきが止まった。かすかに身動きする気配があり、「フランシーン、起きたのかい？」と眠そうな声がした。

「お手洗いに行ってたの。まだ寝てても大丈夫よ」

「わかった」数秒後にはまたいびきが聞こえてきた。

フランシーンは眠ろうとしたが、なかなか寝付けなかった。やっとまどろみかけたと思ったら、シャーロットがごそごそと起き上がってトイレに行く音でまた目が覚めてしまった。携帯電話の目覚ましが五時半に鳴りだすまでに、合計で三時間眠れたかどうかだろう。

「もう時間かい？」シャーロットがぼやいた。

「そのようね」とフランシーンは答えた。「メアリー・ルースは四時に起きて、わたしたちにやらせる仕事を山ほど準備してるはずよ」

「四時なんてまだフクロウが鳴いてる時間だよ。なんでそんな早起きする仕事に就きたいかね？　あたしにはまったく理解できないよ」

「メアリー・ルースはあんたほど早起きが苦にならないのよ。それに人を幸せにするいい仕事よ。彼女みたいな仕事をしたがってる人は大勢いるのよ」フランシーンはベッドから出る覚悟を決め、枕を押しのけた。その拍子に、日記のうちの一冊がばさりと音を立てて床に落ちた。

シャーロットが驚いて体を起こした。「今のは何の音だい？」

「何でもないわ」フランシーンは素早く枕を元に戻し、日記を拾い上げて、また枕の下に隠そうとした。しかしシャーロットはすでに白ぶちの眼鏡を取って顔にかけ、こちらをじっと見ている。

「何か枕の下に隠したよね？」

「何でもないったら。ちょっと個人的なものよ」

シャーロットは手を伸ばして、フランシーンの枕の上に置いた。

「よく知ってるだろ、フランシーン。個人的なものだなんて言ったら、あたしがますます知りたがるってことをさ。どう個人的なんだよ？」

これ以上否定しても事態がますますややこしくなるだけだと、フランシーンは経験上わかっていた。ただシャーロットは日記が二冊あることを知らないはずだ。一冊目の日記を読んでいたことを認めれば、二冊目の存在から目を逸らせるかもしれない。

「祖母の日記よ。ウィリアムが持ってたもの」

「よく読む時間があったもんだね。何が書いてたもの」

フランシーンはベッドの端に座った。「ひいおばあさんが起こした事件のことが詳しく書かれていたわ」

「そいつはまたすごいじゃないか」とシャーロットは色めき立った。「詳しくって、どのぐらい詳しく？」

「時代を考えれば、かなりセクシーな告白ね。でもそれより、この日記によれば、祖母の父親は生物学的な意味では親じゃなかったらしいの。これには、彼女と御者がお互いに惹かれあったことと、ローズヴィル橋での事件と、そのあとの赤ん坊の誕生までが書いてあったわ」

「ひいおばあさんがその後どうなったかはわからないの？　おばあさんがその後も日記をつけてたとしたら、それにもっと何か書いてあるんじゃないのかね？」

「わたしもそれは思ったわ」彼女のその後について、ゼッドはブリッジトンで何か教えてくれるのだろうか？　だが今はそれについて考えている時間はなかった。「先にシャワーを浴びてきたら？　わたしはキッチンをのぞいて、メアリー・ルースの様子を見てくるから。出かける前に何か手伝うことがあるかもしれないでしょ」

シャーロットの顔が明るくなった。「そうだね。『グッド・モーニング・アメリカ』に出る可能性があるなら、きちんとしとかないと」

フランシーンはアンティークの化粧台の鏡で、自分の顔をチェックしてため息をついた。「そうね。この目の下のくまを隠そうと思ったら、かなりきちんとメークしなくちゃいけないわ」

15

シャーロットがバスルームに入ったのを確認して、フランシーンは二冊目の日記をバッグに隠し、一冊目はシャーロットが見つけやすいよう枕の下に入れたままにしておいた。それからスリッパを履き、さっき椅子にかけたばかりのローブをもう一度はおって一階に下りていった。シナモンロールの甘い香りが家じゅうに漂っている。

キッチンの近くまで来ると、ほかの三人がおしゃべりする声や、料理をする音が聞こえてきて、フランシーンは驚いた。ドアを開けると、アリスはコンロの前に立ってスクランブルエッグを作り、メアリー・ルースはゆでたジャガイモに何かを混ぜてこねていた。ジョイはカウンターに座ってシナモンロールをかじりながら、タブレットの検索ページを見て、インデックスカードにメモをとっている。

フランシーンが入っていくと、三人は顔を上げた。「おはよう」とアリスが明るく言った。

「よく眠れた？　シャーロットは？」

「シャーロットはシャワーを浴びてる。よく寝たわ。交霊会をやって、ローズヴィル橋が焼け落ちて、今朝はテレビに出る予定だっていう悪夢を見たわりにはね」

「残念ながら、それ全部現実よ」とアリスが答えた。「お腹は空いてるかしら？　わたしたちみんなぺこぺこで、もう食べる準備は万端よ。たくさん作りすぎたかもしれないわ」

「よかった。言うのを忘れてたんだけど、ジョナサンが早めに来て、いっしょに朝食を食べるつもりなの」そう言ったとたん、フランシーンは手で口を押さえた。「忘れてた！　わたしたちが七時にはローズヴィル橋に行くことになったって、ジョナサンに伝えてなかったわ！　彼がここに着くのは八時近くになるって言ってたのよ」

メアリー・ルースが手を振った。「問題なし。アリスが言ったとおり、食べるものならたくさんあるからね。温め直して出してあげるわよ。それに焼き菓子もあるし。がんばってたくさん焼いたんだから」

「それに順調に行けば、八時までに戻ってこられるかもしれないわ」とアリスが希望的観測を述べた。

窓の外を見ると、日が昇るところだった。夜中じゅう吹き荒れていた嵐は去り、空には雲ひとつなかった。空の西半分にはまだ星が光っていたが、東半分は明るみはじめ、水平線にばら色の筋が見えている。今日がいい日になりますようにと、フランシーンは祈った。太陽の光はきっといい兆しだ。

フランシーンは腕組みをして、三人が早朝から働いた成果を眺めた。ジョイは早くも着替えを終えて、すぐにでも出かけられる準備ができているようだ。「みんな五時半からシャワーを浴び始めるんだと思ってたわ」とフランシーンは言った。

「考えてみたら、やっておきたいことが山ほどあって、とても眠っていられなかったのよ」とジョイが答えた。「だからメアリー・ルースといっしょに四時に起きたの。放送開始時間までに準備を整えておきたいしね。でも『グッド・モーニング・アメリカ』のリポートはなくなったわ。局側が興味を示さなかったの。ローカル放送だけになりそうよ」

フランシーンはアリスが火から下ろしたばかりのフライパンをのぞきこみ、大量のスクランブルエッグができ上っているのを見て、思わず声をあげた。

「ずいぶんたくさん作ったのね。いったい何人前？」

メアリー・ルースがオーブンからベイクドポテトを取り出し、こんろの上に置いた。「トービーがいるのを忘れてない？　あの子はトレーナーに高たんぱく低脂肪の食生活を指導されてるのよ」

「トービーはずいぶんたくましくなったわね。でも〝低脂肪〟の部分は、おばあさんが作るおいしいものを考えると、いろいろ厳しいでしょうね」

「ケータラーの孫っていうのも大変よね。こっちもどうしても試食を頼んじゃうしね。でもトービーは若いし、今はしっかり運動もしてるから、効率よく脂肪を燃やせるのよ。あ、火事続きなのに〝燃やす〟は禁句だったかしら」

そこにトービーが大きな植物オイルの容器を積み重ねて、裏口から運んできた。オイルの容器は全部同じ白色だったが、ひとつだけ黄色っぽいものが交じっている。

「もう腹が減って死にそうだよ。昨日のトラックの掃除も大変だったし、いいかげん働かせすぎじゃないの？　そろそろ朝めしだよね？」

「さっきアップルシナモン味のスコーンをひとつつまみ食いしてたじゃないの。知らないとは言わせないわよ」とアリスが返した。

トービーは片目をつぶってみせた。「知らないなんて言いませんよ。今日も立ちっぱなしで、いらついたお客たちをなだめなきゃならないなら、エネルギーを補給しとかないとね」

トービーは植物オイルの容器をキッチンのすみに置くと、アリスのそばまで行ってフライパンのなかをのぞいた。「なんか色が薄くないですか？　これほとんど白味だけで作ったんでしょ？　これだからスコーンで脂肪を補わなくちゃならないんですよ」

「そのスクランブルエッグは、トレーナーの指示どおりに作ってもらったのよ」メアリー・ルースが大きな鉢にベイクドポテトを盛りつけながら言った。「このポテトでもっと体にいい脂肪が摂れるわよ。オリーブオイルとスパイスをかけて焼いたの。ところで今あんたが持ってきた植物オイルだけど、あの黄色っぽい容器はどうしたの？　あたしが買ってる銘柄のオイルじゃないわ」

「ほんとに？　だって外にあと四箱あるけど、そのうちふたつはおんなじ黄色っぽい容器だよ」それから明らかにからかう口調で言った。「まあどっちにしたって、オイルなんてみんな同じでしょ」

メアリー・ルースはきっとトービーをにらみつけた。「あたしの孫息子ともあろうものが、何て情けないこと言うのよ。あたしがすべての材料に細心の注意を払ってるのを知ってるでしょ。業者に文句を言ってやらなくちゃ。アリス、必要がないかぎり、今日はあの黄色いオイルを使わないでよ」

「それはいいけど、早く何か食わせてよ」とトービーが言った。「カウンターとテーブル、どっちに座ればいい？」

ジョイがインデックスカードにメモを書き終わり、ほかのカードに重ねると、カウンターのスツールから降りた。「テーブルよ。セッティングが遅れてごめんね。すぐに取りかかるわ」

「二階に行って、シャーロットの様子を見てきましょうか？」とフランシーンが訊いた。

「お願い」とジョイが引き出しからフォークやナイフを取り出しながら答えた。「もしシャワーから出てたら、呼んできてちょうだい。身支度はあとでもできるもの。全員が撮影に呼ばれるかどうかはわからないけど、みんな来て助けてくれるわよね？　今日のリポートはいろいろ難しいことがありそうだから」

「どんなふうに？」

「わたしはあくまでも橋の話題に集中しようと思ってるわけ。ローズヴィル橋が焼け落ちたのは、大変な悲劇だと伝えたいの。かつてのブリッジトン橋やジェフリーズ・フォード橋の火災と同じよ。たとえ建て替えられても、歴史的な価値は失われてしまう。問題は、わたしたちが昨日の朝どうしてローズヴィル橋にいたのか、またキャスターが訊こうとするかもしれないってことよ。そうなったらわたしは、別の深刻な事件を持ち出して話題を変えることになると思うわ。あんたのいとこのウィリアムが昏睡状態に陥ってることと、ゼデダイア・マシューの家の火事とね。いずれにしても楽しいリポートにはなりそうもないわ」

ジョイは食堂に行ってしまった。フランシーンはため息をついた。さっき感じた気持ちとは裏腹に、何ひとついい方向に向かっていない気がする。

キッチンを出て、階段に向かう途中で、ローブ姿で階段を下りてくるシャーロットと出くわした。いつものように、ひとつの段に両足を置いてからつぎの段に進んでいる。

「体調はどう、シャーロット？」

「綱渡りをやり終えたばっかかみたいな気分だよ。ベッドに座ってスリッパを履こうとしたら、けつまずいてベッドの真ん中に転がりこんじまった。毛布に埋もれてもがいてたら、今度はころころ転がって床に落ちそうになったんだ。なんとかベッドのはじにつかまって、懸垂みたいにして床に下りたよ」

「大声でわたしを呼べばよかったのに」

シャーロットはやっと階段の一番下にたどり着いた。「それぐらい自分でやれるさ。ともかく朝から大仕事だったよ。もう腹ペコだ」

「それはよかったわ。朝ごはんのお迎えに行くところだったのよ」

「朝ごはんよ！」食堂からメアリー・ルースの呼ぶ声が聞こえた。

そのときフランシーンの携帯電話が鳴った。こんな早い時間に誰だろう？　発信者を確かめると、ドリーだった。

「先に行ってて」と言って、シャーロットを食堂に追い払おうとした。だがシャーロットはまるで動く気がなさそうだったので、フランシーンも早々に無駄な抵抗をあきらめて電話を取った。「もしもし?」

「もしもし。グローリアです。ドリーの妹の」その声はドリーによく似ていたが、動揺したようにひどく震えていた。「実は、ウィリアムが昨夜亡くなったんです」

フランシーンは言葉を失った。どうしてそんなことに? 彼女は我に返ると、急いで言った。「何て言ったらいいのか……本当に残念です。ドリーは大丈夫ですか?」

シャーロットが彼女の腕をとって、近くにあった椅子にかけさせた。

「ドリーはすごくショックを受けてます。容体は安定してたから、まさかこんなことになるなんて思ってなかったんで」

「お医者様は何と?」

「ウィリアムみたいに脳にダメージをうけて、昏睡状態に陥った人は、回復の予想がしにくいものなんだって言ってました。今回は回復のチャンスが十分あるって診断したけど、やっぱり百パーセント大丈夫とは言えない、何が起きるかわからないものだって」

医者の言葉は正直なものに聞こえた。ウィリアムは順調に回復しているように見えたが、何かの原因で、死のほうに傾いてしまったのだ。では何が原因だったのだろう。

フランシーンは時計に目をやった。ジョイの仕事をサポートしたかったが、今はドリーを支えるのが最優先だと感じた。「何か手伝えることはありませんか? 一時間でそっちに着けると思いますけど」

「ご親切にありがとう。でも今はドリーをそっとしといてあげたいんです。ゆうべは大変な夜だったし、全然寝てないと思うので。あとで電話をかけなおしてもいいですか？　そのほうがもっといいタイミングで来てもらえると思います」

「わかったわ。でももし必要なものがあったら、いつでも電話してくださいね」

「そうします。ありがとう」グローリアは電話を切った。フランシーンはひざの上に電話を置いた。

「ウィリアムが？」とシャーロットが訊いた。

フランシーンはぼんやりとうなずいた。

「残念だったね」

「本当に」フランシーンはグローリアから聞いた話を繰り返した。

シャーロットがフランシーンの手を握った。「脳の傷は深刻なことだもの」

「わかってる。たとえ昏睡状態から覚めたとしても、回復に何年もかかることだってあるわ。この先一生、重い後遺症と耐えがたい痛みを抱えて生きることになったかもしれない。こんなことになったのは本当に悲しいけど、今はもう痛みもなく、楽になれたんだって思うしかないわ」

シャーロットは少しのあいだ黙っていたが、突然何か思いついたように目を見開いた。

「交霊会だよ。メルリーナが霊と交信してたとき、あんたウィリアムじゃないかって訊ねただろ？　ほんとにそうだったのかもしれないよ」

フランシーンはかっとなった。「そんなばかばかしい話はやめてちょうだい。メルリーナが死者と交信してたなんて、まったく信じてないんだから。そもそも交霊会は午後だったでしょ。ウィリアムが亡くなったのは夜なのよ」

「そのころにはもう生と死の境にいたのかも」

「本気でそんなことを信じてるわけ？」

そのとき、メアリー・アリスが元気よく食堂から出てきた。「何してるの、早く早く。さっさと朝ごはんをすませなくっちゃ」だがフランシーンの顔を一目見て、シャーロットのほうを振り返った。「何かあったの？」

「ウィリアムが死んだんだよ」

「まあ」

メアリー・ルースがお皿に盛ってくれた朝食に、フランシーンはじっと目を落としていた。卵にフォークを突き刺してみたが、口までもっていくことができない。あきらめてフォークを置き、顔を上げると、自分をずっと見ていたシャーロットと目が合った。

「食べなきゃだめだよ、フランシーン」

「わかってる。ただ……あまりにいろんなことがつぎつぎに起きたせいで、気持ちを立て直すことができないの。橋に銃弾が撃ちこまれて、二件の火事があって、昏睡状態だったウィリアムが亡くなったことをたった今知らされたのよ。どう受け止めたらいいかわからないわ」

「気持ちはわかるわ」とジョイが言った。「でも前に進まなくちゃ」

「スコーンはすごく上手に焼けてたわよ、アリス」とメアリー・ルースが言った。沈んだ空気を変えるためにわざと明るく言ったのだと、フランシーンにはわかった。「みんな食べてみた？」

　みんな口々にそのおいしさをほめそやした。フランシーンも自分の割り当てを一口分ちぎって、口に入れてみた。確かに絶品といってもいいスコーンだ。一口かむとシナモンとりんごの風味が口いっぱいに広がり、それが消えたあとにバターの豊かな風味が舌に残る。

「本当においしいわ」結局フランシーンはスコーンを全部食べ、そのあとにスクランブルエッグとベイクドポテトを少しずつ口に入れ、温かいシナモンロールをちょっと試食した。食べたことで、ずいぶん気力が戻った気がした。

　ジョイが時計に目をやる。「大変、もう六時十五分だわ。遅くとも七時には準備万端で現場にいなくちゃならないのよ。ここから橋までに二十分はかかるわね。みんな十五分で準備できる？」

「わたし、まだシャワーも浴びてないのよ」とフランシーンが言った。「とても十五分じゃ無理だわ。ジョイだけ番組スタッフのバンに乗せてもらって、先に行けない？　どっちにしても、橋のリポートはトップニュースのあとでしょ？」

みんな慌ただしく席を立って動き出した。食器をキッチンに運んでいくと、トービーがあとは片づけておくと言って、みんなをキッチンから追い立てた。

「それよりショータイムに備えて、早く支度してきてくださいよ。俺はもうシャワーを浴びたし、すぐ出られますから」

トービーもメアリー・ルースといっしょに残るものだと思っていたので、フランシーンは意外に思った。「あなたも行けるとは思わなかったわ」

トービーは肩をすくめ、残りものをゴミ容器に捨てながら言った。

「俺が車で送りますよ。そのほうが安心だからって、ばあちゃんに頼まれたんです」

フランシーンは手早くシャワーを浴び、髪を乾かし、顔のしわや目の下のくまをできる限りメークでカバーした。しかしそのあいだずっと、ウィリアムのことが頭から離れなかった。ウィリアムの死はあまりに唐突だった。それに彼の事故に続いて、二件の火事が連続して起こったことも気になった。すべての事件には関連があるのだろうか、それともただの偶然なのか？

フランシーンがバスルームから出ると、シャーロットは着替えをすませて、悪びれもせずに一冊目の日記を夢中になって読んでいるところだった。これでしばらく二冊目の日記から注意を逸らせておけるといいのだが。

三十分後、みんなはホールに集合し、寒さに肩をすくめながら上着を着こんだ。「みんな、とっても決まってるわよ」アリスが新しい冬用コートをホールの鏡でチェックしながら言った。「さあ、行きましょう」

空は晴れていたが、日はまだ昇りきっておらず、空気はひんやりと冷たかった。トービーは〈ロック・ラン・カフェ〉の駐車場に車を停めた。みんな車を降りて、チャンネル6のバンまで歩いていった。立ち入り禁止を示す黄色いテープのすぐ後ろに、バンは停まっていた。カメラマンが撮影の準備をしている横で、ジョイがインデックスカードを見返している。保安官事務所のパトカーのなかで警官が待機しているのも見えた。バンのほかに、チャンネル6の大きな中継トラックが二台やってきている。一台はテレホート支局から、もう一台はインディアナポリスの本局からだ。

ジョイがイヤホーンをつけ、マイクのテストを始めた。そのあいだにカメラマンは、野次馬が集まっているような演出のために、トービーを含む全員にジョイの後方に離れて立つよう指示した。リポートは七時半に始まった。ジョイは昨日の事件についてのあらましを伝えていたが、こちらまでは音声がはっきり届かなかった。まもなくジョイが振り返り、自分の隣に来るよう手振りで示した。フランシーンはとまどいながらも横に並んだ。フランシーンがカメラの前から逃げられないよう、ジョイはその肩にしっかりと腕を回した。

「こちらはフランシーン・マクナマラです」とジョイが紹介した。「彼女のいとこのウィリアムは、昨日の事故で昏睡状態に陥っていましたが、残念ながら昨夜亡くなりました。まずはチャンネル6のニュースチームを代表して、お悔やみを申し上げます。ご遺族にも予想できなかったことだとは思うのですが、最悪の結果となってしまった理由について、何かわかっていることはありますか？」

訃報から何時間もたたないうちにこんな質問をされたことで、一瞬フランシーンの胸に怒りがわき上がった。それでも、ジョイは本局からの指示に従っているだけだとわかっていたので、何とか動揺を抑えて答えた。「申し訳ありませんが、わたしにもそれ以上のことはわかりません」

ジョイはイヤホーンからの指示にうなずき、カメラに向かって話した。「テレホート支局によると、記者がユニオン病院で医師たちに話を聞き、最新情報をお知らせするとのことです」それからまたフランシーンにマイクを向けた。「ウィリアムの事故とローズヴィル橋の放火事件には、何らかのつながりがあると思いますか？」

「それについては、わたしもどうなんだろうと考えてみました」とフランシーンは自分の考えを率直に口にした。「ふたつの事件は、時間的には確かに連続して起こったのですが、まったく性質の違うものだと思います。ウィリアムの事故と違い、放火は誰かの強い悪意を感じます」

「それでは昨日のもう一件の火事について、お伺いしたいのですが。あなたは目撃者のひとりだとお聞きしています。二件の火事には関連があるんでしょうか？」

「それについては警察の捜査にお任せしたいと思います」

「あなたのいとこは、どうしてここにいらっしゃったんだと思われますか？」とジョイが続けた。

フランシーンは苛立ち始めていた。「わかりません。ウィリアムとは最近はそれほど連絡を取っていたわけではないんです。特にここ数年は顔を合わせる機会もありませんでしたから」

ジョイはイヤホーンで局からの指示を聞いていたが、つぎの質問を躊躇《ちゆうちよ》しているように見えた。困ったような表情を浮かべたまま、ジョイは訊いた。

「あなたたちが昨日の早朝にローズヴィル橋で何をしていたのか、もう一度視聴者の皆様に教えていただけますか？」

『グッド・モーニング・アメリカ』のスタジオから生放送で入った指示だったので、その質問をかわすわけにはいかなかったのだろうと察しがついた。

「わたしたちのサマーリッジ・ブリッジクラブは、〝死ぬまでにやりたいことリスト〟の件でいくらか名前を知られるようになってしまったわけですが、昨日の朝も、そのリストの目標をひとつ達成するためにここに来ていました。でも今、関心を向けるべきなのは、ローズヴィル橋に放火した犯人を見つけることと、事件の再発を防止すること、そして橋の再建をどう進めていくか考えることだと思います。ローズヴィル橋は皆さまもご存じのとおり、パーク郡の貴重な歴史的建造物です。皆さまのご協力を心から願っています」

その発言をしおに、フランシーンは後ろに下がって、トービー、アリス、シャーロットのグループに戻った。

ジョイはリポートを締めくくると、マイクとイヤホーンをカメラマンに渡し、みんなの輪に加わった。「お見事」フランシーンに笑顔を向ける。「広報の才能があるかもよ」

フランシーンはぎこちなく笑った。「近くにその道のプロがいるからお手本にしたのよ」

「ああ言われたら、スタジオもそれ以上訊けないもの。心のなかで拍手したわよ」

「とにかく終わってほっとしたわ」

シャーロットがフランシーンの袖を引っぱった。

「終わっちゃいないよ。いいかい、放火犯が捕まるまで危険はなくならないし、ウィリアムの死の真相が明らかになるまで、あの朝あたしらがここにいた理由を訊かれ続けるよ」

シャーロットの警告を聞いて、みんな黙ってしまった。最初に口を開いたのはトービーだった。

「早くロックヴィルに戻らないと。もう行列ができてるかもしれませんよ。今朝みたいに冷えこむと、シナモンロールとコーヒーがどんどん売れそうな気がするし」

「それにトウモロコシのドーナツ目当てのお客も押しかけてくるわね」とアリスが言った。

みんなは車に向かって歩き出した。しかしシャーロットだけが、その場を動かなかった。遠くを見るような目つきで、ぼんやりと立っている。何かを考えているときのシャーロットの表情だ。その何かが何なのか訊いてみたかったが、今はとにかく帰ることを優先しなくてはならない。

「ねえ、シャーロット。帰らなくちゃ」と言ってシャーロットの腕を取り、手を貸しながらでこぼこの道を車まで歩いていった。

16

みんながロックヴィルまで戻ったときには、ジョナサンとメアリー・ルースはもう会場にいて、九時からの開店の準備をしていた。ジョナサンは黒いフランネルのシャツにジーンズという格好だった。野性的なハンサムに見えるとフランシーンがいつも思っている組み合わせだ。しかし野性的であろうとなかろうと、メアリー・ルースは遠慮なく彼をこき使っていたし、ほかのみんなもすぐに仕事を割り当てられた。

天気予報では、夜のあいだに気温が大きく下がったために、太陽が高く昇るまでなかなか暖かくならないだろうと言っていた。インディアナ州では最高気温は正午に出ない。日差しが十分降り注いだあとの、午後四時ごろが一番暖かくなる。だからシャーロットをのぞく全員が、〈メアリー・ルース・ケータリング〉のピンクのエプロンの下に、何枚も重ね着をして働いていた。

九時の開店時刻を迎えると、メアリー・ルースのシナモンロールは、トービーが補充するのも間に合わない勢いで売れていった。トービーがピックアップトラックからブースまで補充分を運び、ジョナサンが受け取って保温用のオーブンに並べる。ジョナサンはそのあいだにもコーヒーや紅茶を作り、フランシーンはひとりでココアを作るほかに、注文に合わせて紅茶とコーヒーとココアをカップに注いで蓋をする。いっぽう売り子担当のジョイは、注文を取って奥に伝える。おかげでメアリー・ルースとアリスは、トウモロコシのドーナツを作る作業に専念できた。今やフェスティバルの目玉となったドーナツは、前日のうちに種を作って冷蔵庫で一晩寝かせてある。あとはブースのなかで、種を丸めてフライヤーのなかに落とし、こんがりきつね色になるまで油で揚げるだけだ。それから金網の上で少し冷ましたあと、はちみつシナモンのシロップに浸し、温かいうちにお客に渡されることになる。

しかしジョナサンが加わって昨日より人手が増えたのに、メアリー・ルースは注文をさばききれず、作業が遅れ始めていた。

ジョイが駆け戻ってきて、メアリー・ルースが置いたばかりのドーナツのトレイをつかみながら叫んだ。「ドーナツがもう在庫ゼロよ。もっとスピードアップできない?」

「もっと手伝いがいなきゃ無理よ」メアリー・ルースは周りを見回してトービーに目を付けた。「トービー、そのシナモンロールをもっと早く荷卸しして、売り場のほうを手伝えない?」

「早くって言っても、いっぺんに運んだら全部並べるスペースがないよ」とトービーは文句を言った。「箱を重ねたら、一番下のシナモンロールがぺちゃんこになっちまう。ばあちゃん、そんなの許さないだろ? だから必要な分しか持ってこられないんだ。シャーロットはいったいどこにいるんだよ?」

「探偵仕事に行ったわよ」とフランシーンが答えた。調べ物のほかに、ゼッドから頼まれた着替えの調達もシャーロットに頼んでいたのだ。

「探偵仕事ですって？」とメアリー・ルースがあきれたように言った。「そんなの警察に任せておけばいいじゃないの。どうせストックトン刑事には助けが必要だとか何とか言ってるんでしょ」

「だってシャーロットにだけ仕事を割り振らなかったじゃない。だからシャーロットに頼んで、気になる点を確かめに行ってもらったのよ」

「フランシーン、あんたまで探偵ごっこをしてるわけ？」

「そうじゃないけど、ウィリアムがどうしてゼッドの土地に入りこんでいたのか確かめたいの。だからちょっと調べてみようと思っただけよ」

「そのことと火事と関係があるの？」

「まだわからない。ただよく考える必要があると思って」

タイマーが鳴った。メアリー・ルースは、フライヤーから金属のバスケットに入ったドーナツを引き上げ、油を切りながら悔しそうに言った。

「それでシャーロットはいつ戻ってくるのよ？　わかったわよ、あたしも考えを改めるわ。頼みたい仕事が山ほどあるから、早く戻ってくるよう頼んでちょうだい」

フランシーンは腕時計に目をやった。まだ九時半だ。図書館が開いてからまだ三十分しか経っていない。元々の計画では、最初に図書館に寄って、それから〈ダラー・ゼネラル〉に移動し、ゼッドの着替えと食べ物を買ってきてもらうつもりだった。図書館でドク・ホイートについての情報がどれぐらい見つかるか見当もつかなかったが、地元の伝説的人物なら、本の一冊ぐらいあるかもしれないと期待していた。

「シャーロットに電話をかけて様子を訊いてみるわ」とフランシーンは言った。

「長電話はだめよ」ジョイがシナモンロールの箱に向かいながら声をかけた。「レギュラーサイズのコーヒー六つに、ラージサイズのコーヒーひとつ、あとラージサイズのココアがふたつ、オーダーが入ってるんだから」

フランシーンは急いで飲み物を作ってジョイに渡し、シャーロットに電話をかけた。シャーロットが声をひそめて電話に出たので、まだ図書館にいることがわかった。

「ドク・ホイートについての資料はほんとんどないよ。〝郷土の歴史〟コーナーを見たら、一九四〇年代後半から五〇年代前半のことを書いた本が何冊かあったけど、ドク・ホイートについてはほんのちょっとしか触れてないね。ゼッドがあんたにしゃべったのとおんなじ内容だよ。司書にも訊いてみたけど、ホイートについて書かれた本は一冊もないって。あ、そうだ。ウィリアムのこと、お悔やみを伝えてくれって言ってたよ。ウィリアムは図書館の常連だったらしいね」

フランシーンは少し驚いた。「図書館の常連？　本当に？」

「ああ。それを聞いて、もちろん抜かりなく情報を集めたよ。どんな本を読んでたのか、何を調べてたのか、いろいろ質問した。どうやらウィリアムは歴史おたくだったようだね。伝記が大好きで、特にこの地域のものなら手あたり次第に読んでたって。そしてなんと、この地域の歴史について、自分で本を書いてたらしいんだよ。入植者がパーク郡に来た時代から始まるやつを」

「誰かその本を見た人はいるのかしら？」

「それがまだ本になってたわけじゃないんだ。いつもちっちゃいパソコンを持ちこんで作業してたんだってさ。さあ、これであのパソコンを車から持ち出しといたらよかったって後悔しないかい？」

確かに、もしそのことを知っていたら、あのときもっと心が揺らいでいただろう。

シャーロットは話を続けた。「司書が言ってたんだけど、ウィリアムはこの土地の伝説や言い伝えについて、地元の人たちに訊きまわってたそうだよ。あと家系図にも興味があって、よく墓地で写真を撮ってたんだって」

「それはちょっと不気味ね」

そのときメアリー・ルースに肩を叩かれ、びっくりして飛び上がりそうになった。

「それシャーロット？」と訊かれ、フランシーンはうなずいた。「どれぐらいで戻ってこられるって？」

「訊いてみるわ」と答えると、メアリー・ルースがあわただしく調理場に戻るのを見送った。フランシーンもシャーロットと同じように声をひそめて言った。「こっちであんたが必要になってるの。お客の列は長くなっていく一方で、わたしたちだけじゃ追いつかないのよ。メアリー・ルースまであんたに帰ってきてほしがってるわ」

「ふん。あたしもほかのみんなと同じくらい役に立つって、やっと認めたんだね」

「あんまり調子に乗っちゃだめよ。あんたに頼みたい仕事が山ほどあるとは言ってたけどね」

「ここで調べられることは全部調べたから、もう出られるよ。でもほかの仕事はどうする？〈ダラー・ゼネラル〉での買い物とかさ」

フランシーンはみんなに背中を向け、さらに声をひそめた。「それは気にしなくて大丈夫。こっちのほうが大変なことになってるから、とにかく戻ってきてちょうだい。買い物のほうは、混雑が少し落ち着いたら、ジョナサンに頼んでみるわ」

電話を切って振り返ると、メアリー・ルースがお客と話しているところだった。

「ええ、小麦粉を使わないチョコレートケーキはランチタイムまでお出ししてないんです。あのケーキはデザート用で、あまり朝食には向かないので。でももしよかったら、シナモンロールにケーキと同じチョコレートフロスティングをかけることはできますよ」

それでお客は満足し、チョコレートをかけたシナモンロールと温かいココアを持って、機嫌よく帰っていった。

フランシーンは電話中にたまっていたココアの注文を片づけ始めた。まとめて五杯作らなくてはならない。ジョナサンも休みなくコーヒーを作りつづけていたが、ついに「おかしくなりそうだよ！」と叫んだ。

「シャーロットがもうすぐ助っ人に来るわ」とフランシーンが知らせた。「最初からシャーロットにも手伝ってもらったほうがよかったのよ。いつまでも怒ってるわけにもいかないでしょ」

「みんながどう思ってるのか知らないけど、別に保健省の一件のことを根に持ってるわけじゃないのよ」メアリー・ルースは冷却用ラックに載せた一ダースのドーナツをチェックし、オーケーを出して、アイシング担当のアリスに渡した。「ここんところシャーロットとは、こういう関係が当たり前になってきちゃってたしね。もちろんシャーロットは大事な友達よ。だけど彼女はいつも自分のやりたいことを一番に考えるし、それが周りを困らせることもあるじゃない。そこにしっかり釘を刺すのが、あたしの役回りかとも思うのよ」

「シャーロットはいつもいつも自分を一番に考えてるわけじゃないわ。確かにそう見えることはときどきあるけどね。昨日の交霊会のことはどう？　彼女はアリスのためにあれを企画したのよ」

「ほかに目的があったに決まってるわよ。そのうちわかるから、見てらっしゃい」

「それはちょっと厳しすぎるんじゃない？」

メアリー・ルースは肩をすくめ、丸めたドーナツの種をつぎつぎにフライヤーに入れると、タイマーをセットした。そのときトービーが裏口から入ってきた。大きな植物油の容器をふたつ抱えている。「ばあちゃん、ちょっといい？」

「少し外すから、フライヤーを見ててくれる？」とメアリー・ルースはフランシーンとアリスに頼んだ。

「いや、ここでいいよ。これを持ってみて」トービーは白い容器を手渡した。

メアリー・ルースはけげんな顔で容器を受け取った。

「その重さを覚えといてよ」

メアリー・ルースは腕に抱えた容器を上下に動かした。「特に問題ないと思うけど、なんで？」

「じゃあ、こっちを持ってみてくれる？」トービーは黄色っぽい容器を差し出した。今朝〝あたしが買ってる銘柄のオイルじゃない〟とメアリー・ルースが言っていたものだ。

それを受け取った瞬間、メアリー・ルースの表情が変わった。「なにこれ。ずいぶん軽いわ」

「でしょ。何が入ってるんだろうと思って」

フランシーンはその様子を見ているうちに、コーヒーをあふれさせてしまった。バータオルでこぼれたコーヒーを拭きとりながら、メアリー・ルースに訊いた。

「今日はどれか新しい容器を開けた？」

「あたしは開けてないわ。油はいつもアリスが替えてくれるの。アリス、今日は油を替えた？」

「まだよ。ゆうべ取り替えたばかりだから、今日はまだ持つと思うけど。どうして？」

フランシーンはコーヒーのカップに蓋をして、ジョイに渡した。

「ジョナサン、悪いんだけどトービーといっしょにその容器を裏に持って行って、中身が油なのか確かめてくれない？」

ジョナサンが眉をひそめた。「どういうことだい？」

「今朝シャーロットが言ってたのよ。放火犯が捕まらない限り、誰も安全じゃないって。もしシャーロットがここにて、植物油より軽い液体の容器が紛れこんでいると知ったら、〝そいつは燃焼促進剤に違いない〟って言い張ると思うの」

トービーがきょとんとした顔で言った。「燃焼促進剤？」

「ガソリンみたいなもの。放火犯が使うものよ」

ジョナサンとトービーは容器を持って裏口から出て行った。

「たぶん何でもないわ」とフランシーンは言い、目の前にたまっているオーダーに追いつくために、またホットココアを作り始めた。メアリー・ルースはドーナツを揚げる作業に戻った。

十五秒ほどしてトービーが戻って来た。「黄色い容器の中身は、ふたつともガソリンみたいなにおいがするよ。何がどうなってるんだろう？」

フランシーンはどうするべきか考えた。「すぐにストックトン刑事に知らせましょう」

「それは難しくなさそう。彼、列に並んでいるもの」とアリスが言った。

みんなブースの前にできた長い行列に目を向けた。ストックトンはパーク郡保安官事務所の茶色い制服に黒いカウボーイハットといういで立ちで、どこにいるか一目でわかった。列に並んだ人たちは、誰もが彼に先に行くようながし、彼は譲ってくれたひとりひとりに帽子をあげてあいさつしながら、前に進んできた。

ストックトンがトウモロコシのドーナツとコーヒー、それに〝裸泳ぎのグランマたち〟の最新ニュースを注文したとき、ジョイは一瞬、相手を縮み上がらせるときに使う氷のような視線を向けかけた。けれど相手がストックトンだとわかったとたん、にっこりと輝くような微笑みを浮かべてみせた。

「すぐにお持ちするわ。ごいっしょに事件の手がかりも必要かしら？」

「きみの時間を少しばかり拝借できればと思ってたんだが、忙しいようだな」

そのときシャーロットがストックトンの後ろからひょいと顔を出した。

「あんたラッキーだったね、ちょうどジョイの休憩時間だよ。あたしが代わるから、ちょっと待っててておくれよ」

メアリー・ルースはめずらしくシャーロットに反対しなかった。そして彼女がシャーロットに「ドーナツをお皿に載せるときは、指じゃなくパラフィン紙で包んでちょうだい」と頼んだときには、シャーロットもめずらしく文句を言わなかった。

容器を調べ終えたストックトンが裏口から入ってきた。

「たしかにガソリンのように見える」とメアリー・ルースに言った。「念のために残りの容器も全部調べてみた。お孫さんにも見てもらったが、このふたつ以外は問題なさそうだ。持ち帰って調べさせてもらうが、それはドーナツとコーヒーを食べ終えてからだな」

「誰かがあたしたちを吹き飛ばそうとしてるって本気で思ってる？」

「もしくはあんたたちに罪をかぶせようとしてるか、どっちかだな」ストックトンはドーナツにかぶりついた。

「吹き飛ばすほうだね」とシャーロットが口を出した。「考えてごらんよ、油を取り替えるのはアリスだよ。アリスはひどいアレルギー持ちだもの、においが違ってても気づかない可能性が高い」

確かにそうかもしれないと思うと、フランシーンはぞっとした。放火犯が誰であれ、こんなに近くまで来ていたのだろうか？　そしてその誰かは、間違いなくわたしたちのグループのことをよく知っている。わたしたちはときどきテレビに出ている。これまで自分たちの私生活を、無防備に明かしすぎたのだろうか？

「きみたちには警護が必要なようだな」とストックトンが言った。「ジョイ、少し話せるか？」

ふたりは裏口から外に消えた。

今すぐにできることもなかったので、みんなそれぞれの持ち場に戻った。接客の愛想のよさに関して言うなら、シャーロットはジョイとは比べ物にならなかった。ベルを鳴らしてオーダーを告げるときも、お金を受け取って食べ物を渡すときも、たいていぶすっとして「はいよ」としか言わない。しかしその仕事ぶりは、意外にもてきぱきとして要領がよかった。

にささやいた。

「せめて〝ありがとうございます〟ぐらい言えないものかしら?」とアリスがフランシーン

「でも列がさっきより早く進んでることに気づいた?」とフランシーンが返した。「細かいことを言うのはやめましょうよ。ジョイも加わったら、もっと早く進みそうね。わたしたちもスピードアップしないと」

「この際、必要なら何でもやるわ」アリスはもうアイシングをかけるのではなく、アイシングのなかにドーナツを浸していた。

ジョイがストックトンといっしょに裏口から出てきた。彼女はケースからもうひとつトウモロコシのドーナツを取ってストックトンに渡した。

「いま電話で報告を受けたところだ。状況から考えて、きみたちもこのことを知っておくべきだと思う」とストックトンはみんなに言った。

シャーロットがパラフィン紙をジョイに渡して言った。「あのヤギひげの男がシナモンロールを一ダース、チョコレートフロスティングがけで頼むってさ。そういうオプションができたとは知らなかったよ」

メアリー・ルースはそしらぬ顔で言った。「出してある分のシナモンロールがなくなりそうね。トービー、裏から補充分を取ってきてちょうだい」

「このペースでいくと、シナモンロールはもうすぐなくなるよ」とトービーが答えた。

「それならクッキーを売るだけよ」とジョイが笑顔で返し、売り子の場所に移動してヤギひげの男に声をかけた。「シナモンロールといっしょにコーヒーはいかがですか？」

　ほかのみんなはストックトンのまわりに集まった。「話はすぐに終わる」と彼は低い声で言った。「ゼデダイア・マシューの家の焼け跡を徹底的に捜索したが、死体は発見されなかった。きみたちの証言によれば、出火当時は家にいたはずだ。つまり脱出したと考えられる」

「よかった、ってことでいいのよね？」メアリー・ルースが訊いた。「どんな男だかよく知らないけど、少なくともケーキ作りの腕前はなかなかだったわよ」

「ああ、もちろん生きてたのはいいことだ。だが俺たちはウィリアム・ファルケス氏の事件に関して、ゼデダイア・マシューに事情聴取したいと考えている。今はやつの行方を追っているところだ」

「過失致死容疑で？」とシャーロットが訊いた。

「いや、現時点ではただ話を聞きたいだけだ」

「どうしてわたしたちにそんな情報を教えてくれるの？」とフランシーンが訊いた。

「やつがきみたちのうちの誰かに連絡を取るかもしれないと考えてるからだ。きみたちも何かあったら必ず報告してもらいたい」ストックトンの目はフランシーンのほうを見ていた。

　フランシーンはその視線に気づいた。「どうしてそんなふうに思うの？　何か理由があるのかしら？」

　まさかゼッドとのメールのやり取りを盗み見たのだろうか？　警察はそういうこともでき

ると聞いたことがある。

「それについては今は言えない。だがゼッドが危険な男なのは確かだ。そしてかなり追い詰められた状況にあるはずだ。彼の家は全焼したんだ。誰かに当座の助けを求める可能性が高い」

フランシーンは忙しく考えをめぐらせた。ゼッドは昨夜確かに、姿を隠したいと言っていた。もしこっそり彼を助けていることがわかったら、どうなるだろう？　しかし彼はまだ具体的な罪に問われているわけではない。

フランシーンはちらりとシャーロットに目をやった。シャーロットはいたずらっぽい笑みを浮かべていた。

「心配ご無用だよ、刑事さん。もしあの男がなんかしようとしたら、すぐに知らせるよ」

17

「ゼッドのこと、どうしたらいいと思う？　少し心配になってきたわ」

ストックトン刑事が帰り、また仕事に戻ったあとで、フランシーンはこっそりシャーロットにささやいた。

「計画どおり会うべきだと思うよ。あたしの見たとこだと、ランチタイムの混雑が始まるころにはまた商品が底をつきそうだ。そしたら午後にブリッジトンまで出かける時間はたっぷりあるよ」

メアリー・ルースがシナモンロールの最後の空箱を放り投げた。

「シナモンロール売り切れ！　スコーンはあといくつ残ってる？」

「三十分前になくなったわ。たった今トウモロコシのドーナツ十二個のオーダーを受けたけど、足りる？」とジョイが答えた。

「それは大丈夫。でも今、最後の分を揚げてるところよ。アイシング待ちがあと三十ってところね」

「あとは何が残ってるの？」

「クッキー十二ダースに、小麦粉を使わないチョコレートケーキがホールで六個。在庫はそれだけよ」メアリー・ルースは大きなため息をついたが、残念がっているようには聞こえない。

「コーヒーは余ってるよ。コーヒーをどんどん売ってくれよ！」とジョナサン。

フランシーンはメアリー・ルースのほうを振り返った。

「ほとんど商品がなくて、もうすぐランチタイムだっていうのに、ずいぶん落ち着いてるのね」

「ホットココア六つ！」とジョイが叫んだ。

「昨日の午後、足りないことは悪いことじゃないってマーシーに言われて、すごく納得したのよ」

「悪いことじゃないって、どうして？　お客さんたちはまた欲求不満で帰らなくちゃならないのよ」

「だからまたみんな買いに来たくなるの。なかなか買えないから特別になるのよ。あたしたちが二十代のころ、男の子たちがはるばるセントルイスまで運転して、〈クアーズ〉のビールを買ってきてたでしょ？　当時はミシシッピ川の西側でしか売ってなかったのよ。そこに魅力があったわけよね。この品不足が同じ効果をもたらすってマーシーは言ってるの」

「ほんとにマーシーをコンサルタントに雇ったの？　昨日の話は早く帰るための口実だと思ってた」

「フェスティバルの期間中だけね。そうね、場合によっては、そのあともう少し延長するかもしれないけど」

落ち着かない様子で列に並ぶ人たちに目をやって、フランシーンは言った。

「みんな楽しみというより不安そうよ。配給の列に並んでるみたい」

ジョナサンはコーヒーのシミがついたタオルで手を拭いた。「配給の列なんて覚えてないだろ？　われわれはそこまで年寄りじゃないよ」

「テレビで見たことがあるわ」

「ひとりひとりの注文がどんどんエスカレートしてることに気づいてた？」とメアリー・ルースが言った。「買い占めが始まったわ」

「悪くなる前に食べ切るのは無理ね。冷凍してあとで食べるのかしら？」とフランシーンが言った。

「いや、専用のブラックマーケットがあるんだろ」とジョナサンが茶化した。

フランシーンは心配になって訊いた。「並んでる人たちは、もう売り切れそうだって知ってるの？」

「マーシーが後ろのほうの人たちに、ほかの売り場に並ぶように忠告しに行ったわ。もちろん明日はもっと早く来るようにってアドバイスも入れてね」とメアリー・ルース。

ジョイは紙皿の上でチョコレートケーキを切り分け、カウンター越しに手渡して、代金を受け取った。「この十五分で急に警官の姿が増えたみたいよ」

「このあたりに警官がうろうろしてても不思議じゃないよ。警官とドーナツは切っても切れない仲だからね」とシャーロットが言った。

メアリー・ルースはコーヒーの粉をスプーンで量って、コーヒーメーカーに入れた。「ブラウンズバーグのジャドソン刑事は、ドーナツとは縁がなさそうじゃないの。この夏、あの子が家族とプールにいるところを見たけど、腹筋がちゃんと割れてたわよ」

「運動より食事制限のほうが大変なんだよな」裏口から入ってきたトービーが口をはさんだ。「ばあちゃんの料理がこんなにうまくなけりゃ、俺だって今頃腹筋が割れてるよ」それから祖母に向かって言った。「今日店を閉めるとき、しっかり鍵をかけるようにってストックトン刑事が言ってたよ。それと、できれば入り口に防犯システムをつけろってさ。警官のパトロールもあるけど、さすがに屋台が多すぎて手が回らないから、自衛もしてくれってことだよな」

「たった今、最後のトウモロコシのドーナツ一ダースが売れたよ！」とシャーロットが叫んだ。「みんな暴徒の襲撃に備えて、準備したほうがいいよ！」

「まったく大げさなんだから」メアリー・ルースは落ち着いたものだった。「どうがんばってもある分しか売れないんだもの、しょうがないわよ。また明日って日があるんだから」

マーシーの影響力もなかなかのものだと、フランシーンは感心した。

それから十五分もしないうちに、商品は完全に売り切れてしまった。ホットココアとコーヒーは残っていたが、飲み物だけ注文しにくるお客もいないだろうと、今日は店じまいすることになった。お客たちはぶつぶつ文句を言っていたが、心配していたほどの混乱もなく、それぞれほかの店に散っていった。ストックトン刑事の指示どおりに、きちんと戸締まりを終えたときには、もう午後一時近くになっていた。通りを隔てた店で昼ごはん用のサンドイッチを買い（店主はメアリー・ルースが来たことに興奮し、サンドイッチを持った彼女といっしょに写真に納まった）、みんなで家に戻った。フランシーンはゼッドの買い物をすませるために、こっそりジョナサンを〈ダラー・ゼネラル〉に派遣した。

午前中ずっと立ち仕事をしていたので、みんなとても疲れていた。言葉少なに昼食を食べるあいだも、フランシーンはずっと時計をちらちらと見ていた。やがてメアリー・ルースの助っ人たちが到着し始めたのを見計らい、フランシーンは用意していた質問を口にした。

「シャーロットとジョナサンとわたしで、二、三時間抜けてもいいかしら？　午後にちょっとブリッジトンまで行ってこなくちゃならないの。そんなに遅くならずに帰るわ」

「あら、いいじゃない」とジョイが言った。「どうせならみんなで行かない？　帰ってからがんばって働けば大丈夫でしょ。午後もずっと準備でつぶれて、夜は何かしようにもへとへとで座ってるしかないっていうより、そっちがいいな」

ジョイの思いがけない提案に、フランシーンはすぐに反応できなかった。同行者が増えれば、それだけ状況がややこしくなる。「そうね、でもメアリー・ルースのほうは大丈夫？　働き手が足りるかしら？」

メアリー・ルースは、明日の準備のために調理台に積み上げられた材料をながめた。

「今日は助っ人がふたりしかいないのよね。どれぐらいで帰ってこられそう？」

「二、三時間で戻るわ。たぶん買い物はあまりしないから」

アリスがここぞとばかりに持論を展開し始めた。「どちらにしても、本当に買うべきものなんてそれほどないのよ。わたしたちの家には、必要なものはもう十分揃ってるじゃない？それより今は、余分なものを減らしていくべき時代だと思うの」

みんな反論のしようもなく、それはそうよねとうなずいた。

けれどジョイは納得のいかない顔で訊いた。「じゃあ、どうしてわざわざブリッジトンまで出かけるの？　二流品のアンティークをひやかしたり、必要のない小物を買うのがお祭りの楽しみじゃない。と言うより、それ以外にすることもないでしょ？　わたしたちはメアリー・ルースのスイーツをさんざん試食できる立場なんだから、ほかの屋台でカロリーの高い食べ物を買う必要もないし」

「人間観察ができる。お祭りは人間を眺めるには絶好の場所だよ」

シャーロットらしい説明だったが、それでは着替えや食べ物の入った袋を運びこむ説明にはならないだろう。フランシーンはあきらめて言った。「実は人間観察以外にも、わたしたちにはブリッジトンに行かなくちゃならない理由があるの」

「やっぱりね」とジョイが言った。「何かあるってことは、わたしたちみんな気づいてたのよ。ウィリアムが亡くなる前から、あんたとシャーロットはこっそり動いてたでしょ。今日はジョナサンも呼び戻されたしね。話してちょうだいよ、どうして急にブリッジトンに行かなくちゃならないの？」

これ以上、言い訳はできなかった。フランシーンはゼッドからメールで呼び出されることになった経緯をみんなに話して聞かせた。「彼はひとりで来てほしいって言ったの。だからジョナサンを連れて行くのだって、約束を破ることになるのよ。わたしたちみんなで行ったら、彼は出てこないわ」

アリスは唖然として聞いていたが、話が終わるやいなや口を開いた。「どうしてあの男に会わなくちゃならないの？　あなたのいとこを殺したかもしれないのよ」

「ゼッドは、わたしと自分に何かつながりがあるってほのめかしてる。それがどんなつながりかはわからないけど、どうやらわたしのひいおばあさんに関係のあることらしいわ。わたしはその答えを知りたいの。今日ブリッジトンで会えたら、彼は何かを教えてくれるつもりみたい。ストックトンは彼を危険だと言ったけど、わたしは信用するほうにかけてみる。彼がウィリアムの死にどう関係してるかわからないけど、彼が姿を消してしまったら、もう話を聞くことができないもの。これが最後のチャンスかもしれないのよ」

「わかったわ。じゃあこうしよう」とジョイが言った。「わたしたちみんなで行くの。でもブリッジトンに着いたら、わたしたちは群衆に紛れこんで姿を隠すわ。そしてあんたたちの様子を見守ってる。彼はあんたを見つけるって言ったんでしょ？」

「でもすぐそばにいるんでなけりゃ、たいした助けにはならないよ」とシャーロットが胸の前で腕を組んで言った。「あたしらが人波をすばやくすり抜けて、助けに行けると思うかい？」

「わたしを守りたいって言ってくれるのは本当に嬉しいわ」とフランシーンは言った。「でもゼッドはわたしに危害を加える意図はないと思う。そこは心から信用できるわ。彼は態度が荒いし、何かの罪を犯してるかもしれない。でも不思議と自分が脅されてる感じはしないの。シャーロット、図書館でなにかゼッドについてわかったことはある？」

「奴さんは、ほかの人ならたくさん脅してたみたいだよ」とシャーロットが答えた。「パーク郡の記録簿には、ゼッドが起こした揉め事がいくつか報告されてた。内容はみんな同じだ。自分の土地に侵入してきた相手を、銃を使って追い出した。追い出したのは当然だけど、銃を持ち出したところが警察の気に食わなかったんだね。けが人が出たことはなかったみたいだけど」

「少なくともウィリアムまではね」とジョイが言った。

「それもわざとじゃなかったのかもしれないよ。こわがらせようとしただけで」とシャーロットが答えた。「新聞に記事が載ってたけど、顔写真はどれもサバイバル映画に出てくる山男みたいに写ってた。あれなら荒野で暮らして、獲物を素手で殺せそうだ」

フランシーンはうなずいた。「あの人、何歳ぐらいだと思う？　新聞に年齢は書いてなかったの？」

シャーロットは首を振った。「二十五年ぐらい前からときどき新聞に載ってるけど、そのころから今ぐらいの歳に見えたよ」

「二十五年前から？　ほんとに？」

「たぶん、あのもじゃもじゃのあごひげのせいだと思うね。あのひげ面じゃあ、四十代でもじいさんに見えるよ。でもね、あの目は年取った男の目だって気がするんだよね」

「本当はわたしたちと変わらない年齢なのかしら？　七十代前半とか？」

「そのへんが知りたくて、郡の家系記録簿を調べてみたんだ。そしたらやつはどこにも見つからなかった。一九二〇年代までさかのぼったんだよ」

「じゃあ、ほかの郡で生まれたんだわ」ジョイが当たり前だと言わんばかりに言った。「それか、あんたのいとこと奥さんがやってるような施設にいたんじゃないの」

それを聞いたとき、フランシーンは今朝の電話以来、ドリーからもその妹からも連絡が来ていないことに気づいた。ドリーは大丈夫だろうか？　ずっと忙しかったので、電話に気づかなかったのかもしれない。だが携帯電話をチェックしてみると、着信はゼロだった。

そこへ、一目で〈ダラー・ゼネラル〉のものとわかる、ぱんぱんにふくらんだ黄色い袋をふたつ持って、ジョナサンが入ってきた。全員がいっせいに彼に目を向けた。

「何だい？　男はちょっとした買い物をしてもいけないのかい？」

「ごめんなさい。どうしてあなたに買い物を頼んだか、みんな知ってるの」とフランシーンが言った。「話の流れで打ち明けるしかなかったのよ。それでみんなもブリッジトンまでいっしょに来てくれるって」

「あたし以外はね」とメアリー・ルースが言った。「あたしだって行きたいけど、今はこっちをしゃかりきで進めなくちゃ。でもあんたたちが行くなら、もう出なきゃだめでしょ。行って、ゼッドを見つけて、それから戻ってきて。あんたたちが必要なんだからね」

まもなく彼女たちは二台の車に分乗して、ブリッジトンに向けて出発した。

18

ロックヴィルからブリッジトンまでは、直線部分がほとんどないのではないかというぐらいカーブの続く道だった。フランシーンはその道を、制限速度をほんの少し超えるぐらいのスピードで走っていた。ジョナサンはピックアップトラックにトービーを乗せて、フランシーンの後ろを走っていた。外は涼しかったが、高く昇った太陽が射しこみ、車のなかは暑いぐらいになっている。フランシーンはコートを着ていたので、暑さで少し気分が悪くなった。だが明らかにシャーロットほどではなかった。

「ああ、もうだめだってば！」シャーロットは手で口を覆いながら言った。

「停めたほうがいい？」とフランシーンが訊いた。シャーロットはふだんそれほど車酔いをしないのだが、今はすごくつらそうだ。「ねえアリス、ウェットティッシュがコンソールボックスに入ってるんだ。取ってくれない？」

アリスは後部座席の真ん中に座っていたが、助手席で手負いのアシカのようにふらついているシャーロットをのぞけば、一番コンソールボックスに近い位置にいた。

「濡れタオルみたいに使うのよ。額に乗せてあげて」とフランシーン。

「シートベルトなしで体を乗り出すなんていやよ。フランシーンたら、猛スピードでカーブを曲がってるんだもの」

「何言ってるのよ。これ以上速度を落としたら、ブリッジトンに着いてもすぐにとんぼ返りしなくちゃならなくなるわよ」

ジョイは後部座席で自分の携帯電話をいじっていた。「ここも電波を受信できないわ。つまりナビも見られないから、到着予想時刻とか別ルートのオプションとかもわからないってこと」

フランシーンは通風孔をすべてシャーロットのほうに向けた。「ブリッジトンまではどれもこんなくねくね道なの。今通ってる道が一番ましなのよ。シャーロット、あと十分ぐらいがんばってくれたら、到着するから」

「十分だね？　絶対十分だね？」

「大丈夫、約束するわ」とフランシーンはシャーロットに答えた。車は交差点にさしかかり、標識にしたがって曲がった。「車が増えてきたらスピードを落とすから」

ジョイが体を起こした。「やった！　メールが入った！　アンテナは一本しか立ってなかったのにすごいわ」

「なんて言ってきたの？」とアリスが訊いた。「誰かに酔い止めのドラマミンを買ってきてって頼んでたの？」

「それは思いつかなかった。でももう一通メールが送れたら頼んでみるわ。それよりチャンネル6の生中継チームがブリッジトンに来てるの！　わたしにブリッジトン橋でリポートしてほしいんだって。ブリッジトン橋も何年か前に放火で焼け落ちたあとに、再建された橋だからよ」

フランシーンはそれについて考えてみた。「そうすると、わたしたちがブリッジトンに来てるっていう事実を宣伝することになるわけね。そうなったら、ゼッドは用心して出てこないかもしれないわ」

「わたしたちが屋根付き橋フェスティバルに来てることはみんな知ってるわよ」とジョイが言った。「メアリー・ルースのスイーツ・ショップは話題の的だし、わたしはさんざんテレビでリポートもしてるんだもの。いまさら匿名で行動するなんてできないって」

「ドラマミンを買っといてってメールしといておくれよ」とシャーロットが哀願した。

シャーロットがブリッジトンに入るまで持ちこたえてくれて、フランシーンはほっとした。町に入ると車の速度がいっせいに落ちた。地元の住民たちが自分の駐車場に観光客を誘導しようと、あちこちで手作りの看板を掲げている。車椅子の女性が持つ『駐車場三ドル！』というカードに惹かれて、何台かの車が未舗装の道を下っていった。

「あれについていくべきかしら？」とアリスが指さした。「橋まではまだ遠いけど、一刻も早くシャーロットを車から降ろしたほうがいいんじゃない？」

フランシーンはその女性の前を通り過ぎて、じりじりと車を進めた。

「五ドル払うことになってもいいから、もっと近づきましょう。でこぼこの道はシャーロットの足にはきついわ」

「この混雑で、五ドルの駐車場所が残ってればいいけどね」とジョイが言った。

「あたしなら大丈夫だよ」シャーロットは額の汗をぬぐった。「スピードを落としたから、ずっとよくなった。でもひどい頭痛がしてるよ」

車道を進む車の前を、平気な顔でぶらぶら歩いていく人たちを見て、フランシーンはあきれ返った。警笛を鳴らしたかったが、どの車もおとなしく歩行者をよけて進んでいるのを見て、がまんするしかなかった。

「ゆうべの雨で路肩がまだ濡れてるわ。だからみんなよけいに車道を歩きたがるのね」アリスが窓ガラスに顔をくっつけて外をのぞきながら言った。頑として道を譲らない女性に業を煮やしたフランシーンが、女性のわずか数センチわきをすり抜けて車を進めたのを見て、アリスは目を丸くしていた。

ずっとメールを打っていたジョイが顔を上げた。「チャンネル6のバンはこのままますぐ進んだ、ブリッジトン橋の向こう側にいるわ。橋のすぐ近くに停まってるって。〝とにかくがまんして少しずつ進んでくれ、最終的には通り抜けられるから〟って言ってる」

「何か駐車場のアドバイスはない?」とフランシーンが訊いた。

「ちょっと待ってね」ジョイは器用に二本の親指を使ってメッセージを入力した。数秒後には返信があった。「橋の向こう側の駐車場にはまだ空きがあるみたい。五ドルだって」

「その値段なら想定内だわ」

人混みはいつまでたっても紅海のようにふたつに分かれてはくれなかった。結局ブリッジトンの町に入ってから実際に橋を目にするまで、拷問のようなドライブを十五分間続けることになった。やっと駐車場に着くと、フランシーンは比較的近いところに駐車スペースを見つけた。ずっと後ろを走っていたジョナサンは、さらに先に進まなくてはならなかった。アリスが待ちかねたように車から飛び出し、シャーロットが降りるのを手助けした
「とにかくドラマミンを探しに行きましょ」アリスはシャーロットに杖を渡してドアを閉めると、ほかのメンバーに向かって言った。「この人が薬を飲むまで、わたしは帰りの車には乗らないわよ」

ジョイはチャンネル6のバンのほうを指さした。「仕事ばっかりで悪いんだけど、スタッフのところに行って打ち合わせをしてこなくちゃいけないの。ここから別行動になっちゃうから、待ち合わせ場所を決めておかない？」

フランシーンはトランクを開けて、ジョナサンが買っておいた食べ物と着替えの詰まった袋を取り出しながら答えた。「ニュースのバンが移動しないなら、そこを待ち合わせ場所に使えるんじゃない？」

「バンは橋のすぐそばに停まってるわ。お店が集まってるところよ。もし戻ってきてバンが消えてても、いま停まってる場所で待ち合わせましょ。少なくとも橋はどこにも行かないでしょうからね」

アリスはシャーロットと酔い止め薬を探しに行くと宣言した。「たぶんドラッグストアか、

処方箋のいらない薬を置いてある雑貨屋ぐらいはあるでしょ」ふたりは腕を組んで、橋のほうに歩いていった。

「気をつけてね！」フランシーンはふたりの後ろ姿に向かって声をかけた。ジョイはぐずぐずと時間を無駄にしたりせず、すでにチャンネル6のバンに向かうところだった。フランシーンは車の前でジョナサンとトービーを待った。

「みんなはどこに行ったんだい？」不意に背後から声をかけられて、フランシーンは飛び上がりそうになった。ジョナサンがすぐ後ろに来ていたのだ。

「どこから来たの？」

「駐車スペースを探して五キロぐらい先まで行ったんですよ」とトービーが大げさに言った。「ほんとですよ。俺の万歩計はここまでに一万歩かかったって言ってます」

ジョナサンは周りを見まわし、おもしろがっているように訊いた。「きみの護衛たちはどこに消えたんだい？」

「シャーロットは車酔いして、アリスとふたりでドラマミンを買いに行ったわ。ジョイはチャンネル6のニューススタッフに合流しにいくところ」フランシーンはブリッジトン橋のほうを指さした。

「アリスがばあちゃんに言ってたらしいんですけど、ジョイとは少し前まで姉妹みたいに仲良しだったのに、今は仕事に取られたような気がするって」とトービーが言った。

フランシーンは袋を地面に置いた。「ジョイはまだ仕事とプライベートのバランスを取るのに慣れてないだけだと思うわ。彼女がずっとあの仕事をしてるような気がするけど、まだ始めてたった四カ月なのよ。もう少し待ってあげてもいいんじゃないかしら。このブームがずっと続くかだってわからないんだもの。視聴者の飽きっぽさを考えるとね」

「そりゃそうですね。それにばあちゃんは、アリスの協力をすごくありがたがってますよ」

「メアリー・ルースとアリスは、最近ケータリングの仕事で急に結びつきが強くなったわね。たぶんジョイもアリスも、今は楽しくてたまらないんじゃない？　人生の終盤で第二のキャリアを持てるなんて、ほんとに幸運なことだもの」

「シャーロットとフランシーンだって探偵コンビじゃないですか！　りっぱな第二のキャリアですよ」

ジョナサンがあわてて首を振った。「いや、そこまでじゃないだろう」

「シャーロットが暴走しないように手綱を締めておくだけで、仕事としては手一杯よ」フランシーンは地面に置いた袋をふたたび持ち上げたが、底が泥で汚れていた。視線を落とすと、靴も泥で汚れている。「これ以上靴が泥まみれになる前に、とにかく道路に出ましょう」

「俺はアリスとシャーロットを探して様子を見てきますよ。どうしてるか心配だし」とトービーが言った。

「好きなように動いていいけど、あのニュースのバンからあまり離れすぎないでね。あそこが全員の待ち合わせ場所よ。わたしはジョナサンと行くわ。ゼッドからは一人で来るように言われたけど」アリスとシャーロットが向かった方角をトービーに指さして教えた。

そしてフランシーンとジョナサンが残された。「さてと、ではどちらに向かってまいりますか？」とジョナサンが訊いた。

「ゼッドは場所を決めなかったの。自分がわたしを見つけるからと言って。だからとりあえず、メインの大通りを橋から町の入り口まで、つまり車で入ってきたところまで歩いて、それからまた戻ったらどうかしら？」

「いいよ。今日もかなりの人出だから、ゼッドの言うとおり、姿をくらますには絶好の場所かもしれないね」

ふたりは駐車場として提供された空き地を横切って、舗装された道に向かった。ブリッジトン橋に近づいていくと、ジョイがバンの外でカメラマンと話しているのが見えた。橋を行き交う人たちは、チャンネル6のバンを振り返ってじろじろ眺めていた。なかには立ち止まってジョイにサインを頼む人もいる。

「あのバンからできるだけ離れて歩いたほうがよさそうね」

ふたりは足早に歩き出した。

「彼は変装してると思うかい？」

「もししてなければかなり目立つでしょうね」

即席の小さなブースが、メインストリートの両側にびっしりと並んでいる。メインストリートと交差する横丁にも、あぶれたブースが並び、売り手たちが手作り品を売りつけようと声を枯らしている。ジョナサンは早くもうんざりしているように見えた。「屋根付き橋フェスティバルのこういうところが好きじゃないんだよ。どう見てもがらくたばかりなのに、何でみんな喜んで買っていくんだろう」

　フランシーンは反対側から歩いてくる人たちを見て驚いた。「秋っぽいデザインのトレーナーを着てる人がすごく多いと思わない？　何かあるのかしら？」

「どれもこれも悪趣味だね。そういうのが流行ってるのかな？」

「たしかにひどいわね」酔っぱらったジャック・オー・ランタンが描かれた派手なオレンジ色のトレーナーにフランシーンは目を奪われたが、それを着た女性も同じぐらい酔っぱらっているのは明らかだった。

　フランシーンが大好きなフェスティバルのにおいは、ここではロックヴィルほど感じられなかった。たぶん規模が大きすぎるせいだろう。ブリッジトンは元々ビッグ・ラクーン川の小さな粉ひき場を中心にできた集落で、今はカウンティ郡の中規模な町のひとつだ。しかしフェスティバルが開催される二週間のあいだだけ、一大商業地域に姿を変えてしまうのだ。

「竹の枕《バンブー・ピロー》って何だろう？　どうしてあんなに大きいのかな？」とジョナサンが訊いた。

「わからないわ」とフランシーンは答えて、歩き続けた。しかしジョナサンは好奇心に負けてその店に立ち止まっていた。ジョナサンがいないのに気づいて、フランシーンが振り返ったとき、誰かに腕をつかまれた。同時に口をふさがれ、横丁にある無人のブースのほうに引きずっていかれた。ブースには黒い布がかけられ、なかが見えないようになっている。こんなところに押しこまれたら、誰にも気づいてもらえない。

19

「俺だ、ゼッドだ」男は声を殺して言った。「あんたを傷つけたりしない。ただ人に見られないところに行く必要があるんだ」

フランシーンはゼッドの足を思い切り踏みつけ、肋骨に鋭い肘鉄をくらわせた。彼の手が口からはずれた。

「いいえ、行かないわ」とフランシーンは言った。「わたしに信用してほしいなら、こんなやり方は許さない」

しかしゼッドはなおも彼女を無人のブースのほうに引っぱっていこうとした。

「警察に追われてるんだ」

「この人混みのなかにいたら、見つからないわよ。それに警官なんてひとりも見かけてないわ」

「本当だ、やつらはここに来てる」

「そうは思えないけど」

「俺の言うことを信じてくれ。みんながどれだけ探しても見つけられなかったものを、あんたは手に入れることになる」

「ドク・ホイートの宝物のこと？」

「ある意味ではそうだ」

「どうしてわたしが？」

「俺が渡したあんたのおばあさんの日記は読んだか？」

「ウィリアムが持っていた一冊目は何とか読み終わったけど」

「俺が渡したほうは読んでないのか？」

「一冊読むので精一杯だったのよ。昨日は早朝から夜まで事件続きで、もう限界だったの。わたしが年寄りだって知ってるでしょう」

「あんたは俺が知ってるなかでは一番若い年寄りだよ」

その言葉はどこか意味ありげに聞こえたが、フランシーンはただのお世辞だと受け取った。

ゼッドは彼女の肩にかけていた腕をおろし、食べ物と着替えを入れた二つの袋を受け取った。ふたりはまだ無人のブースの前に立っていたが、もうゼッドは自分をそこに引きずりこむ気はなさそうに見えた。それでもフランシーンは、ゼッドの手の届く範囲から一歩後ずさった。

これでフランシーンは初めてゼッドの姿を正面から見ることができた。声は確かに昨日話したゼッドのものだった。だが今はひげをすべてきれいに剃り落とし、髪は短くカットし、オールド・スパイスの香りまで漂わせている。大柄な体格のせいでまだ威圧感はあったが、もう山男のようには見えない。服装はカーキ色のカーゴパンツに、今日あちこちで見かけた秋っぽいデザインの悪趣味なトレーナーというものだった。かぼちゃにフットボールに落ち葉という可愛らしい秋のモチーフが組み合わされている。

「ずいぶん可愛いトレーナーね」

「そりゃどうも。あちこちで似たようなものを売ってる。とりあえずの着替えだよ」

「警察があなたの行方を追っているのは、いとこのウィリアムが亡くなった件で事情を聞くためよ」

「そしてあんたは俺を突き出すよう言われてるんだろう？」

「たぶんそれが正しい行動なんでしょうけど」

ゼッドは首を振った。「事情聴取なんて口実にすぎない。俺はずっとこの町のやっかい者だったんだ。警察は喜んで俺に罪をかぶせるだろうよ。過失致死ってところだろうが、起訴されることに変わりはない」

「あなたは良心の呵責《かしやく》を少しも感じないの？」

ゼッドは肩をすくめた。「俺が殺してないからだ。ウィリアムはけががもとで死んだんじゃない。昏睡状態になってるあいだに毒を盛られて死んだんだ」

フランシーンはあっけにとられた。「ちょっと待って、それ本当なの？　証明できるの？」

「俺が証明する必要はない。検視官が調べればわかることだ」

「でも、誰がそんなことをしたか、あなたは知ってるの？」

「それをやったやつの手口は見当がつく。だがそんな話をするためにここに来たんじゃないんだ。それで、あんたは最初の日記は読んだんだな、ウィリアムが持ってたやつは？」

「昨夜ざっとだけれど」

「で？」

「わたしのひいおばあさんには婚外子がいたのね」

「それが何を意味するかわかるか？」

人々が自分たちの後ろを足早に行き交っていることをフランシーンは知っていた。ただその姿は見えなかった。彼女はゼッドと向かい合い、ゼッドはブースにかけられた黒い布を背にして立っている。ジョナサンは今ごろ必死に自分を探しているだろう。

「どういうこと？」

「あんたのおばあさんとウィリアムのおじいさんは、父親の違う姉弟ということだ」

「それでもわたしとウィリアムの血はつながってるわ」

「姉弟の母親側だけとな」

「何が言いたいの？」

フランシーンの理解が遅いことにゼッドはいらだっているように見えた。

「おばあさんの父親側の相続人はあんただっていうことだ、ウィリアムじゃなく。あんたが二冊目の日記を読んでいたら、俺の言う意味がもっとわかっただろうし、もっと違う話もできたはずだ。だが……」彼はそこで言葉を止めた。

「わかったわ、じゃあ二冊目を読むから少し待ってちょうだい。そのときにはもっと訊きたいことが出てくるかもしれないし」

「それは間違いない。だが、あんたに会えるのはこれが最後だ」

「どういうこと？　遠くに行くつもりなの？」

「ある意味では」彼は悲しみを抑えているように見えた。

彼は何を言っているのだろう？

「これまで生きてきたあいだに、俺は数えきれない過ちを犯してきた。だがいちばんの過ちは自分自身を過信していたことだ。間違えるはずはないと自信満々だったんだ。今は違う、自分がどれほど愚かか知っている。だがそれでも、昔のように自分を信じきれればと思うよ」

ゼッドは一歩前に出た。

フランシーンは思わず一歩引いたが、そのとき気がついた。彼は自分に近づいたのではなく、立ち去ろうとしているのだ。

「前にあなたはローズヴィル橋には秘密があると言ってたわね。でも橋はもうなくなってしまったわ。教えて、その秘密って何だったの？」

「それを理解するのを日記が助けてくれるはずだ。橋がなくなった今、日記はいろんな意味であんたを助けてくれるだろう。皮肉なもんだ。橋に隠された秘密を知ろうとしていた人間が、その橋を永遠に破壊しちまった」

「誰が火をつけたか、あなたは知ってるの？」

「もうすぐだ。もうすぐあんたは、謎を解くのに必要なすべての情報を手に入れることになる」ゼッドは唇の片端だけ上げて、彼女に微笑んで見せた。「ひとつだけ正しいと確信できることがある。立ち去るときが来たってことだ。十年前に終わらせておくべきだった仕事を片づけて、去らなくちゃならないんだ」ゼッドは彼女から目を逸らし、上を向いた。まばたきをして涙を押し戻しているように見えた。「彼女なしでは俺の人生には何の意味もない」

フランシーンは彼のあいまいな言葉に混乱した。「彼女って誰のこと？　わたしの祖母のことなの？」しかし祖母は十年以上前に交通事故で亡くなっている。

「あんたのおばあさんと同じぐらい、いや、それ以上に大切にしていた人だ。あんたを抱きしめても構わないか？　傷つけたりしない。そんなことをできるわけがない」

どうしてかはわからないが、フランシーンは彼が嘘をついていないと信じた。「いいわ」

彼はフランシーンをしっかりと抱きしめた。まるで人に触れるのが最後であるかのような抱きしめ方だった。フランシーンは、指先にこめられた彼の力を感じた。それから優しさと、そして疲れを感じた。そのままくずおれてしまうのではないかと思った。だが彼は体を離し、ひとつ咳払いをすると、静かに言った。「あんたが彼女と同じぐらいすばらしい人間だと証明してくれ。誰がウィリアムを殺したか突き止めれば、本当のことが明らかになるはずだ」

どこかでアリスの叫ぶ声が聞こえた。「あそこにいるわ！」

振り返ると、アリスが百メートルほど向こうにいるのが見えた。三人の警官がいっしょだ。

警官たちはアリスの指さすほうを見てすぐに駆け出した。ゼッドはくるりと踵《きびす》を返し、垂れ下がった黒い布に飛びこんだ。そのまま反対側のブースに倒れこみ、布を引きずりながら這いだした。アルミニウムの枠が引っ張られて、ブース全体が倒れそうになる。そのときポップコーンのにおいに混じって、何かほかのものが焦げるにおいが鼻をついた。見ると、布がくすぶって煙を上げている。またたく間に炎が布のふちを舐めていく。走ってきた警官たちが一瞬足を止めた。「火事だ！」と叫ぶ声が響いた。ゼッドの声だ。

そのときフランシーンはジョナサンに手首をつかまれた。

「よかった。きみを探し回っていたときにアリスの声が聞こえたんだ」

会場はたちまちパニックに陥った。通りは逃げ出そうとする人たちであふれだした。フランシーンたちもあっという間に人波に巻きこまれた。ジョナサンが彼女の手を放さないようしっかりつかんでいたが、お互いが違う方向に引っ張られ、手首がねじれてフランシーンが悲鳴を上げた。ふたりの手が離れた。

群衆は買い物袋を抱えた女やジャンクフードを持った男を呑みこみながら、どんどんふくらみ続け、橋に向かってじりじりと動いていった。フランシーンは遠くにジョイの姿とチャンネル6のバンを見つけ、そちらのほうに向かおうとした。だが人の流れから抜け出すことができない。ブリッジトン橋の近くまで来たとき、フランシーンはやっと抜け出すチャンスをつかみ、全力で人波をかき分けて外に飛び出した。しかし思ったより勢いがつきすぎていた。土手の上で止まろうとしたが、足が止まらず、そのままバランスを崩しながら土手を駆け下りることになった。しかし最後にバランスを取り戻し、足から川に飛びこんだ。

フランシーンは川の深さと水の冷たさにびっくりして、もがいた。見物人たちが駆け下りてきて手をのばし、川岸に引っぱりあげてくれた。冷たい空気に震えながら、息をついてようやく顔を上げたとき、彼女は自分がスマートフォンや、カメラや、チャンネル6のニューススタッフたちに囲まれていることを知った。


しばらくあとで、フランシーンはやっとジョナサンに再会できた。ジョナサンがどこかで見つけてきたタオルで体を拭いていると、露店の店主のひとりが、屋根付き橋フェスティバル公式土産品のウールの毛布を提供してくれた。フランシーンは毛布にくるまったまま、チャンネル6のためにジョイからインタビューを受けることになった。

インタビューが終わると、今度は警官に事情を説明しなくてはならなかった。ゼッドが突然人混みのなかから現れて、無人のブースまで引っぱっていかれ、そこで話をしたのだと。しかし、元々ゼッドに会うつもりだったことは言わなかった。それでも、ウィリアムが毒を盛られた可能性があるという情報は伝えておいた。

すべてが終わり、彼女たちはやっとロックヴィルに帰れることになった。フランシーンはジョナサンのピックアップトラックで帰りたいと言い、シャーロットもトラックのほうが車酔いになりにくいと言い張って、前部座席に陣取った。ジョイもトラックの後部座席に座った。アリスがフランシーンの車を運転することになり、トービーはそちらに乗った。

「またびしょ濡れで注目を浴びちゃったね。今回の映像も拡散されるかね？」とシャーロットが言った。フランシーンはまだ土産品の毛布にくるまったまま、シャーロットとジョナサンのあいだに座っていた。

「ドラマミンのおかげで気分が良くなってよかったわね」とフランシーンは冷ややかに言った。「ちなみにその下らない質問に関してはノーコメントよ」

ジョイはスマートフォンから顔をあげた。「ニュースのバンではＷｉ－Ｆｉが使えたんだけど、ここはだめだわ。まったくこの郡の携帯電話サービスはどうなってるのかしら」彼女はため息をついた。「それはそうと、シャーロットにそんな冷たくしなくてもいいんじゃないの。インタビューでは〝濡れたサンドレス事件〟にちょっと触れただけでしょ？　大体カメラに狙われてるのに、濡れた服を脱いだりするから、流れでその話題になっちゃったのよ」

「上着とセーターはびしょ濡れで、ずっしり重くて、冷たかったのよ。脱ぐしかないでしょ。その下にちゃんと着てたし、あのひどい毛布にくるまってたんだから、何の問題もないわよ」

ジョイはバッグにスマートフォンをしまった。「最近はフランシーンもちょっと大胆になってきてるから、あれぐらいの質問は大丈夫かと思ったのよ。わたしが撮った橋でのセクシーなピンナップ写真をすごく楽しみにして、コピーを欲しがったぐらいだし」

シャーロットがいきなり激しく咳きこみ始めた。

フランシーンは目を細めてシャーロットを見た。「シャーロット、何かまずいことでもあるの？」それからジョイのほうを振り返って訊いた。「何のことだかよくわからないんだけど」

ジョイは危険を察知して、あわてて弁解した。「そうなの？　だってあんたがコピーを早く欲しがってるってシャーロットが言い張ってたのよ。だからリポートの合間を縫って、忙しかったけどプリントしたの。交霊会の始まる前にシャーロットがひったくっていったわよ。てっきりあんたに渡したものだと思ってた」

「また気持ちが悪くなってきた！」シャーロットは大声で叫び、窓を開けて頭を突き出した。

「シャーロット、ごまかしてもだめよ」とフランシーンが怖い顔で言った。「無駄に騒ぐのはやめて、理由を聞かせてもらうわよ」

ジョイはバッグから四×六インチの標準サイズの写真を数枚取り出した。

「シャーロットがいちばんよく撮れてた二枚を持っていったのよ、でもまだ何枚か残ってるわ」ジョイは写真をフランシーンに手渡した。「セクシーに撮れてるわよ、フランシーン。ジョナサンがいい男だからっていうのもあるけど、それだけじゃない。あんたから最高の表情を引き出せたって感じたのよ」

フランシーンは四枚の写真を横に並べた。最初の三枚は、自分とジョナサンが馬車のなかで服を脱いでいくところを順を追って撮ったものだった。ふたりの目に浮かぶ追い詰められたような表情が、恋人たちの状況を効果的に表現しているように見える。しかし実際は〝早く撮影を終わらせないと誰か来るかもしれない〟と焦っていたのだと思い出し、フランシーンは笑いそうになった。だが四枚目の写真は、彼女を落ち着かない気持ちにさせた。写真は馬車の窓越しに撮られたものだった。ジョナサンは胸をはだけてシートにもたれかかっている。フランシーンはブラウスのボタンをかなり下まではずし、彼にぴったりと寄り添っている。

フランシーンは真っ赤になった。「これは絶対に表には出せないわ」

「運転中なのが残念だが、なかなか興味深い写真のようだね」とジョナサンが言った。

「メアリー・ルースは、絶対これを十二月の写真にするべきだって言ってるわ」ジョイが前部座席まで身を乗り出して、写真を指さしながら言った。「彼女に言わせると、『これこそセクシーの定義』ですって。古風なコスチュームに、ありきたりじゃないセッティング。それほど肌を露出してるわけじゃないのに、情熱がひしひし伝わってくるわ。わたしもメアリー・ルースに賛成よ。この写真を内輪だけにしか見せられないのが残念なくらいよ」

「あたしもほんとにそう思ったんだよ」とシャーロットが勢いこんで言った。あまりに熱心すぎる、とフランシーンは思った。「ともかくジョイから写真を手に入れたのは、カレンダーを製本してくれる友達に渡すためだよ。フランシーン用に十月と十二月を空けてあっただろ？　これで写真が全部そろったから、晴れて印刷できるってわけだよ」

「何か急ぐ理由でもあるの？」とフランシーンが訊いた。

「クリスマスに間に合わせるために決まってるじゃないか。大切な人たちに配るんだよ。それと、これであたしのリストからこいつを消せる」

「でも、まだ十月に入ったばかりよね。たかだか数十冊ぐらい印刷するのに、そんなに時間がかかる？」

「友達はすごく忙しい人なんだよ。印刷前に体裁を整えるのに時間がかかるんだってさ」

ジョイが後ろからシャーロットをつついた。「それだって、そんなに時間はかからないでしょ。だってまだ十月初めなんだから」

「なんでふたりしてあたしを責めるのさ？　今は非常事態だろ？　ふたつの放火事件とウィリアムの死亡事件が未解決なんだよ。その上、メアリー・ルースのスイーツ・ショップは大盛況で、連日売り切れのてんてこ舞いだ。いろんなことが同時に進行してる。ここでの毎日は、どう見たって普通じゃないよ。こんな状況で、あたしら全員がどんな行動をして、どう反応するかなんて、誰にもわからないじゃないか？」

フランシーンとジョイは、バックミラーでこっそり視線を交わした。フランシーンは少し口調をやわらげて言った。「別にわたしたち、責めてるわけじゃないのよ。あんたの言うことにももっともなところはあるし。でも今あんたが言ったことは、何ひとつカレンダーに関係がないじゃないの」

「もちろん関係あるよ。だって事の起こりはカレンダーだったんだから。もし初日の朝にみんながローズヴィル橋にいなかったら、殺人事件や放火事件の解決にも取り組んでなかったはずだよ。それにメアリー・ルースのスイーツ・ショップだって、テレビ出演がなかったら今ほど人気じゃなかったかもよ」

シャーロットの言い分は、フランシーンにはまったく納得できなかった。ともかくシャーロットがカレンダーを使って何か悪さをしないよう、目を光らせておかなければと決心した。だがロックヴィルの家に戻って私道に車を入れたとき、その決心が早速難しくなりそうなことを悟った。そこには二度にわたって探すはめになったビュイックが停まっていたのだ。ウィリアムの車だ。

20

アリスはフランシーンの車でビュイックのわきを通り抜け、バックでガレージに入れた。ジョナサンのトラックは、スペースが足りなくてガレージには停められなかった。彼女たちが車から降りると、ドリーがパンプスをコツコツと鳴らしながら近づいてきた。いかにも喪服という感じのチャコールグレーのスーツ姿で、下はタイトスカートだ。手にはハンカチを握りしめ、打ちのめされているように見える。

フランシーンが駆け寄った。「ドリー、ウィリアムのこと、本当に残念だわ。あなたを抱きしめたいんだけど、さっきブリッジトンで川に落ちてしまってびしょ濡れなの」彼女はドリーと握手し、ジョナサンとも同じよう握手した。「体は大丈夫なの？　ともかく中に入ってちょうだい」

ドリーは促されるままなかに入り、キッチンに落ち着いた。フランシーンはみんなを紹介し、みんなは口々にお悔やみの言葉を言った。

「あたしがお客さんにお茶を淹れるから、あんたはそのあいだに着替えてきたほうがいいよ。風邪ひく前にさ」とシャーロットが言った。フランシーンはありがたくそうさせてもらうことにして、シャーロットのジャケットを持って二階に上がった。ほかのみんなもそれぞれ寝室にジャケットを置きに行った。

フランシーンはジーンズとトレーナーに着替え、やっとほっとすることができた。それからジョイから受け取った写真を、シャーロットにこれ以上悪用されるのを避けるために、慎重に隠した。

急いでキッチンに下りていくと、シャーロットがお茶を飲みながらドリーに質問しているところだった。ジョナサンは静かに座り、ほかのみんなは、明日の準備のためにメアリー・ルースからの指示を聞いていた。アリスが昨日作ったアップルシナモンスコーンがふたつ、シャーロットとドリーのあいだに置いてあった。スコーンはすべて売り切れたと思っていたが、シャーロットの大きなバッグの口が開いているのを見ると、どうやら売り出す前にこっそり確保しておいたものらしい。

フランシーンはドリーの隣に、シャーロットと向き合うように座った。ドリーのカップが空になっているのに気づいて訊いた。「お茶のおかわりはいかが？」

「もう結構よ。シャーロットもさっき勧めてくれたんだけど」

「ウィリアムのお葬式はロックヴィルで水曜日にやるんだってさ」とシャーロットが言った。「〈ブルックス＆ネイ葬儀場〉を予約したの。火曜の午後に前夜式があって、最後のお別れができるわ」とドリーがフランシーンに言った。

「わたしも行くわ」とフランシーンはすぐに言った。「何か手伝えることはない？」

「ありがとう、でも今のところ大丈夫よ。妹が来て、すごく支えてくれてるの。あの子がいなかったら、きっとどうしようもなかったわ」

「そうよね、妹さんがいるものね。ウィリアムの車も妹さんが見つけてくれたの？　わたしもシャーロットといっしょに探したんだけど、見つからなかったのよ。ね、シャーロット？」

シャーロットは大げさに首を振った。「そうそう、まったく見つからなかったね。それで思い出した。フランシーン、あたしらまだウィリアムの車のキーを持ってたね。ドリーに返さなきゃなんないから、取ってくるよ」シャーロットは巧みに杖をあやつって、さっさと部屋から出て行った。

シャーロットが何を企んでいるのか、フランシーンには見当もつかなかった。だが彼女がキーを取りに行っているあいだ、ドリーと気まずくない程度に話をしなくてはと思った。

「このロックヴィルの町でお葬式をするのは、ウィリアムにとっていい選択だと思うわ」

「ウィリアムの心はずっとパーク郡にあったのよね。〝あんたの血管にはパーク郡産のメープルシロップが流れてる〟って、よくからかったものだわ」とドリーは悲しそうに笑った。

ドリーの言葉にフランシーンも微笑んだ。「ウィリアムはいつもここを家《ホーム》と呼んでいたものね」

「あたしがテレホート市とクリントン市を担当して、ウィリアムがパーク郡の施設の面倒を見るっていう分担にしたのは、あの人の希望もあってのことよ。この土地をほんとに愛してたのよね。ここの住人をみんな知ってたぐらいよ」

それに対してフランシーンは、こう答えるのが精いっぱいだった。

「みんなも彼のことを知ってたわ」それは事実だった。ウィリアムは人づきあいが苦手だった。人と自然に接することができず、黙りこんだり奇異な態度を取ってしまうことも間々あった。その結果、彼と接するのをなるべく避けようとする人も少なくはなかったのだ。フランシーンは話題を変えた。「ウィリアムは歴史家だったんですって？」

「自称ね。古いものを探して、この辺の骨董市にはいつも足を運んでたの——手紙だの日記だの、とにかく昔のものならなんでもよかったみたい。ロックヴィル公共図書館の公文書保管所にもよく行ってたわ。一族の古い墓地を知ってる？」

フランシーンはその場所を知っていた。祖母がそこに眠っているのだ。何度か母に連れて行かれたことがあったが、両親はエヴァンズヴィルに埋葬されているので、最近はほとんど訪れることもなくなっていた。それでもそこに行く道はまだ覚えていた。

「ええ。実家が昔持っていた農場の隣よね？」

「そう、あなたの実家のね。ウィリアムはその墓地を自分の名前で登録してたの。埋葬式はそこでやることになるわ。それがあの人の希望だったから」

そこで会話はとぎれた。しばらく沈黙が続き、ぎこちない空気が流れた。ドリーは手をつけていなかったスコーンを取って、一口かじった。

「これ、おいしいわね。〈メアリー・ルースのスイーツ・ショップ〉は大繁盛だって聞いたわよ」

キッチンで働いていたメアリー・ルースがやってきた。「ありがとう。気に入っていただけて何よりよ。それはビジネスパートナーのアリスが作ったの。アリスはここんとこ、めきめき腕を上げてるのよ」

「シャーロットはずいぶん遅いね。ちょっと様子を見てくるよ」とジョナサンが言った。フランシーンは心のなかでジョナサンに感謝した。

メアリー・ルースとドリーが当たり障りのないおしゃべりをしているあいだ、フランシーンは無意識に指でテーブルをとんとんと叩いていた。墓地の話を聞いたあとで、ウィリアムは毒を盛られて死んだというゼッドの主張を思い出したのだ。頃合いを見計らい、フランシーンは探りを入れてみた。「ウィリアムの亡くなった原因はわかったの？　昨日病院にお見舞いに行ったときには、順調だと言ってたでしょ？」

シャーロットが勢いよく部屋に入ってきた。「あったよ！」しかしドリーの暗い表情に気づいて、あわてて声のトーンを落とした。「遅くなってごめん」彼女はキーをドリーの手の横に置いた。

フランシーンがシャーロットに座るよう促した。「ウィリアムの容体が急変した理由を知らないか、ドリーに訊いてたところなの」

「全然わからないわ。検視官が解剖するかもしれないんですって。あたしは早く火葬にしてあげたいけど、決まった手順があるんでしょうね。でも解剖しても何の意味もないわよ。つまりうちの人の歳と体調を考えたら、昏睡状態になったせいに決まってるじゃない。その原因を作ったのは誰かってことよ」

「つまりそれはゼデダイア・マシューってことだよね？」とシャーロットが言った。

ドリーが顔を上げた。「ええ、そうよ。ゼデダイアに銃で追いまわされたせいで川に落ちて、そのために昏睡状態になったんだもの、そうなるでしょ？」

「それはまだわからないかも」とフランシーンが口をはさんだ。「空の薬きょうがどのライフルから発射されたのか、まだ確定してないんじゃないかしら。少なくとも確認できたとは聞いてないわ」

ドリーは苛立ったように訊いた。「ほかの誰のライフルだっていうのよ？」

「そこなんだよね」シャーロットはドリーをじっと見つめた。「あの現場には銃を持った人間がふたりいたらしいんだ。ひとりはゼッドで、銃でウィリアムを自分の土地から追い出した。でもそのほかにもうひとり、川の上流からローズヴィル橋を狙った人物がいる。たまたまあたしらは橋のなかにいたから、危うく弾に当たるところだったんだよ」

ドリーは驚いた顔で目を見開き、体を起こした。フランシーンはその表情をどう受け取っていいのかわからなかった。

「もうひとりライフルを持ってた人がいたなんて、初めて聞いたわ。どうして橋を狙ったのかしら？　あなたたちを狙ったってこと？」

シャーロットはまだドリーの目から表情を読みとろうとしているらしかった。

「あたしらにもわからないよ。だけどこの橋を狙った人物は、ローズヴィル橋かゼッドの家の放火と関係があるのかもしれない。ひょっとしたらウィリアムの死ともね。あんたはどう思う？」

ドリーはむっとしたように目を逸らした。「そんなのわからないわ。三つともゼッドが犯人なんじゃないの。大体どうしてあたしに訊くのよ？」

「シャーロットは素人探偵なの」とフランシーンがあわてて言った。「何がどうつながってるのか、いつも探り出そうとするのよ。あなたに訊いたからって深い意味はないわ。ほんとよ」

「うーん、三つの事件は、連鎖反応みたいに起きたんじゃないかと思ったんだよね」とシャーロットが言った。「スタートはウィリアムの事故だよ。それが原因でつぎの事件が起きた。見つけださなきゃならないのは、三つをつなぐ動機だよ。たとえば復讐とかさ」

「どういうこと？　あたしが復讐に関係してるとでも言いたいの？」ドリーは女優のようなしぐさで髪を払った。ドリーがウィリアムより十歳も若かったことを不意にフランシーンは思い出した。見た目だけで言えば、実のところ彼女のほうが二十は若く見える。

「いやいや、そんなこと思ってないよ。ただ例として復讐って言っただけだよ」とシャーロットがそらとぼけて言ったので、フランシーンは内心やれやれと思った。

「あの朝、ウィリアムがゼッドの土地で何をしてたのか、やっぱり心当たりはないの？」とフランシーンは訊いてみた。「それと、彼が持ってた小さなびんに入っていた液体のことは？」

本当なら、ウィリアムの車のトランクに入っていた広口びんのことも訊いてみたかった。だがそれを言ったら、車を見つけてなかを調べていたことがばれてしまう。

ドリーはじっと考えているように天井に目を向けた。数秒後、彼女は視線をフランシーンに戻した。「そのことは、前に訊かれたときから何度も考えてみたわ。でもやっぱりわからない。筋のとおった説明が思いつかないわ」

「この際、筋がとおらない説明でも手を打つよ」とシャーロットが言った。

ドリーが立ち上がった。「お茶とスコーンをありがとう。でももう行かなくちゃ」

フランシーンもいっしょに立ち上がった。「来てくれてありがとう。モンテズマから遠かったでしょうに、わざわざお葬式のことを知らせにきてくれて、感謝してるわ。わたしの携帯電話の番号は知ってたかしら？」

「知ってるわ。病院で渡してくれたでしょ、ここの住所といっしょに。どっちにしても明日こっちで別のお葬式があって、打ち合わせに来なくちゃならなかったのよ。ロックヴィルの認知症ケア施設で入所者がひとり亡くなったの。その人のことは、ウィリアムがずっと気にかけてたんだけど、今は全部あたしの肩にかかってるわけ。ついでだから電話じゃなくて、ここに立ち寄ろうと思ってね」

「あんたが落ち着くまで、だれか老人ホームのほうを見てくれる人はいないのかい？」とシャーロットが同情するように訊いた。だがそこに探るような響きが含まれていることをフランシーンは感じた。

「今回は緊急事態だったのよ」とドリーは言い訳するように言った。「亡くなったのは古株の入所者のひとりで、ウィリアムもあたしも親しくしてたの。彼女をお見舞いに来る家族はひとりだけだったわ。彼女が亡くなったとき、施設長がその家族に連絡をとろうとしたんだけど、つかまえられなかった。悲しいけど、こういうことはしょっちゅうあるのよ」

「その方ってあなたが病院で言ってた女性のこと？」とフランシーンが訊いた。「『大草原の小さな家』みたいな話をする人？」

「そう、その人よ。十七号室にいたの。最近急に具合が悪くなって、食べ物も受け付けなくなってたの。あたしも悲しいわ。さあ、もう本当に行かなくちゃ」

ウィリアムの車で見つけた紙切れに「17」という数字が書かれていたのを思い出した。これはただの偶然ではない気がした。フランシーンは玄関先までドリーを送っていった。「火曜日のウィリアムの前夜式には、なるべく早くうかがうわ。あなたと妹さんの役に立てそうなことがあったら、何でも言ってちょうだいね。こんなときこそ家族や友だちの支えが必要だもの」

「ありがとう。ほんとに感謝してるわ」とドリーは答えたが、フランシーンにはうわべだけに聞こえた。

ドリーは車に向かって足早に私道を下っていった。

シャーロットは居間の窓辺に立ち、その姿を見送っていた。

「シャーロット、さっきのあれは何？」とフランシーンが胸の前で腕を組んで訊いた。

「さっきのあれって？」

「ウィリアムの死とほかの事件がつながってるかとか、復讐がどうとか、しつこく訊いてたじゃないの」

シャーロットは窓から離れた。「だって奇妙だと思わないかい？　ウィリアムが死んで大変なはずなのに、ドリーはどこかの誰かの葬式で忙しそうだ。あんたがさんざん手伝いたいって申し出ても、特にありがたがってるふうもなかったよ。それにあんたのほうが詳しいと思うけど、アルツハイマーの人ってのは、ふつうゆっくり死に向かうものなんだろ？　それが急に悪くなって亡くなった。ウィリアムの亡くなり方と似てるとこがあるんじゃないかね？　ひょっとしたらふたつの死には関係があるのかもしれないよ」

「どこまでも疑り深いわねえ」

「だっていろんな可能性があるんだもの。銃撃に死体に二件の放火、そして新たな死体。まだ生き残ってるのは誰だい？　ドリーだよ」

「ゼッドを忘れてるわ。見かけだけなら、たぶん彼のほうが容疑者っぽいわよ」

シャーロットがにやりとした。「あまりに容疑者っぽ過ぎる。ミステリじゃ、いちばんあからさまに容疑者っぽいのが犯人ってことはまずないんだよ」

「だけどこれは現実の話よ」

「そこで、いいものがあるんだ。ウィリアムのタブレットだよ。歴史の本を書いてたっていうやつ。ウィリアムがなんであんなにゼッドの土地に執着してたのか、何かわかるかもしれないよ」

なぜウィリアムのキーを探すのにあんなに手間取っていたのか、やっとフランシーンは気がついた。「ちょっと待って、まさかあれをウィリアムの車から取ってきたの？」

「そのまさかだよ。今は念のためジョナサンに預けてある。すぐに受け取れるようにね」

「ジョナサンはどこにいるの？」

21

ジョナサンはキッチンにいた。メアリー・ルースに助っ人としてスカウトされたらしく、黒いシャツにピンクのエプロンをかけて働いている。隣にはトービーもいて、こちらは明らかにブリッジトンで仕入れた秋色の迷彩柄のトレーナーに、ピンクのエプロン姿だ。フェスティバル実行委員会から派遣された四人の女性に交じって、男ふたりは浮いて見えた。

アリスはクランベリー・オレンジ味のスコーン作りにとりかかっていた。ジョイはいなかったが、たぶんチャンネル6の関係で何か作業しているのだろう。クッキーやスコーンの甘い香りがキッチンいっぱいに広がっている。

放火や殺人や違法に入手したタブレットよりも、今はメアリー・ルースの状況のほうが差し迫っているようだった。フランシーンはメアリー・ルースに突き出されたエプロンをおとなしくかぶった。「わかった、喜んで手伝うわ」

キッチンのドアがノックされたと思うと、マーシーが返事を待たずにずんずんと入ってきた。

メアリー・ルースはマーシーが来るのを待っていたようだ。「あんたの提案どおり、クッキーとスコーンのフレーバーをいくつか変えたわよ」

マーシーは上着を脱いだ。「ばっちりです。味を変えた商品を毎日いくつかずつ提供することで、翌日への期待を高めるんです。でもトウモロコシのドーナツは変えちゃだめですよ。あれはフェスティバルの呼び物になってきてますからね。それと定番のシナモンロールもそのままで」

マーシーがピンクのエプロンを受け取って身に着けようとするのを、シャーロットは目を細めて眺めた。「よくわかんないね。あんたは今、誰の広報コンサルタントなんだい？　あたしらの？　ジョイの？　それともメルリーナの？」

「今は正式にメアリー・ルースの担当になりました。だからもうわたしに報酬を払わなくていいですよ、シャーロット」

シャーロットは目を大きく見開いて、唇に人差し指をあて、マーシーの話を止めた。

それを見て、フランシーンはとつぜん気がついた。これまでのシャーロットの不審な行動がすべて腑《ふ》に落ちた気がして、思わず笑みが浮んだ。「死ぬまでにやりたいことリストの十五番目。〝もっと寛大になって、人のためにつくす〟ね」

シャーロットは大きく咳払いした。マーシーは自分が何をしでかしたのかを悟り、慌てて取り繕おうとした。

「もちろんジョイとメルリーナのスケジュールも引き続き担当してますよ。でもメルリーナは地元を中心に活動してるから、調整がしやすいんです」マーシーはそこで言葉を切り、温めていたニュースを発表した。「メアリー・ルースはこれから全国区ですから！」

フランシーンは驚いて訊き返した。「全国区って？」

マーシーは手を叩いてみんなの注意を引いた。

「みなさんにお知らせします。フード・ネットワーク局が、ふたたびメアリー・ルース・バロウズに興味を持っています！　ロバート・アーヴァインのニュースショーの撮影班が、ここロックヴィルまで足を延ばして、〈メアリー・ルースのスイーツ・ショップ〉を取材することになりました」

「ほんとかい!?」とシャーロットが叫んだ。「ロバート・アーヴァインって、あのいかした上腕二頭筋の？」

「あのキュートなイギリスなまりの彼？」とアリスも言った。

フランシーンは冷蔵庫を開けて、ピーナツバタークッキーのレシピに従ってバターを四箱取り出した。「だけどその人って、いつも何かあら探しをしては文句をつけてる人じゃなかった？　レストランでも、レシピでも、何でも。そのニュースショーはどんな内容なの？」

マーシーは面倒なことを言うなと言わんばかりに手を振った。

「はっきりとはわかりませんけど、いろんな商品を売るための番組だと思いますよ」

「フード・ネットワークの目的はそればかりみたいに思えるわ」とアリスが言った。「提供商品をたくさん売ることと、オーディション番組を作ること。肝心のお料理とお菓子作りはどうなってるのかしらね？」

「そっちはクッキング・チャンネルの専門よ」とメアリー・ルースが意見を述べた。「最近クッキング・チャンネルは人気が落ちてるのよね。景気が回復して、外食が増えて、家で料理する人が減ってるせいだわ。フード・ネットワークはシェフを世に宣伝してくれるありがたいテレビ局よ」

「有名シェフをたくさん生みだしてるものね」フランシーンはバターをミキサーに放りこんだ。

「メアリー・ルースをそのひとりにするのがわたしたちの目標です」とマーシーが言った。「ロバートにはぜひブースに並ぶ行列を見て、焼き菓子を味わってもらって、好意的なリポートをしてもらいたいですね」

メアリー・ルースがみんなに仕事に戻るよう命じた。キッチンは数分のうちに、混ぜたり切ったり焼いたりする音でふたたびにぎやかになった。

全員が夕食の時間までたっぷり働いたあとは、誰も食事の用意をする気分にはなれなかった。それでテイクアウトを注文することになり、ジョナサンがロックヴィルの広場にあるメキシコ料理レストランに電話をかけた。レストランは歩ける距離にあったので、フランシーンもジョナサンといっしょに料理を取りにいくと手を挙げた。料理ができあがるのを待つあいだに、二冊目の日記に目を通す時間があればと思ったのだ。遠すぎてシャーロットはついてこないとわかっていたし、そもそも彼女はウィリアムのタブレットのことで頭がいっぱいのようだ。

フランシーンとジョナサンは急ぎ足でロックヴィルの広場に向かった。

「ねえ、シャーロットからウィリアムのタブレットを渡されたとき、勝手に車のトランクから持ち出したものだって知ってたの？」

「いや、あれがウィリアムのものだとは知らなかったよ。シャーロットは外から入ってきたから、どこから持ってきたんだろうとは思ったけどね」

「たぶん今ごろ手がかりを探すために、徹底的にタブレットを調べてるでしょうね」

「パスワードがかかっていたから、無理じゃないかな。シャーロットはわたしに開けさせようとしたんだが、最初の画面からなかなかに入れなかったよ」

「トービーに頼んでるかも。前にも同じようなことを頼んでたもの」

通りを歩きながら、古き良き時代の邸宅の多くが、今も家として機能していることにフランシーンは感嘆した。古い邸宅には維持費がかかるため、インディアナポリスのような大都市では、店舗などの商業用に使われることがほとんどだからだ。しかし通りの向こう側にある大きな葬儀店は、ここでは例外のようだった。

邸宅を改装したらしい葬儀店を眺めていたとき、駐車場にウィリアムの車が停まっているのに気がついた。車の数がこれほど少なくなければ、見過ごしていただろう。この〈ラングレー葬儀店〉というのは、ウィリアムの葬儀場としてドリーから聞いていた名前ではなかった。

たぶん彼女が話していた施設の入所者の葬式に違いない。

メキシコ料理店の〈エル・モントレー・デルガード〉は繁盛しているらしく、とても混み合っていた。お客の多くはヒスパニック系の顔立ちをしていたので、本場のメキシコ料理が期待できそうだった。店のなかにはクミンと、煮込み料理のアドボと、トルティーヤチップスを揚げる香ばしいにおいがただよっている。ジョナサンがカウンターで確認すると、料理ができあがるまであと数分かかるとわかった。お客のほとんどがテイクアウトのようで、店の中にテーブルは数卓しかなく、給仕の姿も見えなかった。ふたりは順番待ちのベンチに腰かけた。フランシーンはバッグから日記を取り出した。

日記の最初の日付は、一冊目よりはるかにあとで、一九四四年十月だった。計算してみると、祖母のエリーは当時三十九歳だったことになる。フランシーン自身は一九四五年四月生まれなので、母は二十歳で、すでに身ごもっていたはずだ。

料理ができるまでそれほど時間はなかったので、フランシーンは日記を軽く拾い読みするつもりだった。だがいつしかその内容に引きこまれていった。

母が再婚を考えるのが不適切だとわたしは思わない。母は父を亡くしてから五年間もひとりでいたのだから。母は母なりのやり方で父を愛しており、亡くなってからも忠実な未亡人であり続けた。少なくとも公の場では。だが再婚せずとも生きていけると証明したからと言って、永遠にひとりでいなければならないわけではない。母に求婚する人も何人かいた。そのなかには、父に引けを取らない社会的地位を持つ人もいた。けれど母の関心を引く相手はひとりとしていなかった。母にはたぶん、わかりやすい仕事を持つ人を好む傾向があるのだと思う。例えば庭師。例えば医者。ドク・ホイートが医者の学位を持っていないことは、何ら問題ではない。彼にはすばらしい処方を生み出す能力がある。海を越えた地にまで信奉者がいる。彼のことを金の亡者などという人もいる。だが母はそんなことを信じていない。わたしもそうだ。

フランシーンは驚いて顔を上げた。曾祖母はドク・ホイートと結婚していたのだろうか？だがそれなら自分が知らないはずはない。母があえて伏せていたのだろうか？　それとも祖母が？

フランシーンは〝結婚〟とか〝ドク・ホイート〟とかのキーワードを探して、ページを繰った。二日後にその記述があった。

母とドク・ホイートとの関係は、周囲に思わぬ騒ぎを引き起こすことになった。母もわたしも、なぜ誰もがこれほどまでに反対するのか、信じられない思いでいる。母が頭のおかしい男を選んだと言う人もいる。わたしの夫でさえ、母がこの結婚で幸せにはなれないと信じている。〝ドク・ホイートは財産目当てだ〟というのが夫の意見だ。〝お義母さんが父親と夫からうけついだ遺産を狙っているだけだ〟と。それがかなりの金額であることは認める。だがドク・ホイート自身も成功している。母と親しくなる何年も前、父がまだ生きていたときに、彼は自分の農園の隣にかなり広い土地を購入した。代金は現金で支払った。少なくともそういう噂だ。その土地には小川が流れ、広い森もある。わたしは母といっしょにその土地を散策した。奥のほうにゆるやかな丘があり、きれいな湧き水があって、まわりはやわらかな草地になっている。ドク・ホイートはそこに菜園を持っていて、医療用のハーブを育てている。

そしてふたりの愛についてだ。ドク・ホイートが財産目当てなどということはあり得ない。この三年間ふたりの関係をずっと見てきたからわかるのだ。ふたりにとって、それを秘密にしておくのはつらいことだったに違いない。彼らののあいだに本物の愛情が流れる瞬間を、わたしは何度もこの目で見た。それはこの日記とわたしだけの秘密だ。たとえばある夏の日、わたしはふたりのピクニックについていった。夫が仕事で町を離れていたときだ。ドクが馬車に馬をつけ、わたしたちは馬車に乗って、彼の土地の奥にある、ゆるやかな丘まで進んでいった。スズカケノキやカエデが涼しい影を落とす完璧な草地に、ドクが毛布を広げた。母が用意したお弁当を広げるのを、彼とわたしはわくわくしながら見ていた。母の作る料理は、いつもシンプルだけれどおいしかった。わたしたちは毛布の上に座ってお弁当を食べ、おしゃべりを楽しんだ。そのあいだずっと、ふたりは手を重ね合わせていた。お互いに対する情熱、母の手をそっとなでる彼の手の優しさ、母が馬車に乗るのを彼が手助けして、ふたりの体がほんの少しふれあったときに母が息を詰める様子。それらのすべてが、若々しく美しかった。まるでふたりがわたしの年頃であるかのように。夫がこんなふうにわたしに感じさせてくれたなら！

「ジョナサン！」と強いなまりのあるアクセントで呼ばれた。日記からぱっと顔を上げると、ヒスパニック系の店員が、持ち手のついた大きな紙袋をふたつカウンターの上に置くところだった。フランシーンは一瞬にして牧歌的なピクニックから、混み合った〈エル・モントレー・デルガード〉のにおいと喧騒とに引き戻された。

ジョナサンがベンチから立ち上がり、カウンターに向かう。

フランシーンは日記にはさんであった布製のしおりを、読んでいたページに動かし、注意深くバッグに戻した。それからカウンター前のジョナサンの隣に行き、注文どおりのものが紙袋に入っているか確認した。レストランを出るとき、たった十分しかここにいなかったのだと気づいて驚いた。

「どうだい、なにかわかった？」

「ふたりは確かに愛し合ってた。少なくとも祖母の目にはそう映っていたの」

「ふたりって？」

「わたしのひいおばあさんとドク・ホイートよ」

「そのふたりが知り合いだったことも初めて聞いたよ」

「ええ、わたしもそう」

ふたりは行きと同じ道を歩き、ふたたび〈ラングレー葬儀店〉の前にさしかかった。ウィリアムの車はすでに駐車場から消えていて、数台の車が残っているだけだった。葬式の手配をするほど親しかった入所者というのは、どんな人物だろう？　名前を見たら誰だかわかるだろうか？

「悪いんだけど、先にその夕食を持って、戻っててもらえないかしら？　あの葬儀店で訪問者リストを確認してみたいの。行きにウィリアムの車が停まっているのを見たんだけど、今はなくなってる。ドリーがあそこで何をしてたのか気になるのよ。だってここはウィリアムの遺体が安置されている場所じゃないはずだもの」

ジョナサンは賛成しないという顔をした。「それならいっしょに行くよ」

「そんなことをしたら、みんなの夕食が冷たくなっちゃうわ。終わったらすぐに帰るから。約束する」

「きみはシャーロットと長くいっしょにいすぎたんだよ。すっかり彼女の探偵癖に染まってる」それでもジョナサンは最後には承諾し、夕食の入った紙袋をふたつ提げて家に戻っていった。

駐車場に車があるということは、まだ営業中のはずだ。フランシーンはコンクリートの歩道を入口まで歩いていき、音を立てないよう、恐る恐るドアの取っ手に手をかけた。ドアはあっけなく開いた。なかに入ったところに『ベリンダ・マイルズ・フラワーズ様』と書かれた指示板が立っていて、矢印は左を指していた。前夜式は明日の午後四時から五時になっている。フランシーンはマイルズという名前に引っかかった。自分自身の旧姓と同じだったからだ。ベリンダという名前の親戚がいたか考えてみたが、ひとりも思いつかなかった。いずれにしてもありふれた名前だし、それだけでは手がかりになりそうにない。用意された式場をのぞいてみたら、もう少し何かわかるだろうか？

矢印に沿って進んでいくと、前方に両開きのドアが見えた。ドアは開いていた。なかは小ぶりの式場で、椅子が並べられているのが見える。近づいていくと、誰かがすすり泣く声が聞こえた。ベリンダの身内だろうか？　それが自分に関係のある人物なのか、フランシーンは確かめてみたかった。そこにいるのが誰であれ、このドアには背を向けて正面を向いているはずだ。彼女はためらいながらもなかをのぞきこんでみた。

最前列の椅子に座り、手で顔をおおってすすり泣いているのは、ゼデダイア・マシューだった。

22

この状況を一体どう考えたらいいのか、フランシーンにはわからなかった。ゼッドはここで何をしているのだろう？　彼とベリンダ・フラワーズという女性のあいだには、どんな関係があったのか？　そもそも彼女は、本当にドリーの施設にいた女性なのだろうか？

フランシーンはドアから頭をひっこめた。心臓が激しく波打っていた。衣ずれの音すら立てないようゆっくり式場から離れて、入り口まで戻った。受付で明日の葬儀の予定を確認すると、リストに載っていたのはベリンダ・フラワーズの名前だけだった。そしてドリーはついさっきまでここにいた。ということは、やはり彼女がドリーの認知症ケア施設で亡くなった女性と考えていいだろう。

しかし、あれは間違いなくゼッドだったのだろうか？　フランシーンは背後から男を見ただけだ。今のゼッドはきれいにひげを剃り、髪も切って、以前ほど際立った特徴が無くなっている。ひょっとしたら見間違いだったのかもしれない。フランシーンはふたたび式場の前に戻り、なかをのぞきこんだ。

しかし、そこには誰もいなかった。

フランシーンは両腕に鳥肌が立つのを覚えた。映画なら、ここでヒロインが振り返ると、見張っていた人物が背後に立っている場面だ。ゼッドがいるものと半分覚悟して、思い切って振り返る。しかし背後には誰もいなかった。

最後にもう一度なかをのぞいてみた。だがやはり部屋はもぬけの殻だった。彼はどこにもいない。誰かが自分をのぞいていたのに気づいて、前のドアから逃げたのだろうか？

しかし考えたところで、答えは出てこなかった。もう家に戻らなくてはならない。フランシーンはただのお客のようなふりをしながら正面玄関に戻り、誰にも会わずに外に出た。

急いで家に戻ると、シャーロットが玄関で待ち構えていた。

「そろそろ戻ってくるかと思ってさ」とシャーロットが言った。「あたしが夜遅くに辛い物を食べると、胃酸が逆流するって知ってるだろ？　炭酸飲料のボトルにメントスを入れたときみたいになるんだから」

「わたし抜きで始めててくれてよかったのに」

「始めてたよ。チップスをサルサソースにつけてつまんでた。でもメインの食事は待ってたんだよ。メアリー・ルースが温めなおすためにオーブンに入れてるとこ。あんたはすぐ戻るってジョナサンが言ってたからさ。どこにいたんだい？」

「ジョナサンから聞いてないの？」

「うん」

フランシーンはここでシャーロットに質問攻めにされたくなかった。上着を脱いで椅子の背にかけながら言った。「夕食を食べながら話しましょう」

フランシーンはキッチンに入っていき、シャーロットも後からついてきた。ジョナサンは食堂でテーブルをセットしている。たぶんシャーロットから逃げているのだろう。トービーも食堂にいて、メディアルームから運んできたテレビを接続しているところだった。

フランシーンはメアリー・ルースに声をかけた。「明日の準備は終わったの?」

「自分でもびっくりだけど、何とか終わったわよ。人手が足りなかったけど、みんながんばってくれたからね。これから最後のクッキーをオーブンで焼くところ。あとのいろんな種は冷凍庫と冷蔵庫に納まってる」メアリー・ルースは四枚のトレイに並べたクッキーを手で示した。「さ、早く食べよう」

フランシーンはメアリー・ルースを手伝って、温め用のオーブンからメキシコ料理を出してテーブルに並べた。全員が食堂に集まり、トービーがテレビをつけた。

「ここにケーブルが通っててよかったですよ。そうじゃなきゃインディアナポリス局が見られなかったところだ」

ジョイはテレビにいちばん近い席に陣取り、タコスをかじりながらじっと画面を見つめた。

「フランシーンがインタビューを嫌がってたのは知ってるけど、出来は悪くないと思うわよ」

「あんまり気が進まないけど、とにかく見てみましょう」とフランシーンは言った。

シャーロットはまだチップスにサルサソースをつけて食べていた。トービーが隣に座り、横から手を伸ばして、サルサソースをたっぷり載せたチップスをほおばり始めた。メアリー・ルースが孫息子をぎろりとにらみつけた。「食べるんなら豆と米のブリトーにしなさいよ。そっちは油で揚げてないんだから」

「でも腹ペコなんだよ」とトービーは文句を言った。「大丈夫、そっちもあとで食うからさ」

「そういうこと言ってんじゃないでしょ」

ジョイのリポートは、番組の後半に登場した。ローズヴィル橋の放火事件には新しい展開がなかったため、リポートはブリッジトンでの小火《ぼや》騒ぎが中心になった。

「ゼデダイア・マシューが逃亡のためにブースに火をつけたと考えられています。彼はウィリアム・ファルケス氏の死亡事故について何らかの事情を知っているものとして、警察がその行方を追っていました。幸い火はすぐに消し止められましたが、パニックになった観光客がいっせいに逃げ出そうとしたため、会場は一時混乱状態に陥りました」

そのあとでビッグ・ラクーン川から上がってくるフランシーンの映像と、ジョイによるインタビューが流れた。インタビューはパニックになった群衆に巻きこまれたときの恐怖についてだったが、スタジオのキャスターは、そこからフランシーンが〝裸泳ぎのグランマ〟のひとりであることに話をつなげた。最後は濡れたサンドレスを着たフランシーンの写真が映し出されて、コーナーは終わった。

「どんなにあれを忘れたくても、忘れさせてくれないのね」フランシーンは両手で頭を抱えた。

「忘れるなんてもったいない。むしろ積極的に利用しなくちゃ」

フランシーンはマーシーを無視することにした。

「もっとファヒータを食べなよ。ファヒータを食べたら悩みなんて忘れるだろ？」とシャーロットが提案した。

「これ以上食べられないわ。それに悩みを忘れるならチョコレートでしょ？」

「チョコレートは確かに効くわね」とメアリー・ルースが立ち上がった。「デザート用にピーナツバターとチョコレートチップのクッキーを作っといたのよ」

みんながデザートを食べ終えた頃に、ドアベルが鳴った。「わたしが出るわ」ジョイが勢いよく立ち上がると、食堂から飛び出していった。

「まったく何でいつもあんなに元気なのかね。こっちの頭がおかしくなるよ」とシャーロットがぶつぶつ言った。

ジョナサンが空になった発泡スチロールの容器を集め出した。

アリスがジョナサンを手伝いながら言った。「ジョイはカウボーイハットの誰かさんが来るのを期待してるんじゃないかしら？」

「ああ！」女性陣はいっせいに納得の声を上げた。

ジョナサンは集め終わった容器をキッチンに運んでいった。

ジョイががっかりした顔で戻ってきた。

「フランシーン、あんたによ。何かの宅配便みたい」

フランシーンは顔をしかめた。「宅配便？　ロックヴィルにもそんなものがあったの？」

シャーロットがジョイよりずっとのろのろと立ち上がった。

「郵便局員の時間外アルバイトなんじゃないの？　いっしょに行くよ」

フランシーンは断る理由を思いつけなかったので、いっしょに玄関まで行った。

茶色いスーツを着た背の低い男が、扉の内側に立っていた。まだ二十代ぐらいの若い男で、手にマニラ封筒を持っている。

男はとまどったようにフランシーンとシャーロットを見比べていた。

「わたしがフランシーン・マクナマラです」

「なにか身分証明書をご提示いただけますか？」

今度はフランシーンがとまどう番だった。男の頭頂部を見おろしながら、訊き返した。

「バッグには入ってるけど、取りにいかなきゃだめかしら？　というか、そんなに重要なこと？　サインだけでもいいんじゃないの？」

「わたしはフロスト＆アソシエイツ法律事務所のものです。フランシーン・マクナマラさんにお渡しする書類があるんです」

シャーロットが答えた。「この人がフランシーンだよ。大丈夫、保証する。〝裸泳ぎのグランマたち〟のひとりだけど、テレビで見たことない？」

若い男は赤くなった。「ええと、あります。少しだけ。でもどちらにしても、何かＩＤを見せていただかなくちゃならないんです。規則なんです。つまりその、書類が欲しければということですが」

「何の書類かもわからないのに、欲しいも欲しくないもないでしょう?」

男は今や完全にうろたえていた。「いえ、そんなつもりで言ったんじゃないんです。あの、ぜんぜん怪しい書類じゃありません。ただ明日、事務所に来ていただきたいというお願いなんです」

フランシーンは胸の前で腕を組んだ。「どうしてわたしが明日、法律事務所に行かなくちゃならないの?」

「遺言書を読むためです」

「誰の遺言書?」

彼は口を開いたが、すぐに閉じた。

「いいから吐いちまいな」とシャーロットが言った。

「勘弁してください。何かＩＤが要るんです。見てないのに見たことにはできません」

フランシーンは聞こえよがしにため息をついた。「いいわ」二階に上がり、バッグを持って戻る。

「何の騒ぎだい?」とジョナサンが心配して様子を見にきた。

シャーロットが興奮気味に答えた。「召喚状が来たよ」

フランシーンは免許証を取り出し、男に差し出した。男は持っていた書類に免許証番号を書きこむと、フランシーンにマニラ封筒を渡し、「ありがとうございました」と小さくお辞儀をして帰っていった。

「召喚状じゃないわ、彼はたぶん法律事務所のインターンよ」フランシーンはドアのわきの革のカウチに腰を下ろした。

シャーロットも隣に座った。ジョナサンは胸の前で腕を組み、ふたりの前に立った。「それで、中身は何？」

「ちょっと待って」フランシーンは封筒を調べた。表には彼女の名前と、〝気付〟としてこの住所が記されていた。「わたしがここにいるって、どうしてわかったのかしら？」

「とにかく開けてみなよ」とシャーロットが言う。

フランシーンは封筒を開けて、通知書を取り出した。「〝ゼデダイア・マシュー氏の遺言書開示のため〟って書いてあるわ」書類をたたんでひざの上に置く。「でもそんなはずない。だってついさっき彼を見たんだもの」

「ブリッジトンでってことかい？」

フランシーンは迷ったが、打ち明けることにした。「そうじゃないの。ほんの三十分前かそこらよ。メキシコ料理店からの帰りに、実は〈ラングレー葬儀店〉に寄ってたの。行きに駐車場でウィリアムの車を見かけたから、ちょっと気になったのよ。ドリーが話してた入所者の女性がどんな人なのかしらって」

「そしたらゼッドがいたってわけ？」

「結論から言えばね。式場をのぞいてみたら、すすり泣いてる人がいたの。それがゼッドだったのよ」

「すすり泣くとは穏やかじゃないね。話しかけたのかい？」

「あまりに驚いて、話しかけることもできなかったわ。一度入り口に戻って、女性の名前を確かめて、一分もしないうちに戻ったの。でも彼はいなくなっていた」

「ゼッドだったというのは確かかい？」とジョナサンが訊ねた。

「たぶんね。髪を切ったりして印象が変わったけど、間違いないと思う」

その女性の名前に、自分の旧姓である〝マイルズ〟が入っていたこともフランシーンは付け加えた。

アリスがホールに入ってきた。「三人とも玄関に行ったきり帰ってこないんだもの。誰が来ていたの？」

「フランシーンが明日の朝、弁護士事務所に呼び出されたんだ。ゼデダイア・マシューの遺言書開示があるんだってさ」

アリスは目を丸くした。「だって、あなたもわたしも今日ゼッドと会ったばかりじゃないの」

フランシーンはうなずいた。「でも今思うと、気になる言い方もしてたの。〝ここから立ち去るときが来た〟とか」

シャーロットはカウチから降りようとしたが、やわらかいクッションにすっぽり埋もれてしまい、自力で起き上がれなくなっていた。彼女は助けを求めてジョナサンに手を伸ばした。

「悪いけど出しておくれよ。やらなきゃならないことがあるんだ」

メアリー・ルースとジョイもやってきた。「今シャーロットが〝やらなきゃならないことがある〟って言った？」とメアリー・ルースがピンクのエプロンをはずしながら言った。「さすがのタイミングよね。ちょうどあたしたちで夕食の片づけを全部終えたところよ」

ジョナサンの支えでシャーロットは何とか床に降り立ち、杖で体を支えた。

「あたしがやらなきゃならないって言ったのは、明日の計画さ。やるべきことがありすぎるんだよ。まずはメアリー・ルースのスイーツ・ショップを手伝うだろ。それからジョイのリポートをサポートして、フードネットワーク局の取材の相手をする。その上で何とか時間をひねり出して、フランシーンは法律事務所に行って遺言書を読んでこなくちゃならないし、誰かが葬儀店に出かけて、安置されてる謎の女が誰なのか探り出してこなくちゃならない」

「ウィリアムの老人ホームを訪ねてみてもいいんじゃないかな？」とジョナサンが提案した。「認知症ケア施設で亡くなった女性が本当にベリンダ・フラワーズなのか、確かめたほうがいいと思うよ」

シャーロットはうなずいた。「それも一理あるね。たぶん間違いないとかなり確信してるけどね」

メアリー・ルースがとまどったように頭をかいた。「ちょっと待ってよ。遺言書って？　葬儀店って何のこと？」

「キッチンで説明するよ。コーヒーと、あともうちょっとクッキーがあってもいいね」

フランシーンとシャーロットが説明を終えたとき、メアリー・ルースがアイディアを出した。

「マーシーはもう帰っちゃったけど、明日の朝早くここに戻ってくるのよ。地元のマスコミにあちこち電話をかけて、フードネットワーク局がここに取材に来るって宣伝しなきゃならないからね。うまく頼めば、マーシーもスイーツ・ショップのほうを手伝ってくれるだろうから、あとはあたしとアリスとトービーで何とかやれるわよ。そしたらフランシーンとシャーロットは探偵仕事をする時間が取れる。ジョイはどうせリポート仕事でいないだろうけど、ジョナサンは明日もいてくれるんでしょ？」

「もうフェスティバルの期間中はここにいることにしたよ。こうなると離れるのが不安だからね。うちの奥さんがどんなトラブルに飛びこんでいくかわかったものじゃない」

「男手がもうひとりいてくれるのはありがたいよ。もちろんトービーが不足ってわけじゃないけど、ジョナサンはこの界隈に何度か来てるからね。それに銃の携帯許可も持ってるし」

「そういえばトービーはどこに行ったんだ？」とジョナサンが言った。

シャーロットがぱちんと指を鳴らした。「忘れてた。地下室でウィリアムのタブレットを調べてもらってたんだ。パスワードの解除を頼んだんだけど、自分だけじゃ無理だって言って、ハッカー仲間のひとりにメールを送ってたよ。そろそろ何かわかったころじゃないかな」

シャーロットは地下に続く階段に向かいながら、振り返って言った。

「フランシーン、いっしょに来て階段を下りるのを手伝っておくれよ」

「アリスに手伝ってもらってくれる？　ジョナサンと話しておきたいことがあるの」

アリスが状況を察して言った。「もちろん手伝うわよ」

シャーロットは戻ってきて首をつっこみたいそぶりをみせたが、アリスががっちりと腕を組んで階段のほうに歩き出してしまった。フランシーンは心のなかでアリスに感謝した。グループのメンバーは、必要なときにどう助ければいいのかお互いに心得ている。頼りになる友人同士なのだ。

フランシーンは自分の考えをジョナサンに話して、いっしょに考えてみたかった。その上で、明日、自分の代わりに調べておいてほしいことがあったのだ。

23

フランシーンはシャーロットの様子を見に地下室に下りていった。そこでは、トービーが自分のノートパソコンとウィリアムのタブレットの両方を開き、マイク付きのヘッドセットに向かって何かしゃべっているところだった。けれど彼が何を言っているのか、フランシーンにはさっぱりわからなかった。まるで外国語を聞いているようだ。

「トービーはお友達のハッカーとしゃべってるんだよ」とシャーロットが小声で言った。

トービーはふたつの画面を交互に見ながら「じゃあ、シーケンス上でフランケンシュタイン変形をもう一度試してみるよ」と言い、ウィリアムのタブレットに何か打ちこんだ。スクリーンがぱっと明るくなり、ずらりと並んだアイコンがフランシーンにも見えた。「やった！」とトービーが叫んだ。「助かったよ、エース」

トービーは電話を切り、椅子に座ったままくるりと回って、ふたりに向き合った。

「さ、新しいパスワードは何にします？」

「新しいパスワードは作りたくないの」とフランシーンが言った。「前と同じにしておいて。これは最終的にはウィリアムの車に戻さなくちゃならないのよ。パスワードが変わってたらまずいでしょ」

「じゃあ、ここに書いときますよ。ちょっと変わったパスワードですけど」トービーは紙にパスワードを書き出し、フランシーンに渡した。「大文字と小文字は区別してください」

フランシーンはそのパスワードを見つめた。〝itstheWATER（それは水だ）〟

「面白いパスワードだわ」

「また〝水〟だよ。確かに面白い。ローズヴィル橋のメッセージの下にも、水を表す記号が彫られてたんだよね」とシャーロットが言った。

「でもその意味はまだわからないままだわ」

シャーロットが肩をすくめた。

「このタブレットに、パーク郡の歴史について書いた原稿があるかどうか調べられる？」フランシーンがトービーに訊ねた。「ウィリアムは図書館で何時間も調べ物をしてたらしいの」

「データベースを探すには何か検索キーワードが要るんですよ」

「〝水〟で試してみてくれる？」

トービーは比較的簡単に原稿を見つけた。原稿には、〝水〟という言葉が頻繁に出てくるようだった。「メールも〝水〟って言葉が入ったものが何通かあるみたいですよ」とトービーは言った。「でもメールソフトには別のパスワードがかけてあるんです。解除してなかに入れるかトライしてもいいですけど、少しのあいだタブレットを借りないと」

シャーロットが口を開く前に、フランシーンは言った。「だめよ。彼の原稿を読むだけでも十分後ろめたいんだもの。メールまでは手を出せないわ」

トービーは原稿の開き方を教えた。「ほかに何か調べることはあります？」

「実は、あるんだよ」とシャーロットが言った。「ずっと気になってたことがあるんだ。あんたならきっと何とかしてくれると思ってさ」

「いったい何の話？」とフランシーンが訊いた。

「橋に向かってライフルを撃ってきた、ふたりめの人物。動機は何だろうってずっと考えてたんだ。その人物は、ウィリアムを守るためにあそこにいたんじゃないかな。ウィリアムはもしゼッドの土地にしのびこんだところを見つかったら、ゼッドに銃で襲われるってわかってた。だから友達か誰かが、必要とあらば援護射撃するために隠れてたんだよ」

「じゃあその誰かは、どうして橋にいるわたしたちを撃ってきたの？」

「それもウィリアムの援護射撃だよ。彼の友達は橋のなかに誰かいるのを見て、ゼッドの一味かもしれないと思ったんだ」

「ちょっと考えすぎじゃないかしら？　それで、もしあんたの思ったとおりだとして、何をトービーに頼みたいの？」

「写真だよ。あんたとジョナサンが馬車に乗ってるところを、ジョイが撮った写真。カメラのレンズは、まっすぐライフルを持った人物に向いてたはずだ。だって銃弾でレンズが壊れたんだからね。あの写真はかなり画素数の大きなカメラで撮ったんだよ。ここにいるトービーなら、写真を拡大して、ライフルを持った人物を見つけられるんじゃないかって思ったんだ」

「でもかなりの距離よ。見えるぐらいまで拡大したら、きっと顔もわからなくなっちゃうわよ」

ふたりの議論にトービーが割って入った。「確かめる方法はひとつしかないでしょ。その写真を貸してください。スキャンしてみますよ」


自分とジョナサンの〝セクシーなピンナップ写真〟の背景を、トービーが入念に調べていくのを見ながら、フランシーンは落ち着きなくこぶしを開いたり閉じたりしていた。もちろん謎が解決に近づくことを望んではいたが、心のどこかで何も見つからないよう祈ってもいた。もし銃撃犯の姿が写りこんでいたら、写真を警察に提出しなければならなくなる。この恥ずかしい写真が流出したりしたら、どんなひどい事態になるか、想像したくない。

トービーは写真をぎりぎりまで拡大し、スクリーン上で少しずつ動かしていった。新しい部分が現れるたびに、三人で目を凝らして写真をにらんだ。

唐突にトービーがスクリーンを指さした。「ここ。見てください。茂みに誰かいる」

「あんた、いったいどうやってこんなのを見つけたのさ？」

「若いから目がいいのよ」フランシーンは眼鏡の位置を調整しながら、スクリーンに顔を近づけた。その人物が誰なのか、フランシーンはわかったような気がした。「もう少し大きくできない？」

「画像がゆがんで、かえってはっきり見えなくなりますよ」

フランシーンはシャーロットにつつかれているのを感じた。「言っちゃいなよ。あんたの顔を見てたら、心当たりがあるって丸わかりだよ」

「ドリーかもしれない。ウィリアムの奥さん」

「やっぱり！」とシャーロットが歓声を上げた。「あたしの仮説とぴったりあうよ。ドリーは旦那を援護するためにそこにいたんだ。たぶんローズヴィル橋で落ち合う予定だったんだね。ところが橋には想定外の先客がいたってわけだ」

「だとしたら、ふたりはいったい何をしようとしていたのかという問題が出てくるわ」

興奮で大きくなっていたシャーロットの声が、急にしぼんでしまった。「うーん、何だろうね。日記を取り返す？　水の入ったびんを盗む？　理由としては弱いね」

少しのあいだ、ふたりとも黙って考えていた。トービーは何かキーボードを操作していたが、顔を上げて言った。

「写真のその部分を切り取って、別ファイルで保存しましたよ。銃撃が始まったあとでジョイが撮った動画も調べてみましょうか。ドリーがライフルを持ってるか確かめられるかも」

三十分ほど動画を早送りしたり一時停止したりして調べた結果、残念な結論に達した。

「ドリーは映ってないですね。ジョイはウィリアムの転落事故とジョナサンの救助を中心に撮ってたから、カメラはずっと川のほうに向いてたんだな」

「だけどあたしはやっぱりドリーが撃ったんだと思うな」とシャーロットが言った。「フランシーン、あんたドリーについて何か知ってる？　彼女ライフルを持ってる？　射撃の腕前は？　百メートル先のリスを狙えるか、それとも五十メートル先の納屋の壁に当たればラッキーなほうか？」

「ドリーがライフルを持ってるかどうか知らないし、射撃の腕前も知らないわ。でもこういう偏見は良くないとは思うけど、ドリーはケンタッキー州のアパラチア地方出身だから、銃が身近な環境で育った可能性はあるかもしれない」

シャーロットは人差し指を勢いよく振りあげた。「やっぱり！　こうなったら、あとはジョイから頼んでもらって、ロイにドリーを調べさせよう。警察は橋に落ちてた銃弾を持ってるからね。それがドリーのライフルから発射されたと証明できれば——」

「ドリーがライフルを持っていればの話よ」とフランシーンが釘をさした。

「——楽なんだけどね。『ＣＳＩ』でやってるみたいにさ」

「警察が追ってるのはウィリアムを死に至らしめた犯人でしょ。あんたの仮説どおりにドリーがウィリアムを援護していたなら、そもそも罪にならないわ」

シャーロットは腕時計を見た。「ジョイはロイをここに呼べないのかね？　そしたらこの写真を見せてやれるんだけど。ドリーがあそこにいたとわかれば、ゼッドだけじゃなくて、彼女にもいろいろ訊きたいことが出てくるだろうよ」

フランシーンはシャーロットの言ったことを考えてみた。この事実にどれほどの重要性があるだろう？　透明な液体の入ったびんと祖母の日記を持ってトウモロコシ畑から飛び出してきたウィリアムは、不法侵入をしたにすぎない。透明な液体が何なのかという問題はあるが、必ずしも犯罪と結びついているとは限らない。それともゼッドにはほかに隠していることがあるのだろうか？　たとえば何かの有害物質を垂れ流していて、ウィリアムとドリーが証拠を集めていたとか？　しかしびんは今は警察にある。ウィリアムの車で見つけた広口びんに、同じ液体が入っていた可能性もあるが、持ってこなかったのだから確かめようがない。パスワードの〝itstheWATER（それは水だ）〟は確かに何かを暗示しているような気がする。だが結局、今できるのは、水の成分を分析してもらうよう警察に依頼することぐらいだ。

「今夜わざわざストックトン刑事を呼び出すほどの事実はないと思うわ。彼が勤務時間中の明日の朝にしましょうよ」

トービーがウィリアムのタブレットを差し出した。「これをどうします？」

「あたしが持ってく」とシャーロットが手を伸ばした。

けれどシャーロットの手が届く寸前に、フランシーンがそれをさっと取り上げた。

「確かにこれを手に入れたのはあんただけど、ウィリアムのいとことして、わたしが所有権を主張するわ」

「わかったよ」とシャーロットはふくれっ面で言ったが、フランシーンとジョナサンのピンナップ写真をコンピューターの上からひったくった。「だけどこの写真は預かっとくよ。脅迫の材料にできるからね」

24

フランシーンは法律事務所からスイーツ・ショップのブースに直行しようと考えていた。それでピンクの〈メアリー・ルース・ケータリング〉のTシャツにジーンズという格好だったのだが、住所を頼りに〈フロスト&アソシエイツ法律事務所〉にたどりついたとき、少しカジュアルすぎたかと後悔した。事務所は、郡庁舎の向かい一等地に立つ由緒ありそうなビルに入っていたからだ。

フランシーンはつや消しガラスのはまった事務所のドアを開け、板張りの床に足を踏み入れた。内装は品良くまとめられ、いかにも名門の法律事務所という雰囲気をただよわせている。だが、ただよっているにおいはおなじみの〈ファブリーズ〉だった。受付の机には誰もいなかったので、後ろをのぞいてみると、コンセントにプラグタイプの芳香器が挿しこんであった。

受付の両隣に、オフィスのドアがひとつずつあった。どちらにも曇りひとつないネームプレートが取りつけられている。ひとつには〈デニース・フロスト〉と記され、もうひとつは男性の名前だった。

〈デニース・フロスト〉のオフィスのドアが開いた。なかから出てきたのは、メルリーナだった。今日は古めかしいハンガリー風のドレスではなく、白いブラウスと黒いスカートの上に、仕立ての良さそうなターコイズブルーのブレザーを着ている。髪の毛は後ろでひとつにまとめられていた。

「こんにちは、フランシーン」

「ちょっと待って、まさかあなたがデニース・フロストなの？」

「いいえ、わたしの本名はマーラ・フロストといいます。デニースはわたしの母です。わたしはデニースの弁護士補助員《パラリーガル》をしてるんです。母が〝ちゃんとした仕事〟を持つべきだという考えなので。マーシーおばさんは理解してくれてるんですけどね」

「超常的《パラノーマル》な弁護士補助員《パラリーガル》というわけ？」

「そのジョーク、これまで何度聞いたと思います？」

「ごめんなさい、つい」

「わたしは弁護士補助員として、マシュー氏の案件を担当していました。実質的にはわたしがすべての業務を見ていたので、わたしからあなたにお話しするのがベストだと母は考えたんです。それと、母は今日裁判所に行かなくてはならなかったので」

「それであなたはゼッドを知ってたのね」

「そういうことです。でも守秘義務があったので言えませんでした」

フランシーンはこの思いがけない展開を整理しようとしたが、何か言おうと口を開けても、言葉はひとつも出てこなかった。

「お訊きになりたいことはたくさんあるでしょうね」とメルリーナが言った。「どうぞおかけになってください。紅茶かコーヒーはいかがですか？」

「紅茶をお願いできる？」

「お持ちします。それもわたしの仕事のひとつなんです」

数分後、デニースのオフィスに置かれたヒッコリー材の丸い机をはさんで、ふたりは向かい合った。

「どうしてゼデダイア・マシューーがわたしに何か遺そうとしたのか、まったくわからないの」とフランシーンは切り出した。「実際、彼が本当に亡くなったのかもわからない。だって昨日ロックヴィルの葬儀店で、確かに彼を見たんだもの。ねえ、あなたの透視力で何かわからないの？」

「すみませんが、ここでは無理です」

メルリーナには本物の透視力があるのだろうかと思ったとき、フランシーンは以前から訊きたかったことを思い出した。けれどその質問を口にするのは、非論理的な考えに思えてためらわれた。「メルリーナ、交霊会のとき、あなたは誰と交信していたの？」

メルリーナは少し考えてから答えた。「女性だったと思います。恐らく、ですけれど。いつも相手のことがはっきりわかるわけではないんです。わたしに聞こえるのは霊たちが話すことだけなので、彼らが自分のことを明かしてくれなければ、それまでです」

「ところで、ゼッドには相続人がほかにもいるんでしょ？　その人たちは呼ばれてないの？」

フランシーンは、テーブルのまわりに置かれた二脚の無人の椅子を指さした。そこに誰かが座るべきだと言うように。

「ほかに相続人はいません。マシュー氏はいちど結婚されましたが、お子さんはいませんでした。そのことをとても残念に思われているようでしたが」

「奥様はどうしていらっしゃるの？」

メルリーナは言葉を選ぶように、しばらく口をつぐんでいた。「奥様にある恐ろしいことが起こったんです。そのあと、マシュー氏が再婚されることはありませんでした」

「それはお気の毒だわ。でもいったい何があったのかしら？　そしてわたしはゼッドとどんな関係があるの？」

「彼はそれについて説明した何らかの書類を、あなたにお渡ししてあるとおっしゃっていましたが」

フランシーンの混乱はいっそう深まった。「ゼッドに渡されたのは、わたしの祖母の日記だけよ。曾祖母とドク・ホイートの結婚について書いてあったけれど」

「なるほど」メルリーナはフランシーンに笑顔を向けた。ひょっとしたら、メルリーナのほうが自分の過去をよく知っているのだろうかという思いが、ふと浮かんだ。

メルリーナは両手の指を合わせた。「マシュー氏についてわたしが存じ上げていることからすると、その日記の意味を理解するためには、行間を読みこむ必要があると思います。彼が遺言であなたに何を遺そうしたのか、興味はありませんか？」

「もちろんあるわ」

メルリーナはオフィスの反対の角に置かれたキャビネットに行き、鍵を開けて、古びた木の箱を取り出した。それを持って戻ってくると、蓋を開けてフランシーンにふたつの書類を差し出した。ひとつは詳細な遺言書で、もうひとつは〈撤回不能信託〉と書かれた書類だった。遺言書のほうが古そうに見えたので、フランシーンは先に信託書類を手に取った。最後のページを見ると、サインは二日前の日付になっている。「この日はあの……」

「マシュー氏があなたに遺したのは、基本的には現金以外のすべてです。具体的には、パーク郡に所有している三百エーカーの農園ということになります。彼によれば、そのなかには購入したときのまま、手つかずの状態で維持されている四十エーカーほどの土地が含まれているということです」

「ゼッドは誰から土地を買ったのかしら？　現金のほうはどうなるの？　別の相続人が受け取ることになるの？」

メルリーナは首を振った。「さきほど申しましたように、ほかの相続人はいないのです。現金はかなりの額になりますが、マシュー氏はすべて慈善団体に寄付されました。ホスピスケア協会です」

「さっきの話に戻るんだけど、ゼデダイア・マシューが亡くなったと、どうしてわかるの？」

「わかっているわけではありません。けれど法律的には、そのことはあなたにとって問題ではないんです。ちょっとその書類を拝借できますか？」

メルリーナは最後から二枚目のページまで信託書類をめくった。「これは撤回不能信託です。彼はすべての土地を信託財産に設定していました。そして昨日以降、信託財産はあなたのものになりました。彼が死んだと証明しなくても、あの土地はあなたのものなんです」

「でも彼がそれを取り戻したがったら？」

メルリーナは肩をすくめた。「彼にももう取り戻すことはできません。遺言書を読めば、同じ目的で作られていることがおわかりになると思います。あなたは農園の相続人になったんですよ。土地をご覧になる機会はありましたか？」

フランシーンの頭のなかでは、数えきれない疑問が渦を巻いていた。こんなことならジョナサンにいっしょに来てもらうべきだった。でも彼には今朝、別の頼みごとをしていたのだ。事務所を出たらすぐにジョナサンに連絡を取らなくては。

「わたしが行ったのは、あなたもいっしょだったあのときだけよ。家と温室は見たわね。家は焼け落ちてしまったけれど、温室はまだ残っているかしら？」

「おそらくまだ残っているでしょう」

その声は、交霊会のときのメルリーナを思い出させた。あれはどこまでが演技で、どこからが本物の超自然的な力なのだろう。そのとき、書類のサインが放火のあった当日だったことを思い出した。あのときゼッドが家に取りにもどったのは、ひょっとしてこの書類だったのだろうか？「わたしの前には誰が受益者だったの？」

「ベリンダ・マイルズ・フラワーズという女性です」

あの葬儀場で見た名前だ。ではやはり、あのとき涙を流していた男性は……。

「マシュー氏から伝言をお預かりしています。ぜひ昔のままに保存された土地に行って、ゆるやかな丘陵を見てきてくれということです。とても美しいそうですよ」メルリーナは遺言書と信託書類が入った木箱を手渡した。

木箱は靴箱をふたつ横に並べたぐらいの大きさだった。開けると杉の香りがして、祖母の嫁入り道具がしまわれていた箱を思い出した。ひょっとして同じぐらいの時代のものだろうか？

と、フランシーンは箱のなかにもうひとつ小さな箱があることに気づいた。手に取って、テーブルの上に置いてみた。ふたにハートと矢の絵が彫りつけられている。日記の表紙と同じデザインだ。そして日記と同じように、小さな鍵がついていた。しかしふたを開けようとしても、鍵がかけられていて開かない。「この箱は何かしら？」

「何が入っているのか、わたしも知らないんです。マシュー氏に初めてお会いしたときから、それをお預かりしているんですが、彼はそれのことを『自分の農園の鍵』とおっしゃっていました。『このなかにあるものは、これを開けられる者にだけ意味を持つ』とも。その箱についてわたしが知っているのは、それだけです。あなたが鍵をお持ちなのかと思っていました」

フランシーンは箱を左右に傾け、底を調べ、それから鍵に指を走らせた。

「鍵は持ってないわ。どこにあるのか心当たりもない」

「そうでしたか」メルリーナは立ち上がった。「わたしの知っていることはこれで全部です。申し訳ありませんが、つぎの予定があるのでもう行かなくてはなりません。午前中にこちらの仕事をすべて片づけようと思ってるんです。マーシーおばさんが午後に別の仕事を入れたものですから。母は嫌がっていますけれど」彼女は微笑んだ。ほんの一瞬、弁護士補助員《パラリーガル》っぽい服装にもかかわらず、彼女はフランシーンが知っているメルリーナに見えた。「あなたはきっと箱を開けられるだろうという気がします。でもマシュー氏の言葉どおりなら、鍵を見つけるまで、中身には価値がないのかもしれませんね。ふたつの箱と、そこに入っている中身はすべてあなたのものです。もしまたお訊きになりたいことが出てきたら、遠慮なくご連絡ください。答えられるかどうかわかりませんが、ただ訊ねるだけでもヒントが見つかるかもしれませんから」

奇妙なフレーズだとフランシーンは思った――〝訊ねるだけでもヒントが見つかるかもしれない〟――だがメルリーナの言いたいことはわかる気がした。それはシャーロットといると、ときおり感じることだったからだ。ただ疑問を言葉にすることが、しばしば答えに光を当てる助けになるときが確かにある。

フランシーンは小さな箱と書類を最初の木箱に戻し、それを抱えて外に出た。

25

フランシーンは入ってきたときと同じぐらい多くの疑問を抱えたまま、〈フロスト&アソシエイツ法律事務所〉を後にした。だがつぎにするべきことは明らかだった。急いでジョナサンに連絡を取らなくてはならない。夫の携帯に電話した。

「認知症ケア施設はどうだった？」

「きみの思ったとおりだったよ。ベリンダが亡くなる前に、誰かが会いにきていた」

「やっぱりそうだったのね。実はこれからいっしょにゼデダイア・マシューの土地に行ってほしいの。探したいものがあるのよ。向こうで落ち合いましょう」

「〈メアリー・ルースのスイーツ・ショップ〉は大丈夫なのかい？」

「家に寄って、話をしてくる。でもみんなもきっと許してくれると思うわ。わたしたった今、ゼッドの農園を相続したの」

「何だって？」

「ええ、わたしもあなたと同じぐらいとまどってる。私道のところで待っててくれる？　今から行くわ」

フランシーンが、ゼッドの農園に行かなくてはならないから、ブースを手伝えないと告げたとき、メアリー・ルースは意外にもあっさりとうなずいた。しかし〈スイーツ・ショップ〉の混乱ぶりは昨日以上だった。ブースの前の行列は、昨日よりさらに長くなっている。「今日も品切れ間違いなしよ」とメアリー・ルースはへとへとの様子だ。

混乱に輪をかけるように、マーシーが張り切って動き回っていた。フード・ネットワーク局のみならず、ロバート・アーヴァインまで来るかもしれないと聞いたせいだ。しかもいったいいつ現れるのかわからないという。マーシーは行列の写真をツイッターに上げたり、ロバート・アーヴァイン用にトウモロコシのドーナツを取り置いたり、メアリー・ルースを励ましたりと、ひとり大騒ぎしていた。

有名人の来場の噂は、シャーロットの追及をどう振り切るかという難題も解決してくれた。いつもなら、フランシーンがどこに行くのか、何をするのか、しつこく食い下がっていただろう。だが今のところは、シャーロットもすっかりロバートのほうに気を取られていた。それで「帰ったら全部話すから」と約束するだけで、彼女をなだめることができた。ただ「全部」というのが、いったいどこからどこまでの話になるのか、自分でも予想がつかなかったのだが。

フランシーンがゼデダイア・マシューの土地に車を乗り入れたとき、ジョナサンは自分のトラックにもたれて待っていた。ジョナサンは車から降りたフランシーンを抱き寄せた。

「大丈夫かい？」

「すごくとまどってる。でも大丈夫よ。ただちょっと調査をしなくちゃならないことがあるの」

ふたりはまわりに注意しながら、私道を歩いて上っていった。家のほうに向かう曲がり角に近づいたとき、〈マシュー農園〉の看板が下がっていたアーチが、すっかり焼け落ちてしまったことを知った。道から数メートル離れたところに、看板だけが落ちている。近づいて見てみた。

看板は記憶と違っていた。〈マシュー1344農園〉だと思っていたのだが、よく見るとそれには〈マシュー13：44農園〉と書かれている。フランシーンは木の板に焼き付けられた文字を指でなぞった。「ジョナサン、これを見て」

「〈マシュー13：44〉って何のことだい？」

「わからないけど、ひょっとしたらマタイ《マシュー》伝の章と節の番号かしら。スマートフォンが使えればすぐに調べられるんだけど。このまえは火事のせいでブースターが壊れたのか、電波が届かなくなっちゃって……」

ところがどういうわけか、今は電波が届いていたので、彼女は急いで調べてみた。「マタイ伝13章44節。畑に隠された宝を見つけた人が、それを隠したまま帰り、自分の持ち物をすべて売り払って畑を買ったという話だわ」

「それはドク・ホイートが財産をここに埋めたという伝説を指してるようにも思えるね」

「でもゼッドは〝財産〟じゃなく、〝宝物〟という言葉を使い続けてたのよ。そしてローズヴィル橋の梁に彫られたハートの下には、〝ユー・アー・トゥ・マイン《you are to mine》〟と書かれていた。今思ったんだけど、財産を発掘《マイン》するとは言わないけど、宝を発掘するとは言うわよね？　ひょっとしてあれは、何かを発掘しろ《ユー・アー・トゥ・マイン》という指示なのかも。でも、何を？」

ふたりは看板をそこに置いて、ゼッドの家の焼け跡のほうに歩いていった。骨組みだけが焼け残った家のまわりを、犯罪現場を示す黄色いテープが四角く囲っている。しかしフランシーンが確かめたかったのは温室のほうだった。火の手はやはり温室までは及んでいなかった。フランシーンはジョナサンを引っぱって、温室の中に入っていった。ジョナサンがいろいろな植物を見ているあいだに、フランシーンは温室の奥に急いだ。前回ここに来たときに見た、四輪の全地形対応車《ATV》がまだあるか確かめたかったのだ。それは前と同じ場所に、防水カバーをかけた状態で置かれていた。カバーを外してみると、キーも刺さったままだ。フランシーンはジョナサンを呼びに行った。「これの乗り方を知ってる？」

ジョナサンはシートにまたがって言った。「乗ったことはないけど、何とかなるんじゃないかな。どこに行くんだい？」

フランシーンは彼の後ろに乗った。「ゼッドが〝ゆるやかな丘陵を見てきてくれ〟とメルリーナに伝言を残してたの。それにゆうべウィリアムの書いたパーク郡の歴史を読んでいたら、この土地の丘陵のことを言ってる箇所があったのよ」

「どこにあるかはわかってるのかい？」

「ウィリアムの記述によると、目の前にある森とトウモロコシ畑の中間あたりにあるんじゃないかと思う。森のなかを通り抜けられるかしら？」

「けもの道みたいなものでもあれば、何とか」

「見つけましょう」

ジョナサンは温室の裏口から出て、森の端をまわり、通れそうな細い道を見つけた。森のなかに入っていくと、道はもっと広く、通りやすくなっていた。ジョナサンはその道をハイスピードで走り抜け、十五分後には、森から飛び出して草原を走っていた。その先にはまた別の森が始まっていた。だが彼らが通ってきた平坦な土地とは違い、その森はゆるやかな上りになっている。

「これって〃ゆるやかな丘陵〃と呼べると思う？」

「呼べるかもしれないね」

ジョナサンはスピードを上げて草原を突っ切り、森に入るとまたスピードを落とした。この森には、さっきの森より道らしい道があった。それに乗って走っていくと、まもなく丘の頂上にたどり着いた。眼下には小さな谷が見える。それほど深いものではなく、青々とした草が生い茂っている。谷の端にほら穴があり、そのなかから、突然わき水が勢いよく空中に噴き出した。噴き出した水は、周囲のすべての植物に降りそそいだ。泉の噴き出し口の隣に銅のたらいが置いてあって、落ちてきた水を集めていた。泉はしばらく水を噴き出したあと、ぴたりと止まった。そして数分の中断のあと、また勢いよく水を噴き出した。どうやら一定周期で水を噴き出す間欠泉のようなものらしい。

丘に生えた木々のあいだを縫って、太陽の光が谷に射しこんでいた。丘の上の木々は、どれも全部葉を落としているか、紅葉のさまざまな段階にあった。谷に見えるあざやかな緑とは、くっきりしたコントラストをなしている。どうしてこんな違いが生まれるのだろう？

「あそこまで行けるかしら？」フランシーンはＡＴＶから降りながら訊いた。

ジョナサンも続いて降りた。「楽に下りられる場所がどこかにあるんじゃないかな」ふたりは下りられそうな場所を探しながら歩いていった。「あそこを見てごらん」彼は谷の左側を指さした。「道みたいに見えないか？」

見ると、谷の片側は切り立っているが、ジョナサンの指さしている側は、上のほうは急だが、徐々になだらかになっていた。そこからほら穴まで続く、曲がりくねった道があるように見える。ジョナサンがフランシーンの数歩先に立ち、その道を目指して、枝を払いのけながら斜面を歩いていった。不意に彼の姿が視界から消えた。

谷に落ちてしまったのかとフランシーンが心配する間もなく、ジョナサンの大きな声が聞こえてきた。

「こっち側にロープと鎖ばしごがあるよ」ジョナサンは戻ってきて、フランシーンのために枝を押さえた。「はしごは五段だけだ。最後の段はちょっと高さがあるし、簡単とは言えないが、なんとかやれるよ」

その手作りの鎖ばしごを目にしたとき、フランシーンは思わずすくみ上がった。がっしりした黒い鎖が岩壁に打ちこまれ、手すり代わりのロープが下がっているが、いかにもぐらぐらして不安定に見える。「先に行ってちょうだい」とフランシーンは言った。

ジョナサンはためらわなかった。ロープの手すりを両手でつかみ、一段一段下りていって、地面に着いた。「とにかくゆっくり下りるんだ。最後の段は助けるから。でもきみは背が高いから、大丈夫だと思う」

　硬い地面に足を下ろすまで、フランシーンは息ができなかった。だがジョナサンが言ったように、何とか下り切ることができた。「帰りのことは今は考えたくないわ。でもやっとここまで来たんだもの、心配はあとにしてこのあたり一帯を調べてみましょう」

　まず間欠泉を見に行ってみると、銅のたらいに集められた水は、じょうごに流れこむような仕組みになっていることがわかった。しかし、じょうごの下には何もなかった。温室とウィリアムの車のトランクで見たのと同じ広口びんがあるのではないかという予想は外れた。

「それは水だった《イッツ・ザ・ウォーター》」とフランシーンがつぶやいた。

「何か言ったかい？」

　また間欠泉が水を噴き出し始めた。フランシーンは水しぶきの中に手をさしだした。

「温かいわ。熱いの一歩手前ぐらい」

　ジョナサンも同じように手をさしだした。「この地域に温泉が湧くとは知らなかったな。インディアナの南部には多いけどね。フレンチ・リックとか」

「それが、そうでもないのよ。モンテズマには温泉があって、昔はサナトリウムやホテルもあったのよ。一九三〇年代に火事で焼けてしまったけどね。それにわたしたちのヘンドリックス郡にもカーテスバーグがあるじゃない。〈ヘンドリックス郡リーダーシップクラス〉に出たとき習わなかった？」

「確かにそうだった。今思い出したよ。だがモンテズマのことは知らなかったな」水の流れの周りに茂る青々とした草を眺めながら、彼は答えた。

間欠泉がまた噴き出した。フランシーンはひざまずき、じょうごから滴り落ちる水を両手で受け止めた。顔を近づけてにおいをかぎ、残った数滴を舐めてみた。

「フランシーン、だめだよ！　何が入っているかわかったものじゃないだろう」

しかしフランシーンは危険は承知の上で、とにかくやってみようと心を決めていた。目を閉じ、口の中でゆっくりと舌を回す。最初に感じたのは水の温かさだった。そのあとで、予期していたとおりの味を舌に感じた。「やっぱりそう。ゼッドが紅茶とティーブレッドを出してくれたとき、かすかに金属っぽい酸味を感じたの。それとまったく同じ味だわ」

「だとしても、それ以上口に入れないほうがいい。成分を分析してもらうまではね」

フランシーンは立ち上がり、ジーンズで手を拭いた。「そうね。なにか容器を持ってくればよかったわ」

ふたりはしばらくの間、何も言わずに周囲の風景を見つめていた。どうしてこのあたりだけが、これほど美しい緑に満ちているのだろう？

「ジョナサン、これはいったいどういうことだと思う？」

ジョナサンは首を振った。「わからないね。水しぶきがどこまで届いているか調べてみようか」

その範囲は思ったよりも狭かった。二、三百メートルも離れると、もう間欠泉の水しぶきは飛んでこなかった。そしてそのあたりの植物は、すべて茶色く干上がっている。

薄い上着しか羽織っていなかったフランシーンは、急に寒さを感じた。

「戻りましょう」

ふたりは歩いてほら穴まで戻った。フランシーンはあらためて間欠泉のまわりに生えている植物を調べてみた。「ここにある植物は、ゼッドが温室で育てていたのと同じものだと思うわ。温室には見たことのない植物がいくつかあったの。ゼッドは在来種だと言ってたけど」

「ここに在来種が生き残っているのは、温水のせいとは考えられないかな？」

「その可能性はあるわね。それか、ここの特殊な環境に原因があるというのは？」フランシーンは太陽を指さした。「南からの光が邪魔されないでしょ？　そして南側以外は三方を壁に守られてるようなものだから、天候の影響を受けにくいんじゃないかしら」

「それでも、一年のどこかの時点で植物は確実に枯れるよ。どれほど守られてるとしても、インディアナの冬は厳しい。ここにだって間違いなく雪は積もるはずだ」

たしかにジョナサンの言うとおりだった。「そうね。だからゼッドは温室を持っていたのよね」

ふたりは来た道を戻り始めた。「また水のサンプルを取りに来ましょう。今日は無理だけど、近いうちに。どんな成分が入っているか知りたいもの。ゼッドはどうしてここの水で淹れたお茶をわたしたちに出したのかしら？」

　ふたたび丘の上に戻ると、ジョナサンが先を歩いて、フランシーンが松の木のあいだを通り抜けるのを助けた。ジョナサンは帰りはゆっくりと運転してくれた。行きのドライブで、髪の毛はさぞかしひどい状態になっているに違いない。

　ふたりはATVを温室のなかに戻し、防水カバーをかけ、すべて元通りに見えるよう整えた。

「これでよし」とジョナサンが言った。「持ち主が来ても、われわれが忍びこんだことは気づかないはずだ。おっと待てよ、持ち主はきみだったな」

　フランシーンはジョナサンに腕をまわした。「持ち主はわたしたちふたりでしょ。逃げようとしても無駄よ。わたしのものはあなたのものでもあるのなんだから」

　そのときポケットのなかで携帯電話が振動した。着信履歴を見ると、ATVで出かけているあいだに、メアリー・ルースから電話がかかってきていたようだ。フランシーンは電話をかけなおした。

「今日もめでたく全部売り切れよ。そしてロバート・アーヴァインは飛行機が遅れてて、もし来られるとしても四時以降になるんだって。アリスとあたしは家に戻るところよ。これからスコーンとクッキーを作るの。もちろん彼がいつ来ても大丈夫なように、トウモロコシのドーナツの種も用意しとくつもり。ジョイとトービーは編集用の別撮りとやらに出かけてるわ。それで、できたらなるべく早く戻って、シャーロットの相手をしてほしいんだけど」

「あら、シャーロットも戦力になってるものだと思ってたわ」

「ロバート・アーヴァインが来るって期待してたあいだはね。でも来るかどうか微妙になってきたとたんに、やる気をなくしたみたいよ。ほんと言うと」――メアリー・ルースは声を潜めた――「かなり面倒くさくなってるところよ」

「もうすぐここを出られるわ」フランシーンは時計を見た。もうひとつの謎を解明しに行くのに何とか間に合いそうだった。「前夜式に連れて行くって、シャーロットに伝えてくれる？」

「前夜式って、誰の？」

「ほら、あのベリンダ・フラワーズという女性よ。死因は毒殺かもしれない、謎解きが必要だって伝えておいて」

「そりゃ間違いなく舌なめずりしそうだわね」

26

問題は、フランシーンが葬儀にふさわしい服を持ってきていないことだった。屋根付き橋フェスティバル用の荷物を詰めているときには、まさか葬式に参列することになるとは夢にも思っていなかった。フランシーンはスーツケースをひっくり返して、手持ちの服を仕分けしていった。〈メアリー・ルース・ケータリング〉の派手なピンク色のTシャツ数枚は役に立たないだろう。写真撮影のためにレンタルした十九世紀末風のドレスも同様だ。秋をテーマにした悪趣味なトレーナーもまた、葬式向きではない。

結局フランシーンは、スーツケースの中身をほとんどわきによけることになった。残ったのは、きちんとして見えなくもない黒いジーンズと、白い前ボタンの長そでシャツだけだった。万一、メアリー・ルースにフードブースよりもう少しフォーマルなものに駆り出されたた場合に備えて、多少それらしく見えるものをと、ほとんど思いつきで放りこんだのだ。その上下に、長身を強調したくないときに履く、黒のすり減ったフラットシューズで間に合わせるしかない。

部屋を出る前に鏡でチェックしていたとき、家のオーナーが棚の上に置いていった数枚のスカーフが目についた。なかにはシックな色合いのものもあり、多少カジュアルさをごまかせそうに見える。フランシーンは一枚を選び、首のまわりにふわりと巻きつけた。あとで戻しておけば、誰も気づかないだろう。

フランシーンはバスルームのドアをノックした。「シャーロット、どう？　支度できた？」

「うん」とぶっきらぼうな返事があった。

フランシーンは時計に目をやった。「五分以内に出てきてね。前夜式は一時間だけで、そのあと本当のお葬式が始まる予定なの。ぐずぐずしてたら、抜け出しにくくなるから」

シャーロットがバスルームのドアを開けた。着ている蛍光ブルーのトレーナーには、ブリッジトン橋の写真と『ブリッジトンでショッピング！　パーク郡屋根付き橋フェスティバル』という文字がプリントされている。

「そう、ブリッジトンでショッピングしたのね」とフランシーンが言った。

「にらまないでおくれよ、フランシーン。これがいちばんましなんだよ」

「にらんでないわ」

「あんた嘘つくの下手だよね。ジョナサンは準備できてるのかい？　さっさと乗りこんで、片づけてこよう」

シャーロットは杖をつかみ、ふたりは階段を下りていった。

「あんまりたくさん人がいないといいんだけどね」

フランシーンは先に階段の一番下に下り立ち、シャーロットが落ちないか見守っていた。

シャーロットはいつものように、一度に一段ずつ階段を下りてくる。

「そんなに人はいないと思うんだけど。認知症ケア施設から、看護師さんが何人かは来るでしょうけどね。あと、もちろんドリーとね。わたしたちゼッドがあたりに潜んでいないか、見張ってないといけないのよ。今朝ゼッドの遺産を相続したばかりだと思うと、変な気がするけど……」

「メルリーナが撤回不能信託を準備したんなら、ゼッドとかなり込み入った話もしたはずだよ」とシャーロットが言った。「メルリーナにもっといろいろ訊かなくちゃならないね」

「確かにそうね。でも彼女、今日は時間がなさそうだったの。それにあんまり話が意外すぎて、何を訊いたらいいか思いつけなかったのよ」

「だからあたしを連れてけばよかったんだよ」

「メルリーナにはたぶん明日にでも会いに行けると思うわ。交霊会の予約が入ってなければね」

居間のカウチに座っていたジョナサンは、ふたりが部屋に入ってくると立ち上がった。ベージュのチノパンツに黒いセーターという格好だ。「出られるかい？」

「ジョナサン、あんた男前に見えないときってないのかね？」とシャーロットが訊いた。

ジョナサンは笑った。「きみもときどき優しいことを言ってくれるね」

「ときどきね」とフランシーンも繰り返した。

ふたりはジョナサンを真ん中にしてそれぞれ腕を組み、〈ラングレー葬儀店〉に歩いていった。予想していたとおり、あまり人はいなかった。

会場に入る直前に、フランシーンの携帯電話が鳴った。発信者をチェックすると、ロイ・ストックトン刑事だった。

「わたしが出よう」とジョナサンが言った。「きみがなかに入ったら、〝今いない〟と言うよ。そうしたら嘘をついたことにはならないからね」

フランシーンとシャーロットは会場に入った。

ドリーが式場の前のほうで、若い女性と話していた。たぶん施設の看護師だろう。ドリーは長そでの黒いワンピースを着て、化粧と爪はいつもどおり完璧だった。目の下に隈ができているとか、泣き過ぎて頬にマスカラが流れているなどということは、一切なかった。

棺の蓋は開いていた。故人の写真が何枚か、小さな黒い額に入れて飾られていた。どれも比較的新しい写真のようだ。供花のスタンドもいくつかあった。ドリーと看護師の話が終わるのを待っているあいだに、フランシーンは贈り主の名前を確かめた。ひとつはドリーからで、もうひとつは老人ホームからだ。三つめの、そしてほかの二つよりも大きな花束は、たくさんの白バラのあいだに秋の花が差しこまれた美しいものだった。フランシーンは名前を読んで目をみはった。

彼女はシャーロットを引っぱってきた。「ねえ、このカードにはドク・ホイートトからって書いてあるわ」

「ドク・ホイートトだって？　ほんとに？　もうかなりの年寄りだよね？」

「やめてよ！　とっくに亡くなった人だって知ってるでしょ」

「ただのたちの悪い冗談だろ？」

ふたりは花束を見つめた。「たちの悪い冗談にしては、豪華でお金がかかっていそうだわ」とフランシーンが言った。

ドリーとの話が終わったらしく、看護師は帰っていった。ドリーが振り返ってフランシーンたちを見たとき、その顔に狼狽の色が浮んだように見えた。でもはっきりとは言いきれない。ただとまどっていただけかもしれない。

「シャーロットとふたりで、ちょっと立ち寄らせていただいたの。お悔やみを伝えられればと思って」フランシーンは棺に近づきながら言った。「あなたもウィリアムも親しくしてた方なんでしょ？　友達を亡くすのはつらいことだもの。特にこんなときには」

「彼女は素敵な人だったわ」とドリーは言ったが、その言葉はどこか上滑りに聞こえた。

「その人、長く病気だったの？　それとも急に亡くなったのかね？」とシャーロットが訊いた。

その質問にドリーは少し警戒するような表情になった。「何年もアルツハイマー症だったのよ。でもお迎えのときが来たら、あっという間だった。穏やかな最後を迎えられたのは、本人にとってもよかったと思うわ」

「アルツハイマーになる前からその人を知ってたのかい？」

シャーロットの質問があまりに率直すぎるのではないかと、フランシーンははらはらした。

謎解きにシャーロットの助けが必要なのは確かだったが、ドリーと気まずくなるのは避けたい。フランシーンはさりげなく一歩離れて、亡くなった女性の棺をのぞいた。

「初めて会ったのは、発症してから何年もたったころよ。彼女のご主人がホームの認知症ケア施設に入所させたの。もう十年前になるかしら」

「じゃあ、そのころにはきっと短期記憶を失ってたんだろうね。ずっと昔のことはまだ覚えてたかい？　それとも、そっちも忘れてた？」

　棺に目を落としたまま、フランシーンはシャーロットの腕をつかんだ。

シャーロットは悪びれもせずに言った。「ただ、どうだったのかなって思っただけだよ。あたしにもそういう友達がいたもんだからさ。つい最近のことは覚えてないのに、昔のことは詳しくてね。あたしが母親だと思いこんで、いろんな話をしてきたもんだよ。どこまでほんとか、わかんなかったけどね」

　だがフランシーンはシャーロットを止めようと腕をつかんだのではなかった。あまりに驚いて、思わずつかんでしまったのだ。棺に横たわった女性は、日記の表紙と同じ、ハートと矢のデザインのペンダントをつけていた。しかもそのハートに刻まれた文字は、ローズヴィル橋に刻まれたメッセージそのものだったのだ。〝あなたはわたしの心の鍵《ユー・アー・ザ・キー・トゥ・マイ・ハート》〟。そしてペンダントには、ハートのほかにもうひとつ飾りがあった。鍵だ。ちょうどゼッドから譲り受けた箱の鍵穴に合いそうな大きさだ。

　フランシーンはシャーロットを近くに引き寄せた。

「何だい、痛いよ」シャーロットが小声で言った。「ドリーに話を聞きだしてほしかったんじゃないのかい？」

「それはいいから」フランシーンは声を出さずに言った。「ペンダントを見て」

シャーロットの目がきらりと光った。「橋で見たのとおんなじだ」

「そうよ、そしてあの鍵が要るの」フランシーンは振り返ってドリーが何をしているかうかがった。ドリーはシャーロットからじりじりと離れて、ドク・ホイートから来たことになっている花を見ていた。シャーロットの無遠慮な質問が、予想外の効果をもたらしてくれたらしい。

「あれが箱を開ける鍵じゃないかと思うの。ゼッドがわたしに遺した箱」

「箱って？　箱をもらったなんて聞いてないよ。土地を相続したってことだけで」

「言おうと思ってたの、でも箱を開けられるまで話せることがなかったのよ。鍵もなかったし。だけど、もしあれが〝わたしの心の鍵〟なら、箱が開くはずだわ」

「でもこのベリンダって何者なのさ？　どうやってあれを手に入れたんだろう？」

「わからない。でも今重要なのは、あの鍵をどうやって手に入れるかよ」

「まいったね、そいつはかなり難しい問題だ。ただ手を伸ばして取るってわけにもいかないしさ」

そのとき高齢者のグループが、おぼつかない足取りで部屋に入ってきた。厳粛な面持ちの中年女性がつきそっている。「みなさん、こちらに座っていてくださいね」彼女は老人たちに最前列の席に座るよう促すと、部屋のうしろに行ってドリーとハグしあった。

「なんとかあの人たちの注意を逸らせる？」

「やってみるよ」シャーロットは高齢者七人のうち、いちばん端に座っていた女性の隣に腰かけた。女性は見たところ八十代後半で、サマーリッジ・ブリッジクラブの面々より十五歳ばかり先輩のようだ。

「フードネットワーク局はご覧になりますか？」とシャーロットが声をかけた。「〈メアリー・ルース・ケータリング〉って聞いたことあります？　そこの名物にトウモロコシのドーナツがあるんですけどね」シャーロットは大きなバッグを開けて、パラフィン紙にくるんだドーナツをひとつ取り出した。「おひとついかがですか？」

その女性は無表情のまま、シャーロットの手からドーナツを受け取った。しばらく疑り深そうににおいをかいでいたが、とつぜん大きな口を開けてがぶりと嚙みついた。それから、くちゃくちゃ音を立てて食べ始めた。口に納まりきらないドーナツのかけらが、ぽろぽろとひざにこぼれ落ちた。

「よかったらナプキンをどうぞ」とシャーロットがバッグからナプキンを出してすすめた。

「何を持ってるの、ビディ？」と隣の女性が訊いた。

「ドーナツだよ」とビディが答えたが、口のなかはドーナツでいっぱいだったので、何を言っているのかほとんど聞き取れなかった。大きなかけらが口から飛び出そうとしたのを、ビディは指で押し戻した。

「おいしいの？」

「おいしいどころじゃないよ、キャシー。あいつらはもうドーナツなんて食べさせちゃくれないもの。あんたドーナツって覚えてる？」

「ドーナツって大好き」

「これはほんとにおいしいドーナツだよ。あんた歯は持ってきた？」

「持ってきたわよ」キャシーはひざの上に置いた小さなバッグから入れ歯のケースを出した。さらにバッグをひっかきまわし、入れ歯安定剤のチューブを見つけ出す。「だけどまずはお手洗いを見つけて、これを口に入れなくっちゃ」

シャーロットはバッグのなかからもうひとつドーナツを取り出すと、キャシーに向かって振って見せた。「戻ってきたら差し上げますよ」

キャシーは立ち上がり、出口に突進していった。

「キャシーはずいぶん慌ててとったが、どこに行ったんだね？」キャシーの隣の男が訊ねた。

「歯を入れにいったんだわよ」とビディが答えた。「だけどこのドーナツは軟らかいから、歯がなくてもいけるけどねえ」

「わしにもひとつもらえるかね？」

「この親切なお嬢さんに頼みなよ、エディ」ビディはシャーロットを指さした。

「わしはエディじゃない」と彼は言い、左隣の青いセーターの女性に訊いた。「わしはエディだったか？」

シャーロットがフランシーンに目で合図を送ってきた。「これが最後のドーナツだ」と彼女は声を出さずに言った。

「何かほかのものはない？」とフランシーンも声を出さずに答えた。

青いセーターの女性が立ち上がり、エディかどうかわからない男の前を通り過ぎると、シャーロットの前に立った。「わたしもドーナツがほしいわ」

「それはわしが先にもらうと言っとったんだ」とエディ。

ビディが立ち上がり、青いセーターの女をひじでおしのけた。「それはキャシーのだよ。あんたたちはそのつぎだ」

シャーロットは必死にバッグのなかを探し続けている。

「そんならわしはあんたのを半分もらう」エディがビディに言った。

ビディは口のなかに残っていたものを飲み下し、残りのドーナツを口のなかに押しこむと、勝ち誇ったように両手を上げた。

六人のシニアたちは今や全員が席から立ち上がり、子供のようにお互いを押しのけ合いながら、シャーロットのもとに押し寄せてきた。ドリーと引率の看護師が駆けつけて止めようとしたが、全力で向かってくるシニアたちは手ごわかった。

今が最大のチャンスだ。フランシーンは棺に手を伸ばし、ネックレスを引っぱった。そのとき指がベリンダの皮膚に触れてしまった。その硬さと冷たさにフランシーンは身をすくめた。元看護師として遺体には慣れているはずだが、その感触はまるで違っていた。この女性は何日も前に亡くなっていて、防腐処理を施されているのだ。フランシーンはなるべく触れないようにと気をつけながら、ネックレスの留め金を探した。

「おたくらがもっと気に入りそうなものがあったよ」とシャーロットが言うのが聞こえた。「ホットな女性は好きかね？」

フランシーンは死体の首のまわりを探っていたが、皮膚に触らないようにしようと思うと、なかなか留め金をはずすことができない。彼女はもっと顔を近づけた。

「もちろんだ！　ホットな女は大好きだとも！」とエディが言った。「ハリー、これを見てみろ」

背後で紙がめくれる音がしたが、フランシーンはネックレスに集中していた。遠近両用眼鏡がずれてしまったので、目を細めながら鎖を指で探っていたが、やっとのことで留め金を見つけた。

「俺はハリーじゃない」とふたり目の男の声がした。「だがその女が誰かわかったぞ。あれだ！」

フランシーンは嫌な予感がした。だがここで逃げ出すわけにはいかない。あと少しで留め金が外れそうなのだ。

「あれって？　あの棺に覆いかぶさっとる女か？」とエディ。

「そのカレンダーを渡しなさい」とドリーの声が響いた。

「やだね」とハリーが言った。

フランシーンはお尻に手が置かれるのを感じた。「やあ、かわいこちゃん」さっと振り返ると、エディが立っていた。「手を離しなさい。今すぐ!」と彼女は命じ、また遺体のネックレスに戻った。

「おやおや。だってあんたはいちゃつくのが好きなんだろ?」

留め金が外れた。フランシーンはネックレスと鍵を握りしめると、思い切り背伸びして胸を張り、エディを見下ろした。「わたしはいちゃついたりしないし、護身術を知ってるのよ」

エディは後ずさりしてハリーにぶつかった。ハリーはカレンダーの十二月を開いてエディに見せた。「見てみろ。あの女だ」

フランシーンはそれを見て震えあがった。十二月の写真は、彼女が馬車のなかでジョナサンに覆いかぶさっているものだった。しかも胸の一部があらわになっている。「返してちょうだい」フランシーンはカレンダーをひったくろうとした。

ハリーは「きれいでホットなママ」とはやし立てながら逃げようとしたが、後ろに立っていたドリーにぶつかってしまった。ドリーがカレンダーを取り上げて訊いた。「これはいったい何なの?」

キャシーがにこにこしながら部屋に戻ってきた。入れ歯を装着してきたことは明らかだ。

キャシーはシャーロットにずんずん近づいていき、「あたしのドーナツは?」と迫った。だがシャーロットは、バッグに手を突っ込もうとしている青いセーターの女と争っている最中だった。

　そのときドーナツがシャーロットのバッグから飛び出し、ビディの前に転がっていった。キャシーの目がドーナツを追って動き、たまたまそれを拾い上げたビディに襲いかかった。シャーロットはバッグで青いセーターの女をひっぱたくと、カレンダーを奪い返そうとドリーに飛びかかった。あちこちで取っ組み合いが始まった。

　だがストックトン刑事とふたりの警官が、ジョナサンといっしょに部屋に入ってくるのを見て、騒ぎは急速に静まっていった。警官と老人ホームの看護師が老人たちを引き離して落ち着かせているあいだに、ストックトンがドリーに向かって言った。

「ドリー・ファルケス、夫のウィリアム・ファルケス氏殺害容疑で逮捕する」彼は権利の告知をした。

　そのときフランシーンは、ジョイが隅に立って、この騒ぎをすべて録画していたことに気づいた。

27

「毒殺の可能性についての情報提供が、迅速な逮捕につながった。ご協力に感謝申し上げる」

フランシーン、シャーロット、そしてジョナサンの三人は、パーク郡保安官事務所内にあるストックトン刑事のオフィスに座っていた。机の後ろの壁には数々の賞状や感謝状がかけられ、両わきの壁にはインディアナ州のさまざまな要職者たちと並んだストックトンの写真が飾られていた。どの写真でも、彼は常にトレードマークのカウボーイハットをかぶっていた。

「検視官にウィリアムの血液検査を最優先で依頼したんだ。その結果、ウィリアムの死因は神経毒のトレメトールによる中毒だったとわかった。病室のごみ箱にトレメトールがわずかに残った小びんを発見したよ。そのびんにはドリーの指紋が付着していた。家宅捜索でトレメトールの容器も押収した。認知症ケア施設の入所者だったベリンダ・フラワーズも、同じ毒で殺害された可能性がある」

「だけど、動機は何だったんだい?」とシャーロットが訊ねた。「なんで自分の亭主を殺したのさ?」

「ドリーは弁護士のアドバイスで黙秘している。想定内の反応だがね。有力な線は、生命保険契約だ。だが彼女は、以前から会社の実権をかなり握っていたようだ。そして会社の純資産額に比べて、生命保険の額はそれほどでもない。だからこれもまだ仮説にすぎないんだ。まあ人はもっと些細な理由でも殺人を犯すものだからな」

シャーロットはおとなしく話を聞いていたが、自分のノートにメモを取りながら、ペンを突き刺している様子からして、まったく納得していないことがフランシーンには一目瞭然だった。

シャーロットは何か思いついたように、ペンを唇にあてたまま動きを止めた。

「浮気とかはなかったのかい? ドリーがほかの男に走ってウィリアムが邪魔になったっていう可能性は?」

「具体的に思い当たる人物でもいるのか?」とストックトンが訊いた。「彼女と何らかの深い結びつきがあると確認されている人物は、今のところゼデダイア・マシューただひとりだ。だがあらゆる点から見て、可能性は低いだろう」

「ゼッドの家の放火は? そっちもドリーのしわざ?」とシャーロットが訊いた。

「まだ状況証拠しかない状態だ。あんたたちの滞在先に置かれたガソリンの容器もそうだが。あの容器を置いたのはドリーかもしれないが、彼女に罪をかぶせようとして別の人物が置いた可能性も否定できない。ひょっとしたら、犯人が罪をかぶせようとしたのはフランシーンだったかもしれないんだ。きみはゼッドの土地を相続したということだからね。まあ、きみには確かなアリバイがあるから大丈夫だが」

「でも放火に関しては、ドリーにもアリバイがあるんじゃないかしら。二件の火事が起きたときには、病院でウィリアムのそばについていたはずよ」とフランシーンが言った。

「ドリーはあの日の午後、自宅で妹を出迎えるためと言って、いっとき外出していたんだ。だが実際には、妹といっしょにいなかったことが明らかになっている。だから二件の放火に関与する時間は十分にあったんだ」

「ゼッドがいつドク・ホイートから土地を買ったのかわかるかい?」とシャーロットが訊いた。「あたしが郡のデータベースを調べたときには、売買記録を見つけられなかったんだよ。一九六〇年代後半にゼッドの土地として登録されてるんだけど、ドク・ホイートはその前に消えちゃってるんだよね」

「ドク・ホイートの存在は、一九六九年を最後に郡の記録から消えている。薬草療法の仕事はそのずっと前にやめていたらしい。それ以降は、われわれの知る限りでは何の記録もないんだ」

わからないことが多すぎて、フランシーンの頭は混乱していた。「ドリーにとって、ベリンダ・フラワーズという女性は何だったのかしら? もし本当に彼女に毒を盛ったんだとしたら、その動機がわからないわ」

ストックトンは肩をすくめた。「まだわからない。ただ、ドリーとウィリアムが彼女と非常に親密だったことはわかっている。ひょっとしたらその女性に対する愛情から、安楽死という選択をしたのかもしれない。一年以上植物状態だったそうだから」

〝愛情からの安楽死〟という言葉に、フランシーンははっとした。ゼッドはベリンダ・フラワーズの遺体を前に取り乱していた。そして彼女は、ハートと矢のネックレスを着けていた。ゼッドが〝愛情から〟彼女を死なせたという可能性はないだろうか？

ゼッドが遺した箱を開けることができれば、少しでも謎を解く手がかりが得られるだろうか？　手に入れた鍵があの箱に合うのか、まだ確かめられていない。シャーロットもじりじりしながらそのチャンスを待っていることだろう。

フランシーンは一刻も早くここを出て、あの箱を開けてみたかった。

「ドリーがローズヴィル橋を焼いて、ゼッドの家も燃やして、その上ふたりも殺したっていうのは何とも信じがたいよ。しかもそのふたりっていうのが、仲良くしてた入所者と自分の亭主だよ」とシャーロットが言った。「ドリーは何て言うか、そこまで邪悪な人間には思えないんだよね」

シャーロットがジョナサンのトラックの後部座席から、さかんに話しかけてくる。フランシーンもまだ混乱していたが、シャーロットの言っていることはあながち間違いではないよう気がしていた。

「でもそれはきみの直感ということだよね？」とジョナサンが言った。「実際に犯行の証拠があがっていることはどう考えるんだい？」

フランシーンはシャーロットの援護に回った。「その証拠も決定的なものじゃないと思うわ、ジョナサン。ともかく動機がはっきりしないんだもの」

「じゃあ、その何とかいう毒物のびんにドリーの指紋が付いていた理由は？」

フランシーンは両手を上げた。「そんなのわからないわ。でも落ち着いて考えると、つじつまが合わない気がする」

「トレメトール」とシャーロットがメモを見返しながら言った。「それがドリーの使ったっていう毒物の名前だよ」

フランシーンはスマートフォンを取り出し、その毒物を検索してみた。「トレメトールはホワイト・スネークルートという植物から抽出される」写真をクリックしてみた。画面に大きく映し出された植物を見て、彼女は息を呑んだ。「ねえ、これ見て」とスマートフォンをジョナサンの前に差し出す。

ジョナサンはちらりと画面に目をやったが、すぐに運転に戻った。「じっくりとは見られないよ。きみの思ったことを言ってみてくれ」

「この白い花、あのほら穴で見たわ。茂みに咲いてた花よ」

「間違いない？」

「たぶん。でも目の前でもう一度比べてみたいわ」

シャーロットがシートベルトをはずし、前部座席に乗り出してきた。「茂みって何のことだい？　ほら穴って？」

シートベルトの警告ランプが点灯し、車内に警告音が響きだした。「シャーロット、頼むからシートベルトを締めてくれ」とジョナサンが言った。

「ほら」フランシーンがシャーロットにスマートフォンを渡した。

シャーロットは自分の席に戻ってシートベルトを締め、画像をしげしげと眺めた。

「これをどこで見たって？」

「ゼッドの温室よ」とフランシーンは訂正した。

シャーロットはものすごい形相でフランシーンをにらみつけた。鼻にしわを寄せ、不機嫌そうに下唇をつきだし、顔をしわくちゃにしたので、フランシーンは思わず噴き出した。

「だってあんた、ほら穴がどうとか言ったじゃないか」

「いや、そうじゃないよ。フランシーンは温室と言ったんだ」とジョナサンも援護する。

「あんたらふたりでグルになって、あたしに何か隠してるね？」

フランシーンはシャーロットの注意を逸らそうと、ジョナサンのほうを向いて言った。

「ゼッドの土地にトレメトールのもとになる植物があったのなら、やっぱり彼がウィリアムとベリンダ・フラワーズを毒殺したのかしら？　でも一体どうやって？　動機は何？　そしてドリーの指紋がびんに付着していたのはなぜ？　それに何より、ゼッドが自分の家とローズヴィル橋に放火する理由がわからないわ」

シャーロットはフランシーンにスマートフォンを返した。「あと、ゼッドがロックヴィルの家に偽の証拠を仕込む余裕はあったかね？」

フランシーンは頭のなかで考えをまとめようとした。四つの犯罪に、ふたりの容疑者。誰が誰に何をしたのだろう？　この謎を解くには、最高難度の〈数独〉を解くほどの集中力が必要になりそうだった。そして今の自分には、とてもそのエネルギーは残っていない。

「結局のところ、動機がすべてなんだわ。それを理解するまでは、答えにたどりつけないいんじゃないかしら」

ロックヴィルの家に着くころには、みんながそれぞれの思いに沈んでいて、車のなかは静かだった。


家のキッチンでは、メアリー・ルースとアリスとトービーの三人が、明日のフェスティバルの準備のためにフル回転で働いていた。ドリーの逮捕という異常事態のせいで、明日の準備のことも、そもそも自分たちがロックヴィルにいる理由も、フランシーンの頭からほとんど消えかけていた。

シャーロットがオーブンを開けて、白ぶち眼鏡を曇らせながらのぞきこんだ。すぐさまメアリー・ルースが飛んできて、シャーロットを押しのけてオーブンを閉めた。

「途中で開けないでちょうだい。スコーンを焼いてるんだから」

「何にも見えなかったよ。オレンジのにおいはするけどさ」

アリスがおろし金を下に置いた。「スコーンにオレンジの風味をつけてるからよ。今回はクランベリー・オレンジ味なの」

シャーロットの口がへの字になった。「あたし、ロバート・アーヴァインを見そこねちゃったんだよね？」

メアリー・ルースがふたつめのオーブンからクッキーのトレイを出し、へらを使って手早く冷却用のラックに移しながら答えた。「そう。だけどあたしたちの準備を取材したいから、もう一度ここに来るって。追加のインタビューもするって言ってたわよ」

フランシーンはオーブンの上の時計を見た。「もうすぐ六時よ。いつごろ来る予定なの？」

「何時とは言ってなかったわ。世話役の人がロバートをブリッジトンとマンスフィールドに連れてって、あちこちのブースで試食をするところを撮影してるんだってよ」

への字だったシャーロットの口が、にやっと笑ったせいで上に向いた。「そりゃぜひ見てみたいね。あの辛口グルメ評論家のロバートが、屋台のビーフジャーキーを食べたり、レモンスカッシュを飲んだりしてるところを想像できるかい？　さぞかし言いたいことがいっぱいあるだろうね」　みんなその場面を想像して、思わず笑ってしまった。

「あたし、彼をブリッジトンの粉ひき場に連れて行ったらどうかって提案したんだ」とメアリー・ルースが言った。「あれは十九世紀にさかのぼる伝統ある建物だし、視聴者にも受けると思ってね。今でも小麦を挽いてて、小売りもしてるのよ」

シャーロットはでき上がった食べ物を眺めながら訊ねた。

「まだあたしらの手伝いが必要かい？」

メアリー・ルースがため息をついた。「ええ、頼むわ。今日はほんとに人手が足りなかったの。あんたもフランシーンもジョナサンもいないし、ジョイも原稿を整理するからって出かけちゃったし。そうだ、ジョイがちょっと立ち寄って、ウィリアム殺しの犯人が逮捕されたって教えてくれたの。まさかドリーが犯人だったなんて驚いたわ。フランシーン、あんたは大丈夫なの？」

フランシーンは正直に話したかったが、今のところこれだけしか言えなかった。

「まだ疑問を感じる点がいくつかあるのよ。でも動機がわかれば、もっとすっきり納得できて、気が楽になると思う」

メアリー・ルースが手伝いの指示をしようとしたところで、ドアベルが鳴った。シャーロットが杖を使って、メアリー・ルースを玄関に急き立てた。「ロバート・アーヴァインよ！」と叫ぶ声が聞こえてきた。

ジョナサンがフランシーンの手を引き、二階に行こうと合図した。

「みんなの注意がロバート・アーヴァインに集中してる今が、箱を開けるチャンスだ」

フランシーンもロバート・アーヴァインに会ってみたい気持ちはあったが、一日分のテレビ出演としてはもう十分だ。ふたりはこっそりと裏の階段を上っていった。

28

フランシーンは小さな木箱を取り出し、ベリンダ・フラワーズの遺体から手に入れた鍵を射しこんだ。鍵はぴたりと鍵穴にはまった。慎重に鍵を回して、ふたを開く。

箱の内側は表面がすべすべしていて、杉の香りがした。なかにはいくつかのものが収められていたが、フランシーンはまず一番上にあった革表紙のノートを手に取った。普通のノートよりは少し大きなサイズだ。ぱらぱらとめくってみると、中身は一般的な意味での日記ではなかった。しかし日付は書きこまれていて、書き始めは一九三〇年代後半にまでさかのぼっている。手書きの筆跡は、明らかに祖母のものとは違っていた。

フランシーンは遠近両用の眼鏡を調整しながら、最初の何日分かを拾い読みした。

フランシーンがページをめくるあいだ、ジョナサンは後ろに立って見ていた。

「読書用の眼鏡を持ってくるんだった」

「ほんとね。わたしもじっくり読むのは難しいわ。でも、どうやらこれは、ドク・ホイートの薬草療法についての日誌みたい。いろいろな処方と、それを試した結果が書いてあるわ」

「つまり処方薬の覚え書きのようなものということ？」

「そうね。ポイントは、薬があの泉の水を使って作られていたらしいこと」

「じゃあドク・ホイートは、あの水に何か特別な効用があると信じていたんだろうか？」

フランシーンは拾い読みを続けた。「ええ、最初からそう思ってたみたい。あの間欠泉のまわりの草だけが、いつまでも青々と茂っていたから、そう推測したんでしょうね」

「その考えに賛同する人もいたんだろうね。海を越えて彼の処方薬を求める人たちがいたわけだから。彼が処方薬の販売をやめた理由は、何か書いてあるかい？」

「どこかに書かれてると思うんだけど」フランシーンは答えを探してページを繰っていった。だが最後のページに達したとき、フランシーンは自分が見ているものが信じられなかった。

「ジョナサン、最後の記入は二週間前の日付よ。彼の処方にはホワイト・スネークルートが使われてるわ」

ジョナサンはしばらくのあいだ何も言わなかった。「筆跡は？　同じなのかい？」

フランシーンはほとんど〝イエス〟と言いそうになった。それはとてもよく似ていたからだ。だがイエスという返事の持つ意味を考えると、そう認めることはとてもできなかった。もし筆跡が同一人物のものだったら、ドク・ホイートは……まだ生きている？　ならばゼッドがドク・ホイートなのか？　確かにそれなら、ゼッドに土地が売られた記録がないことの説明はつくかもしれない。だが……。

フランシーンは、最初と最後のページを何度も行ったり来たりして見比べた。

「わたしは筆跡の専門家じゃないけれど、このふたつはかなり似ているように見える」

フランシーンはとりあえず日誌をわきに置いた。ふたたび箱の中身を調べ始め、祖母の別の日記を見つけた。今回はすぐに最終ページを見て、日付をチェックした。「生前の最後の週まで書かれてるわ。この直後に自動車事故で亡くなったのよ。見て、わたしのことが書いてある！」

「きみはいくつだったんだい？」

フランシーンは日記から顔を上げ、読んでいたページに親指をはさんでひざに置いた。

「七歳だったわ。今でもよく覚えてる。心から愛する人を亡くした初めての経験だったから」

ジョナサンが優しく彼女の肩をさすった。フランシーンはまた日記を開いた。

『今日はジェーンが用事を片づけているあいだ、フランシーンの面倒を見た。孫を持つというのは、人生で最高の体験のひとつだ。彼女をこの年齢にとどめておけたらどんなに素晴らしいだろう。その考えがあまりに魅力的なので、宝物を大人になるまで与えてはいけないという決まりがよくわかる。ジェーンでさえ真実を知るまでにあと数年は必要だ。わたしの父はすでに三度の移行を経験している。最後の移行はもっとも困難だった。記録管理の仕組みが進歩しているので、宝物の存在を隠すのは難しくなる一方だろうと父は言う。だが秘密が明かされれば、ただ破滅を招くことになる』

「また〝宝物〟だわ。祖母はこのあとすぐ亡くなったの。でも母はその宝物のことを知っていたのかしら？　祖母の言う〝わたしの父〟って誰？　〝移行〟って何のことなの？」

「さっきの筆跡とその日記をつなぎ合わせると、確かにひとつのストーリーが見えてくる。

ただとても現実とは信じられないがね」とジョナサンが言った。「まさかと思うけど、あなたが言ってるのは、わたしの想像どおりのこと?」

「きみのひいおばあさんはいつ亡くなったんだろう? 埋葬場所はわかるかい?」

「祖父母のお墓の隣に、ひいおばあさんのお墓もあったと思うわ。この郡で昔実家が持っていた土地の隣に墓地があるの」

「そのお墓を見てみたいね」

「いつ?」

「シャーロットと、ロバート・アーヴァインと、その他、下にいる連中から逃げられたら、すぐに行こう」


そのとき杖が廊下を打つ音が近づいてきたと思うと、ドアがどんどんとノックされた。フランシーンはあわててすべてを箱のなかに戻し、ベッドの下に隠すと、ジョナサンに覆いかぶさった。ドアが開いてシャーロットが飛びこんできたときには、ふたりは熱烈なキスの真っ最中だった。


「あんたらも早く下においでよ! ロバート・アーヴァインに会わなきゃ!」とシャーロットが叫んだ。フランシーンはジョナサンから体を離し、シャーロットをにらんだ。

「おや、お邪魔だったかね?」

「いや、別にいいよ」とジョナサンが口のなかでもごもごとつぶやいた。

「あんたらがふたりだけであの箱を開けようとして、こそこそ上に行ったのかと思ったんだよ」

「思ってたより複雑だってわかったの」フランシーンが立ち上がって服を整えながら答えた。

ジョナサンもわざとらしく咳払いをして、立ちあがった。

「ともかく廊下で待ってるからさ」シャーロットはジョナサンからフランシーンへ疑わしげな視線を移した。

シャーロットはジョナサンからフランシーンへ疑わしげな視線を移した。

フランシーンは唇に人差し指をあて、ジョナサンに何も言わないよう合図した。足音を忍ばせて彼に近づこうとしたとき、床がきしんだ音を立てた。ふたりは笑いをかみ殺した。

「何とかごまかせたわね」とフランシーンが小声で言った。「でもそろそろ行ったほうがいいわね。下に行って様子を見てきましょう」

シャーロットは言ったとおり、部屋の外で壁にもたれて待っていた。

「一応言っとくと、ロバートにもカレンダーを見せたよ。とは言っても、あのカレンダーはもうかなりの人の目に触れたはずだけどね。ジョイがあの葬式のドタバタをしっかりビデオに収めてて、そのリポートがオンエアされたんだよ」

ジョナサンは腕を組んだ。「気のせいかもしれないが、きみの声には罪悪感のかけらもないようだね。写真撮影もカレンダー作りも、内輪のグループだけにとどめておくという話だと思ってたんだが」

「それにどうしてわざわざロバート・アーヴァインにカレンダーを見せる必要があったのよ？」

シャーロットはもう階段を下りかけていた。一度に一段ずつ。

「まあとにかく下りてきなって」


ロバートは礼儀正しく、素敵な男性だったが、ふたりが階下に下りてからほどなくして、帰っていった。インタビューのあいだに、メアリー・ルースはトウモロコシのドーナツの作り方を実演していたらしく、調理台にボウルがいくつか載っていた。

ロバートはジョナサンとフランシーンと握手して言った。「おふたりのカレンダーの写真はすばらしかったですよ。わたしも七十代になっても、おふたりと同じようにスタイルを保っていたいですね」

そのコメントはお世辞ではなく、心からの言葉のように感じられた。ロバート・アーヴァイン自身は大型ダンプカーのようながっしりした体つきだった。彼が伝説のボディビルダーのジャック・ラランのようにずっとその体型を保って、八十代になっても貨車を引っ張っているところを想像して、フランシーンは思わず笑みを浮かべた。フードネットワーク局の撮影スタッフも荷物をまとめて帰っていった。

フランシーンとジョナサンが二階に消えているあいだに新しい展開があったらしく、ブリッジクラブの面々はすっかり興奮状態だった。

「ロバートが明日のリポートで、今日歩き回ったフェスの映像の合間に、うちのブースを激賞するシーンを入れてくれるんだって」とメアリー・ルースがはしゃいだ声で言った。

そしてみんなは目をきらきらさせて、フランシーンとジョナサンを取り囲んだ。「それでね、わたしたち〝裸泳ぎのグランマたち〟でちょっと有名になったでしょ？　それにジョイは『グッド・モーニング・アメリカ』のリポーターじゃない？　ロバートはそのあたりをうまく利用して、ローズヴィル橋再建の基金立ち上げのために、あのカレンダーを宣伝してくださるんですって」とアリスが言った。

フランシーンは唖然とした。「でも、あのカレンダーは内輪の話で、外には出さないってみんなで決めたわよね？」

「ジョイがつぎに『グッド・モーニング・アメリカ』に出たあとは、もう内輪の話じゃなくなるよ」とシャーロットが言った。「ロバートの言ってたこと聞いたろ？　あんたらふたりの写真はすばらしかったよ。これでまた『ドクター・オズ・ショー』の出演の話が来るかもしれないよ」

「だから『ドクター・オズ・ショー』には二度と出ないって言ってるじゃない」

「もう遅いですよ」とマーシーはちょうど電話が終わったところらしく、携帯の通話終了ボタンを押しながらキッチンに入ってきた。「明日、ローズヴィル橋前での記者会見が決まりました。みなさんはそこで『橋の再建基金を立ち上げるため、今月末にカレンダーの発売を開始することになった』と発表してくださいね。それとジョイの『グッド・モーニング・アメリカ』のリポートのあとに、インディアナポリス市、テレホート市、フォート・ウェイン市、各地方局のニュースショーに、みなさんの出演を取りつけました。ほかにも『エレンの部屋』と『ウェンディ・ウィリアムズ・ショー』と『ザ・トゥナイト・ショー』にも出演を打診しているところです。『ドクター・オズ』から連絡が入るのも時間の問題でしょうね。ともかくこのカレンダーは一大ブームになるかもしれませんよ」

「マーシー、あなたいつからわたしたちの広報コンサルタントに復帰したのよ？」とフランシーンが冷やかに訊いた。

「マーシーにはあたしの広報を頼んでるのよ、ブリッジクラブじゃなくて」とメアリー・ルースが口をはさんだ。「だけどあたしのビジネスは、結局みんなとしっかり結びついてるんだもの。しょうがないのよ」

「これは自分たちのための宣伝じゃないんですよ。みなさんはローズヴィル橋を救っているんです」とマーシーが言った。

マーシーの言い分を認めたくはなかったが、ローズヴィル橋はフランシーンにとって大切な過去の一部だった。真実が明らかになりかけている今は、なおさらそう感じられた。

フランシーンとジョナサンは、みんなといっしょに夕食を食べられない言い訳を考え出さなくてはならなかった。今晩は中華料理のテイクアウトを頼むことに話が決まっていた。ふたりとも中華料理が大好きなことをみんな知っていたので、付き合えないと言えば、シャーロットがうるさく絡んでくると予想がつく。「わたしたち、ちょっとふたりだけで夕食を食べてきたいの」としかフランシーンは言わずにおいた。「明日の準備の仕上げには間に合うように戻ってくるわ。ロバート・アーヴァインが来てたから、予定より遅れてるでしょ？」

「何なら、皿洗いを全部残しておいてくれてもいいよ」とジョナサンが申し出た。

メアリー・ルースはドーナツの生地から即座に顔を上げた。「乗った。皿洗いをやってくれるなら大助かりよ。シャーロット、ふたりを引き止めたら承知しないわよ。もう話はついたんだから」

シャーロットでさえ、皿洗いを免れるという条件には抵抗できないようだった。

墓地の場所を知っているフランシーンが、運転を担当した。途中でローズヴィル橋の横を通らなくてはならなかった。そこを通り過ぎるとき、フランシーンはスピードを落とした。焼け落ちた橋のほうを見ながら、悲しげに首を振った。

「この橋がなくなってしまったのは本当に残念だわ。ドリーが火をつけたなんて、いまだに信じられない」

しかしジョナサンは橋と反対方向にある〈ロック・ラン・カフェ〉のほうを見ていた。

「とりあえずどこで夕飯を食べるかは決まったね」

フランシーンは西に曲がって郡道に入り、木立の中をしばらく走った。南に向かう郡道との交差点で曲がり、そこからは徐行運転で進んでいった。「このあたりだと思うわ」

フランシーンは未舗装の道路に車を乗り入れ、さらに森の奥へ入っていった。五百メートルも進まないうちに、小さな墓地に行きついた。墓地は鉄のフェンスにしっかりと囲われていたが、門は開いていた。

ジョナサンとフランシーンは車から降り、門の前に立った。墓地は広くはなかった。フランシーンが先に立って、東側の列に向かって歩き出した。

ジョナサンはかろうじて読み取れる墓碑を声に出して読みあげながら、後ろを歩いていた。古い墓石のなかには、表面がほとんど何も見えなくなるまで風化してしまい、ただの石板と化しているものもある。「なかなか歴史ある墓地のようだね」

フランシーンが足を止めた。「ここだわ」

その墓はまだ比較的新しかった——傾きもせず立っていて、装飾的な彫刻も欠けずに残っている。フランシーンの曾祖父の名前——生物学的な先祖ではないと今は知っていたが——がそこに刻まれていた。曾祖母の名前はその隣にあった。

しかし曾祖母が埋葬されているはずの地面には、最近掘られたばかりに見える大きな穴が空いていた。

29

「これはどういうことだ？　誰かが墓を掘り起こしたのか？　それとも……これから埋葬するところなのか？」とジョナサンが言った。

背後で男の声がした。「もうあんたたちは答えを知ってるんだろう？」

ふたりは振り返った。ゼッドがシャベルを手に立っていた。

はき古したジーンズに分厚いフランネルのシャツ、片手にシャベルを持った彼の姿は、ホラー映画の殺人鬼のように見えた。ジョナサンがいっしょにいることを神に感謝した。

「どこに隠れてたの？」

「木のあいだに潜んでた。あんたの電気自動車は静かだが、ここのでこぼこ道ではさすがに車体の跳ねる音が聞こえたよ」

ジョナサンが相手の攻撃に備える立ち方に変えたのがわかった。彼はきっと銃を持ってきているはずだ。

しかしゼッドは危険なそぶりは何ひとつ見せなかった。それどころか、彼女に明るい笑顔を向けた。

「よくやったよ、フランシーン！　きみは謎を解いた。鍵を見つけて、秘密にたどりついたんだな。やはりきみは俺たちの後継者にふさわしい女性だった」

「すべてをちゃんと理解したかどうかはわからないけど、確認させてちょうだい。あなたはわたしのひいおじいさんね。つまり、わたしのひいおばあさんと恋に落ちて、ローズヴィル橋であいびきした御者なのね」

「〝あいびき〟とはずいぶん昔風な言い方だな。だが、俺たちが昔の人間であることは確かだよ。続けてくれ」

「亡くなった女性、ベリンダ・フラワーズはわたしのひいおばあさんだった。あなたはあの土地に湧く泉を発見し、その水が……〝復活の力〟を持っていることを知ったのよ。その水で薬を作った。そして自分も若さを保って、ドク・ホイートとして生まれ変わったんだわ」

「きみのひいおばあさんもいっしょに、ということかな？」

フランシーンは祖母の日記から、その答えを知っていた。

「彼女はずっとあなたを愛し続けてたのね」

ゼッドは墓に近づいた。残りの土を早く棺にかけたがっているようにも見えた。

「また正解だ。俺たちの関係は、彼女が結婚しているあいだも続いていた」

「それ以降もね。夫を亡くしたあと、ひいおばあさんはあなたと生きることを選んだ。そしてわたしの祖母、つまりあなたたちの娘も真実を知ることになった」

「娘のエリーも秘密を共有する仲間だった。だが娘に水を与え始めたのは、今思えば早すぎた。そのころはまだ実験段階で、水が加齢にどう影響を与えるかわからなかったんだ。結果的に、彼女はいつまでも若く見えていた」

「娘を交通事故で亡くしたのは、ひいおばあさんにはショックが大きかったんでしょうね」

「あの水には〝回復の力〟がある。だがあらゆる死を避けられるわけじゃない。事故や火事、進行の速すぎる病気――どれも防ぐことはできなかった」

「それがきっかけで、あなたはドク・ホイートの仮面を捨てたの？」

彼は首を振った。「それは彼女の死よりもずっと前のことだ。当局は以前よりずっと厳密に住民を管理するようになっていった。秘密を守るために、俺たちはもう一度新しいアイデンティティを作り上げなくちゃならなかった」

「それでゼデダイア・マシューが生まれたのね」

彼は何も言わなかった。

「わたしの母は知っていたの？」

「きみの母さんがもっと成長してから話そうと俺たちは考えていた。水を与えるのも、しかるべき年齢になってからと決めていたんだ。だからきみの母さんは『いつまでも若い』と言われることはなかったよ。しかし結局、俺たちが秘密を話せる年齢まで生きられなかった。きみのおばあさんが亡くなり、それからお母さんも亡くなった。そしてベリンダはうつ状態になってしまった。そのあと俺は、水の力が及ばない病気をまたひとつ見つけることになった。アルツハイマー病だ」

「そこからウィリアムとドリーは、ベリンダが誰なのか知ることになったのね？　老人ホームに入った彼女は、過去のことをたくさん話したけれど、その年齢ではあり得ない話ばかりだった。でもウィリアムの知っている家族の名前が出てきたから、いったいどういうことなのか推測するようになったんだわ」

ゼッドは肯定も否定もせず、ただフランシーンを見つめていた。彼女は一歩突っ込んだ質問を口にした。

「ウィリアムを殺したのは誰？」

「なぜいまさらそんなことを訊く？　犯人は捕まったはずだ」

「ドリーはウィリアムの点滴に毒物を注入したと考えられているし、その証拠もある。でも動機ははっきりしないままよ。ただ、もし彼女が毒ではなく、薬を注入していると信じてたとしたら？　すべて説明がつくわ」それはフランシーンの推測にすぎなかったし、証明できないこともわかっていた。「あなたがドリーをはめたのね」

ゼッドの肩が緊張してこわばったように見えた。

「ウィリアムとドリーは、秘密に近づきすぎてしまったんじゃないの？　彼らはドク・ホイートの処方薬のもとになっていたのが〝水〟だと気づいたのね」

「最初はまったく気づいてなかったよ。ウィリアムは歴史の本を書こうとしていて、その過程で知ったドク・ホイートの伝説に夢中になっていた。俺はやつに少しばかり多くを知らせすぎたんだ。やがてウィリアムは、俺が泉で集めた水の隠し場所を見つけだした」

「ウィリアムは水のびんを盗んだのね？　というより、あなたが盗ませた。それには毒が入ってたんだわ。シャーロットとわたしがウィリアムの車のトランクで見つけた広口びんよ。毒入りとは知らずにそれをドリーがウィリアムに飲ませてしまったわけね」

ゼッドは墓穴にシャベル一杯分の土をかけた。質問に答えたくないように見えたが、フランシーンはじっと待った。

「最初にびんを盗まれてから、俺はずっとウィリアムの動きに注意していた。やつを現行犯で捕まえたかったから、びんを温室に移して、温室と棚に鍵をかけたんだ。だがやつは予想外の行動に出た。水の源泉を発見して、まっすぐにそこに向かったんだ」

「だからウィリアムは、小びん一本分の水しか持ってなかったのね」

「一パイント分集めるには長い時間がかかるんだ」

「予想していなかったのに、どうしてウィリアムがそこに行ったとわかったの？」

「俺が町に向かっていたとき、ドリーの車が通り過ぎていくのを見たんだ。彼女が早朝にうちの近くを通るなんてふつうないことだ。それでUターンして家に戻った。ウィリアムの車はすぐに見つかったよ。しばらく温室を見張っていたが、やつは現れなかった。まさかあのほら穴を見つけたんじゃないかと不安になって、ライフルを取って確かめに行った。予感は的中していたよ。俺はウィリアムを追った。トウモロコシ畑を通り抜けて、ローズヴィル橋に出るまでな」

「あなたはウィリアムを死なせたことに、なんの罪悪感も感じていないの？」

彼は肩をすくめた。「やつは俺の子孫じゃない。本人は俺たちとの関係を主張しようと必死になっていたがね。もしウィリアムが俺の子孫なら、この場所を相続するのは、きみじゃなくやつだったかもしれない」

フランシーンはゼッドの冷たい言葉に愕然とした。「それでも彼はわたしのいとこよ！」

「だが相続人にふさわしくはなかった。彼が真実を知ったとき、相続人として正しい決断をするとは、俺には信じられなかった」

フランシーンはとつぜん直感的に悟った。「ベリンダを殺したのはドリーじゃない。あなたね」

ゼッドは涙をこらえているように見えた。「ベリンダはずっと植物状態だった。彼女の体のなかに、もう彼女はいなかったんだ。ただ水の力が命をつないでいただけだ。それがなければ、もう旅立っていたはずなんだ。彼女をそんな状態で生かし続けておくことは、俺にはできなかった」

「その気持ちはわかるわ。だけどあなたは、ドリーに殺人の罪を着せようとしてるのよ。彼女には誰かを殺す意図なんてなかったのに！」

「ドリーは俺の家を焼き払っただけでなく、ベリンダ……ヴィクトリアと俺が、九十年のあいだ大切にしてきた思い出の場所を破壊した。だがその放火を証明するのは難しいだろう。だからほかのことで償わせてやるだけだ」

「でも放火がドリーのしわざだとどうして断言できるの？」

ゼッドは墓穴にもどした土をならした。「俺はパーク郡の生き字引みたいなものだからな。ドリーはウィリアムと結婚するずっと前に、ある評判の悪い男と付き合っていた。その男はジェフリーズ・フォード橋を燃やしたかどで逮捕されたんだが、ずっと自分は無実だと主張していたよ」

フランシーンは驚いて瞬きした。つまり、ドリーにはもともと放火癖があったということなのか。だから夫を殺させたゼッドに復讐してやろうと思ったとき、迷わずローズヴィル橋とゼッドの家に放火するという手段を選んだのだろうか？

フランシーンはゼッドの顔を見た。その目には、今は悲しみしか見えなかった。

「あなたはこれからどうするの？」

「この場所から遠く離れたところに行くつもりだ。水からも離れて、また歳をとる。死ぬときが来たら死ぬさ。そんなに遠い先のことでもないはずだ」

「もしドリーが水のことを話したらどうするの？」

ゼッドは静かに微笑んだ。「そんな話をいったい誰が信じると思う？」

「わたしはあれをどうしたらいいの？　もしこの話が全部本当なら、宝くじに当たったようなものだわ。幸運なのか呪いなのかわからない」

「そのとおりだ」と彼はうなずいた。「だがもうこれはきみのものだ。それをどちらにするかは、きみが決めなくてはならないことだ」

風が強さを増していた。落ち葉が風に巻き上げられ、彼らのまわりで渦を巻いていた。

「行こう」とジョナサンが言った。「彼は最後のときを、ここでひとりきりで過ごすべきだ」

「ジョナサン、きみはいい人だ」とゼッドが言った。「彼女がどんな決断を下すにせよ、きみが支えてくれると信じている」

ジョナサンは何も言わなかった。ふたりは車に向かって歩き出した。フランシーンが小声でささやいた。「保安官事務所に電話したりしないわよね？」

「彼らがここに着くころには、ゼッドはもう消えているだろう。ドリーがだまされてやったことで罪に問われるのは気がとがめるが、裁判の行方を見守るしかないな。結局〝より大きな正義〟に判断をゆだねるのが最善の策ということになると思うよ」

「つまり神様にお任せするということ？」

「そういうことだ」

ふたりは車に乗った。

「シャーロットにいったい何て説明したらいいかしら？」数分後、車を運転しながらフランシーンが訊いた。

「嘘をつくしかないね」とジョナサンが答え、それから笑いながら付け加えた。「あるいは本当のことを話す手もあるかもね。シャーロットはなかなかの名探偵だからね。彼女の注意を事件から逸らすには、何かいい餌が必要になるだろうから」

フランシーンとジョナサンは夕食をとるために〈ロック・ラン・カフェ〉に立ち寄った。店内は混んでいたが、店主はふたりを見ると、特別に奥の部屋にテーブルを用意してくれた。

「普段はこの部屋は使わないんですが、人目を気にせずにゆっくりお食事をされたいかと思ったので。わたしが給仕をさせていただきますよ」

彼はテーブルの上にろうそくを置いて火をともした。柔らかいろうそくの光は、魔法のような効果をもたらした。この世に存在するのは、その光によって見えるものだけだという気がした。それはとても親密で小さな世界だった。耳に心地よい軽いジャズが流れていた。店主はフォークとナイフを並べ、メニューをふたつとブランドの名前の入った炭酸水を持ってきた。彼はワインのようにラベルをふたりに見せた。

「わたくしどもはアルコールをお出しできないので、これが精いっぱいなんです。でもお店からのプレゼントです」

彼はそれぞれのグラスに水を注ぎ、のちほどオーダーを取りに来ますと行って奥に消えた。ジョナサンは泡立つ水の入ったグラスをかかげて言った。「きみの宝物に」

「わたしたちの宝物よ」とフランシーンは答え、かちんと軽くグラスを合わせた。「あの話を信じるならね」

「たしかに突拍子もない話ではあるけどね。もしかしたら、あの男にぜんぶ騙されているのかもしれない」

フランシーンは水をひとくち含んで、泡が喉の奥を心地よく刺激するのを感じた。疲労感と頭に渦巻くさまざまな思い――にわかには信じがたい驚くべき物語と、大騒動を巻き起こすに違いない明日の記者会見と――にもかかわらず、フランシーンは微笑んだ。

「何だか不思議な気がしない？　あの日ここに座っていたのがすごく昔のことみたい。あのときには、まさかこんな奇妙な結末にたどり着くなんて、想像もできなかったわよね？　ここで〝湧き水〟を飲んでいるのも、考えてみれば不思議な偶然ね。だって謎の答えは結局〝湧き水〟だったんだもの。こっちのはボトルにつめてラベルを貼って、立派になった〝湧き水〟だけどね」

ジョナサンはグラスを軽く彼女のほうにかたむけ、水をひとくち飲んだ。それから彼は唇の片端だけを上げて微笑んだ。

フランシーンはその表情を見て訊いた。「何か思いついたことでもあるの？」

「思いついたのはわたしじゃなくて、きみだよ」ジョナサンは水のボトルを取り、ラベルを彼女のほうに向けて、手渡した。「ほら」

「ペレグリノって書いてあるわ」

「ああ、でもそれだけじゃない。ラベルを読んでみて」

「〝イタリアの水源でびん詰めされました〟」

「もしあの水がパーク郡の水源でびん詰めされたら？　ウィリアムが、信憑性はともかくドク・ホイートの伝説を利用しようとしてたとしたら？」

フランシーンはしばらくそれについて考えていた。「たぶんそのとおりだわ、ジョナサン。

ウィリアムとドリーは〝回復の力を持った水〟として、あの水で商売しようとしたのね。でもゼッドはそれを許さなかった。きっとそういうことね。だけどそんな話、どうせみんなインチキとしか思わなかったでしょうけどね」

「シャーロットでさえね」

ふたりはもう一度グラスを合わせた。フランシーンは抑えきれずにくすくす笑い出した。笑っているうちに、不思議なことに、自分が馬鹿で、若くて、世界中の心配ごとから解放されたような気分になってきた。ジョナサンもいっしょに笑い出した。そして店主が注文を取りに戻ってきたとき、ふたりは『慕情』のテーマのジャズバージョンに合わせて踊っているところだった。


フランシーンとジョナサン、それにサマーリッジ・ブリッジクラブの面々は、翌朝の記者会見に、できる限りいい印象を与えようとのぞんでいた。ジョイが司会を務めて、ピンナップカレンダー発売の発表と、売り上げがローズヴィル橋の再建に使われる仕組みを説明した。マーシーが会場の後ろのほうで、前夜インディアナポリスから届いたばかりの見本を配って歩いていた。最終的には、〝裸泳ぎのグランマたち〟のセミヌードカレンダーのニュースは、妻による夫の毒殺というスキャンダラスな話題とともに、世間を賑わせることとなった。

それから五週間後、フランシーンとシャーロットはフランシーンの家のキッチンに座っていた。感謝祭とクリスマスは、フランシーンのいちばん好きな行事だったので、毎年工夫をこらして家を飾りつけする。今は感謝祭が近いので、秋らしい色合いのかぼちゃやトウモロコシが、家じゅうをにぎやかに彩っていた。そしてこの日は、焼きたてのアップルパイの甘い香りが、部屋じゅうに満ちていた。

「売り上げはどんな感じなの？」フランシーンは紅茶を注ぎながらシャーロットに訊いた。

「あんた、あたしを毎週お茶に呼んでは、同じことを訊いてるじゃないか」

「だってあんたが経過を逐一追いかけてるって知ってるもの。かなり必要額に近づいてるのよね？」

「マーシーがマスコミ向けの発表を準備をしてるよ。カレンダーの売上高は累計五十万ドル、そしてマーシーが立ち上げたクラウドファンディングは、聞いて驚く二百三十万ドルを集めたよ。目標達成だ」

「じゃあ、あんたは〝死ぬまでにやりたいことリスト〟の三十九番目『セクシーなピンナップガールになる』と、十五番目『もっと寛大になって、人のためにつくす』をふたつとも達成したわけね」

シャーロットは何か言いかけたが、むせてしまった。フランシーンは手を伸ばして安心させるように背中をさすった。「大丈夫？」

「ただ、あたしらがすごく恵まれてるってことを言いたかったんだよ、フランシーン」

「ほんとうにそうね」

「この歳になって、こんなにたくさんの機会に恵まれるなんて、想像したこともなかった。

旦那が死んだとき、これであたしの人生も終わるのかなって思ったことを覚えてるよ。そりゃ今でもあの人が恋しいよ。だけど人生は続いてく。あんたやブリッジクラブのみんなの友情と、これまで出会ったたくさんの人たちのおかげで、この先もたくさんいいことがあるって思えるんだ」

「わたしたちの〝死ぬまでにやりたいことリスト〟がこんな評判を生むなんて、思ってもみなかったわね」

「いいことをもたらしたのは神様の仕事だよ。だけどローズヴィル橋が焼けちゃったことと、あんたのいとこが亡くなったのはとても残念だよ。ある意味では、責任を感じてるところもあるくらいだ。もしあたしのリストにピンナップカレンダーのことがなければ、あたしらはあそこに行かなかっただろうし、少しは結果も違っていたかもしれないからね」

「でもあんたはいい影響もたくさん与えたわ、シャーロット。それにメアリー・ルースがフードネットワーク局で成功をおさめてることも、ジョイが『グッド・モーニング・アメリカ』で活躍してることも、わたしたちの世代の人たちを勇気づけてる。いくつになっても新しいことに挑戦できるってね。アリスは自分のリストから交霊会を消したけど、もっと重要なのは、自分の人生にラリーが必要だってやっと自覚したことよね。いろんなことが奇跡みたいにうまくいったわね」

「奇跡みたいじゃなくて、奇跡だよ。あんただってなかなかの成果だったじゃないか。ゼッドから農園を相続したろ？　あとは宝探しの連中とのいざこざまで、ゼッドから引き継がないよう祈るだけだよ」

「そこはマーシーに任せたの。泉の水を商品化するっていうウィリアムの野望をマスコミにリークしてくれたおかげで、ドク・ホイートのお宝は〈プルート・ウォーター〉と同じたぐいのインチキな水だって思われるようになったみたいよ。その手のインチキ商品は巷に溢れてるから、ジョナサンとわたしがわざわざ参戦する必要もないし、問題は片づいたと思うわ。わたしたち、あの土地に新しく山小屋を建てようかと考えてるの。自分たちへのちょっとしたご褒美よ。わたしたちみんなのね」

シャーロットはお茶をひとくち飲んだ。「今週のお茶は何ていう種類だい？」

「ゼッドの温室で見つけたハーブをいろいろ試してるところ。味はどう？」

「おいしいよ。ほんのちょっと金属っぽい味がするけどさ」

「気になるぐらい？」

「いや、そんな驚いた顔しなくても大丈夫だよ。毎週同じようなこと言ってるんだからさ」

フランシーンは考えるように少し黙ったあと、話題を変えて言った。

「ところで、あんたのひざは最近どうなの？　前より歩き方が楽そうに見えるけど」

「それがほんとに不思議なんだよね。昔みたいな痛みがほとんどないんだ。理学療法士が大喜びしてるよ。人工膝関節のまわりの筋肉を鍛える、新しい訓練が効いたに違いないって」

「じゃあ、パイでお祝いしましょ。でも一切れだけね。もう冷めたと思うわ」

そしてふたりは、パイとお茶で乾杯した。

訳者あとがき

平均年齢七十歳超の元気なレディたち、〝サマーリッジ・ブリッジクラブ〟の面々が活躍する、〈死ぬまでにやりたいことリスト〉シリーズの第二作です。

今回の舞台は、前作の事件から三カ月後の十月、屋根付き橋《カバード・ブリッジ》フェスティバルというお祭りで賑わう、インディアナ州パーク郡の小さな町です。ここにスイーツショップを出すことになったメアリー・ルースを手伝うため、メンバー全員が会場に集結します。けれど彼女たちには、別に秘密の目的がありました。シャーロットの「死ぬまでにやりたいことリスト」にある「ピンナップガールになる」を実現するため、カレンダー用のセクシーな写真を撮影する計画だったのです。十二月担当のフランシーンが選んだ撮影場所は、歴史ある屋根付き橋のひとつ、ローズヴィル橋のなか。撮影は誰にも知られないようこっそり行う……はずでした。ところが撮影の真っ最中、橋の外で銃声が響きわたります。ひとりの男が何者かに銃で追われ、土手から転落したのをフランシーンたちは目撃してしまいます。

転落したのは、フランシーンのいとこのウィリアムでした。彼は頭を打って昏睡状態に陥ったまま、病院で亡くなります。それに続いて、今度はローズヴィル橋が放火で焼け落ちたというニュースが。今回は殺人に放火？　自称素人探偵のシャーロットの目がきらきらと輝き始めます。例によって捜査に首をつっこむうち、ウィリアムが何かを探して、町の有名な変人であるゼッドの土地にしのびこみ、銃で追い出されたことがわかりました。しかもフランシーンとゼッドのあいだには、彼女自身も知らなかった結びつきがあるようなのです。そうやらそれには、フランシーンの曾祖母が九十年前にローズヴィル橋で起こしたスキャンダルが関係しているらしく……。

こうしてフランシーンも、ローズヴィル橋をめぐる謎に否応なく巻きこまれていくのですが、そこには驚くべき秘密が隠されていました。ここから先は、よかったら本編をお読みください。

ところで、物語の重要なテーマである屋根付き橋（Covered Bridge）について、日本ではあまり身近なものではないかと思うので、ここで説明を加えておきます。

かつて木造の橋が主流だった時代には、雨雪による橋の劣化を遅らせるため、橋に覆いがかけられることがありました。アメリカには百五十年以上経過した屋根付き橋もたくさんあり、今でも現役の橋として使われているそうです。これらは、貴重な歴史的建造物であるのはもちろん、印象的な外観が多くの人を惹きつけ、地域のシンボルとして大切にされてきました。一九九五年にヒットした映画『マディソン郡の橋』にも、屋根付き橋のフォトエッセイを書くため、アイオワ州マディソン郡にやってきた写真家が登場しています。

本書の舞台であるインディアナ州パーク郡には、三十一もの屋根付き橋が残っていて、物語に登場するローズヴィル橋も実在しています（一九一〇年の建造以来、幸い焼け落ちてはいません）。写真を見ると、赤茶色の壁が川辺の緑によく映えて、なかなか趣のある橋です。

この地では、毎年十月第一週の週末から十日間にわたって、屋根付き橋フェスティバルが開催されます。本書で描写されているとおり、ロックヴィルの町を中心に何百もの食べ物や骨とう品の店が立ち並び、普段は静かな田舎町がにぎやかなお祭りムードに一変するそうです。

そんな楽しいお祭りとともに、おばあちゃん五人組の活躍ぶりをお楽しみください。

コージーブックス

死《し》ぬまでにやりたいことリスト vol. 2
恋人《こいびと》たちの橋《はし》は炎上中《えんじょうちゅう》！

著者　エリザベス・ペローナ
訳者　子《こ》安《やす》亜《あ》弥《や》

2017年　1月20日　初版第1刷発行

発行人　成瀬雅人
発行所　株式会社　原書房
〒160-0022 東京都新宿区新宿1-25-13
電話・代表　03-3354-0685
振替・00150-6-151594
http://www.harashobo.co.jp
ブックデザイン　atmosphere ltd.
印刷所　中央精版印刷株式会社

落丁・乱丁本はお取り替えいたします。
定価は、カバーに表示してあります。
 ISBN978-4-562-06061-0 Printed in Japan